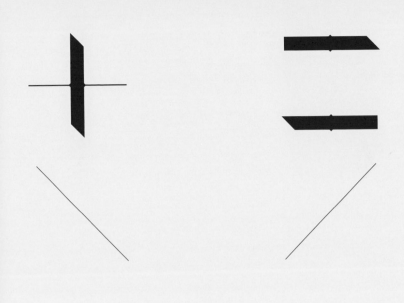

9
3

銀の墟、玄の月

（　）

KB026817

옮긴이 **추지나**
—

대학에서 일본지역학을 전공했다. 출판 편집자로 일하다 지금은 일본 문학 전문 번역가로 활동하고 있다. 옮긴 작품으로는 오노 후유미의 십이국기 시리즈를 비롯해, 『잔예』, 『귀담백경』, 『시귀』, 『흑사의 섬』, 미야베 미유키의 『지하도의 비』, 오카모토 기도의 『한시치 체포록』, 나쓰키 시즈코의 『W의 비극』 등이 있다.

옮긴이 **이진**
—

성신여자대학교에서 일어일문학을 전공하였다. 일본계 기업에서 십여 년간 근무하며 일본어 통역 및 번역 업무를 맡아왔으며, 공연 예술 쪽에서도 각본 번역 및 통역 활동을 해왔다. 평범한 일상 속에 숨겨져 있는 보석 같은 이야기를 찾는 것을 좋아한다.

SHIROGANE NO OKA KURO NO TSUKI by FUYUMI ONO
Copyright ⓒ2019 FUYUMI ONO
Korean translation copyright ⓒ2023 Elixir, an imprint of MUNHAKDONGNE Publishing Group.
All rights reserved.
Original Japanease language edition published by SHINCHOSHA Publishing Co., Ltd.
Korean translation rights arranged with SHINCHOSHA Publishing Co., Ltd. through Danny Hong Agency.

—

이 책의 한국어판 저작권은 대니홍 에이전시를 통한 저작권사와의 독점 계약으로
출판그룹 문학동네의 브랜드 엘릭시르에 있습니다.
저작권법에 의해 한국 내에서 보호를 받는 저작물이므로 무단 전재와 복제를 금합니다.

십이국기

9
─
3

백은의 언덕 검은 달

小野不由美

오노 후유미 지음 · 추지나 · 이진 옮김

엘릭시르

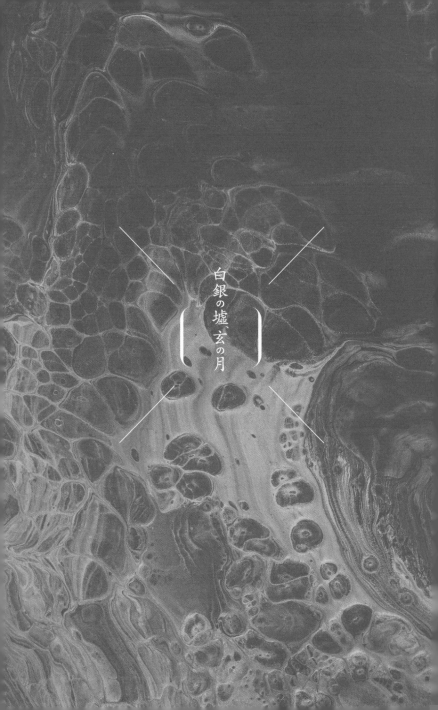

白銀の墟、玄の月

차
례

十二國記 9

십이국전도

十二國全圖

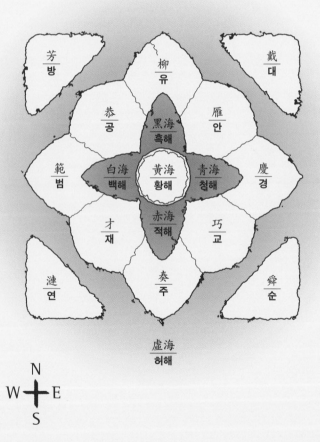

대국 문주도

戴國文州圖

■

탁양산▲ ●고탁

▲요산

文州
문주

承州
승주 →

백랑

여설

함양산

조구 ▲

철위   안복 저강

용계   서최

풍택   고백 노안

馬州
마주

항급   가교 임우   지구   남두

江州
강주

瑞州
서주

N
W ✛ E
S

관직

官職

■

국부國府
- **재보**宰輔 • 왕을 보좌하며, 수도의 주후. 존칭은 태보台輔.
- **총재**冢宰 • 육관을 총괄하는 관리.

◎삼공三公 | 태사太師, 태부太傅, 태보太保. 재보를 보좌하는 관리.
◎육관六官
  1. 천관天官 | 궁중의 일을 다스리는 관리.

  2. 지관地官 | 토지를 다스리는 관리.
    ① 대사도大司徒 – 지관장.
    ② 소사도小司徒 – 지관차장.
    ③ 수인遂人 – 땅을 정비하는 관리.
    ④ 전렵田獵 – 백성을 관리하고 세금을 거두기 위한 대장을 정비하는 관리.

  3. 춘관春官 | 제사, 학교 등을 관장하는 관리.
    ① 내사內史 – 사관史官.
    ② 어사御史 – 내사부의 중급관.

  4. 하관夏官 | 군사, 경비 등을 관장하는 관리.
    ① 대사마大司馬 – 하관장.
    ② 금군禁軍 – 왕의 직속 군사.
    ③ 사인射人 – 왕의 경호장관.
    ④ 사우司右 – 사인 밑에서 경비를 맡은 관리.
       공적인 곳에서 경호병을 통괄한다.

관직

官職

⑤ 대복大僕 – 사인 밑에서 경비를 맡은 관리.
　사적인 곳에서 경호병을 통괄한다.
⑥ 소신小臣 – 대복의 밑에서 실질적으로 경비를 하는 관리.

5. 추관秋官 | 법, 외교 등을 관장하는 관리.
　① 대사구大司寇 – 추관장.
　② 조사朝士 – 경무와 법무를 관장하는 관리.
　③ 사형司刑 – 재판을 관장하는 관리.

6. 동관冬官 | 기술 개발, 제작을 관장하는 관리.

주州
◎ 주후州候 | 주를 통치하는 관리.
◎ 사사射士 | 주후 이하의 경호 장관.
◎ 영윤令尹 | 주후를 보좌하여 주의 육관을 통솔하는 관리.
◎ 주재州宰 | 주후를 보좌하여 주의 육관을 통솔하는 관리.
◎ 목백牧伯 | 왕의 칙명으로 주후를 감독하는 관리.
◎ 주사마州司馬 | 주의 하관장.

그외
◎ 태수太守 | 군郡의 장長.
◎ 부사府史 | 고위 관직에 있는 사람이 부리는 하급 관리.

十二國記、白銀の墟 玄の月、小野不由美

13
장

■

<u>001</u>

고료는 게이토우가 주재로 취임한다는 소식을 듣고는 마음이
복잡했다. 해가 저물어 방으로 돌아와서도 가슴이 답답했다.

게이토우는 잘하고 있다. 왕궁에서 유일하게 다이키를 성심
성의껏 모시고 있다 해도 좋았다.

"하지만 아센의 휘하다."

고료는 침상에 팔베개하고 누웠다. 비둘기가 침실 천장 너머
지붕 뒤편에서 울고 있다. 음울한 곡조의 울음소리가 희미하게
들렸다.

―아센의 휘하다. 교소를 치고, 왕위를 빼앗았다.

백성의 고난도 고료와 같은 휘하들의 고통도 아센이 초래했다. 게이토우가 아센이 왕위를 찬탈할 때 어떤 역할을 맡았는지는 모르지만 이제 와서 다이키를 성심성의껏 모시려는 모습도 탐탁지 않다. 아센은 다이키마저도 해치려고 하지 않았던가.

알고 있었던 건가. 그럼 왜 막지 않았는가. 알지 못했다면 사실을 안 뒤 왜 아센을 비난하지 않았는가. 아센을 비난하고 그와 연을 끊었다면 납득할 수 있다. 그렇게 하지 않고 이제 와서.

다이키는 무슨 생각인 걸까. 게이토우를 주재로 등용하다니.

고료는 게이토우를 인정하지 않았다. 아센 즉위가 공공연히 알려진 것도 마치 교소는 더이상 왕이 아니라는 것 같아 내키지 않는다. 이를 교소와 가장 가까운 측근인 다이키가 진언하다니.

—그 말투.

교소를 향한 냉담한 말투. 설령 조운을 속이기 위해서였다고 해도 너무나도 차가웠다.

아니면…….

등줄기가 서늘해졌다.

고료는 최근 들어 이 상황이 진실이 아닐까 하는 의문이 들었다. 다이키는 아센을 속이고 교소를 위해 행동하는 듯 말했지만 천명이 바뀌었다는 것이 실은 사실이 아닐까. 그렇기에 '하늘의 뜻'을 운운하며 일부러 따로 홍기로 온 것이 아닐까. 매일 아침 올리는 예배도 그렇다. 도쿠유는 하늘에 기도드리시는 거겠지 하고 말했지만 고료에게는 다이키가 아센을 예배하고 있는 것처럼만 보였다. 다이키에게 하고 싶은 질문이 많지만 기회가 없다. 쇼와가 다이키 곁에서 떠나려고 하지 않는다. 요새 들어 윤번을 위해 여관을 두 명 데려왔지만 쇼와가 빈틈없이 지배하는 모습을 보니 전혀 믿을 수 없었다.

사실 이 모든 일이 다이키의 책략이 아닐까. 아니, 반대로 다이키의 모든 언동이 진실이 아닐까. 아센을 속이기 위한 거짓말이라고 고료를 믿게끔 만든 것이 아닐까.

머리가 저린 듯 무거웠다. 피로가 쌓인 거겠지. 야리가 온 덕분에 저녁에는 방으로 돌아올 수 있게 되었지만 여태껏 정실에 처박혀 선잠을 자는 나날이 이어졌었다. 옅은 피로가 얼룩처럼 달라붙어 크게 부풀어 올랐다.

리사이와 함께 행동하는 편이 좋지 않았을까 하는 생각이 요즘 들어 자주 든다.

우울한 생각을 하다 잠이 들어 새벽녘에 눈이 떠졌다. 숙취처럼 머리가 무겁고 아프다. 손발이 눈에 보이지 않는 막에 둘러싸인 듯한 느낌이 든다. 감각이 둔하고 움직임이 무겁다. 느릿느릿 몸단장을 하고 정청으로 향했다. 건물에 들어서자 그제야 무거웠던 두통은 가벼워졌지만 머리는 여전히 저릿했다.

비틀거리며 들어간 거실에는 이미 다이키가 기침해 있었다. 아침 식사를 마친 듯, 쇼와가 그릇을 정리하고 있었다. 아직 왼손이 불편한 다이키는 일상생활에 시중이 필요했다. 지금까지는 도쿠유와 준타쓰가 교대로 시중을 들었지만 그제부터 도쿠유의 모습이 보이지 않는다. 곁채에 있는 도쿠유 방에서 인기척이 사라졌고 분엔과도 연락이 되지 않아 다이키가 심히 걱정하고 있었다.

"무슨 일 있으신가요? 안색이 좋아 보이지 않습니다. 괜찮으신지요."

고료가 두 사람에게 인사를 하자 다이키가 물었다.

"저는 태보께서 무슨 생각을 하고 계신지 모르겠습니다……."

고료는 무심코 말을 내뱉었다.

다이키가 의아해하며 고료를 바라보았다. 고료는 입을 다물었다. 의심을 내비치고 말았다. 되돌릴 수 없다.

"게이토우 때문이신가요?"

고료는 대답하지 않았다. 쇼와가 흘끗 고료를 곁눈질했다.

"잠시 자리를 비켜주세요."

다이키가 쇼와에게 말했다.

"괜찮으신지요? 누군가 사람을……."

쇼와가 눈을 치뜨고 다이키에게 말했다.

"필요하지 않습니다."

다이키는 미소를 지었다.

"둘이서만 이야기를 나누겠습니다. 고료도 속에 담아두었던 이야기를 털어놓을 기회가 필요하겠지요."

"네에……."

쇼와는 마지못해 고개를 끄덕이고 그릇을 정리해 물러났다. 다이키는 그 모습을 지켜보았다. 유리 너머로 멀어지는 쇼와의 모습이 보였다. 잠시 눈으로 그 모습을 좇은 뒤 고료에게 밖을 가리켰다.

"잠시 같이 산책하지 않으시겠어요?"

"이곳을 부탁드립니다. 얼마간 사람이 가까이 오지 못하게 해주세요."

다이키가 야리를 불러 부탁한 뒤 앞장서서 정실 뒤쪽으로 나갔다. 정원 연못 가장자리가 얼어 있었다. 주변에 늘어서 있는 복숭아와 오얏나무도 잎이 떨어졌고 가지 끝에는 서리가 반짝였다.

다이키는 연못에 있는 작은 다리를 건너 살풍경한 좁은 길을 나아갔다. 연못 안쪽, 눈이 쌓인 바위 사이를 누비고 나아가다

꺾은 계단을 걸어올라 차디찬 물소리가 나는 폭포 옆 정자로 올라갔다. 정자는 추위에 얼 지경이었다. 바위에 얼어붙은 물보라가 무수한 고드름을 만들었다. 폭포 소리에 귀가 한층 더 시리다. 건물은 기둥과 허리까지 오는 벽으로만 되어 있어 바람을 피할 수도 냉기를 막을 수도 없었다.

"춥지 않으십니까?"

고료가 묻자 "춥네요" 하고 다이키가 웃으며 대답했다.

"하지만 이곳이라면 아무도 대화를 듣지 못할 겁니다."

"아무도."

다이키는 고개를 끄덕이며 물었다.

"게이토우가 주재가 된 것을 받아들일 수 없으신가요?"

고료는 고개를 떨궜다. 추위 속을 걷는 동안 머리가 저린 듯한 감각은 옅어졌다. 이제야 제정신이 든 참이었다. 그리고 나니 스스로가 입에 담았던 말이 너무나도 어리석게 여겨져 후회스러웠다.

"송구스럽습니다. 제가 주제넘은 말을 올렸습니다."

"고료가 게이토우에게 복잡한 감정이 있는 건 이해합니다. 하지만 게이토우 이외에 주재를 맡길 만한 자가 없어요. 그 점은 이해해주실 수 있을까요?"

"네."

고료는 고개를 끄덕였다. 애초에 다이키의 주위에는 사람이 없다. 달리 방도가 없다는 것은 알고 있다.

"제 편을 들어줄 자를 주재로 세워 도움을 받고자 하는 것뿐이라면 고료나 준타쓰여도 상관없어요. 하지만 그렇게 했다면 고료 스스로가 주재의 자리를 마다하지 않았을까요."

"맞는 말씀입니다."

다이키의 호위만큼은 타인에게 맡길 수 없다.

"준타쓰는 줄곧 의관이었습니다. 정사에 관해서는 모르는 점도 많겠지요. 유감스럽게도 저는 그보다도 모릅니다. 저에게는 도움을 줄 조언자가 필요합니다."

"충분히 이해합니다. 진심으로 결례를……."

"고료가 어떤 부담을 지녔는지 압니다. 불만을 품는 것도 당연하지요. 하다못해 앓고 있는 속내는 털어놔주세요."

다이키는 희미하게 쓴웃음을 지었다.

"건물 안에서는 말하지 못할 테니까요."

고료는 연못을 바라보며 어렵사리 말을 꺼냈다.

"태보, 이것만큼은 사실을 알려주십시오. 아센이 왕입니까?"

다이키는 놀란 듯 두 눈을 크게 떴다. 그리고 잠시 생각에 잠긴 듯 고개를 숙였다.

"봉래에서 돌아오자마자 리사이가 물었습니다. 교소 님 휘하에 배신자가 있다고요. 누군가 아센과 내통하고 있는 것 같다고."

"그건 로산 님이……."

"한 명이라고 단언하실 수 있나요?"

치고 들어오는 대답에 고료는 말을 잃었다. 분명 로산이 배신을 한 이상, 배신자가 더 있다 한들 이상하지 않다.

"리사이와 헤어져 왕궁으로 돌아가겠다고 생각했을 때, 저는 다짐했어요. 배신자가 아니라고 확신이 드는 자 이외는 절대로 믿지 않겠다고요."

"확신이 드는 자라고 하신다면."

"리사이는 목숨을 걸고 경국으로 가 저를 구해주었어요. 리사이가 아센과 내통하고 있었다면 저를 구해줄 리 없지요. 제가 봉래에 있는 편이 아센에게 좋을 테니까요. 다만……."

다이키는 조용히 말을 이었다.

"제가 그대로 봉래에 있었다면 저는 지금쯤 살아남지 못했을 겁니다. 어쩌면 아센은 무슨 수단이든 써서 제가 예쵀에 걸렸다는 걸 알아냈을지도 모릅니다. 제가 봉래에서 죽는다면 새로운 기린이 태어나고 이윽고 새로운 왕이 선택됩니다. 그렇기 때문에 리사이를 이용해 저를 구해냈다고도 생각할 수 있습니다."

"잠시만 기다려주십시오. 그렇게까지 의심하셨던 겁니까."

"의심했다는 표현은 옳지 않습니다. 가능성을 생각했을 뿐입니다. 왜냐하면 저는 실패할 수 없으니까요."

다이키는 쓸쓸한 미소를 지었다.

"봉산에 있을 때 리사이를 처음 만났습니다. 제가 리사이를 많이 좋아했어요. 그런 리사이가 모든 걸 내던지고 저를 봉래에서 구해주었습니다. 저는 그 사실이 기뻤고 리사이에게 수만 번 감사해도 모자를 지경이에요. 하지만 그렇다고 해서 아센과 내통하고 있었을 가능성이 없다고는 할 수 없습니다. 좀 전에 말했듯이 아센과 내통했기 때문에 저를 구했을 수도 있는 겁니다."

고료는 놀랐다. 확실히 가능성만을 놓고 따지자면 마냥 없다고만은 할 수 없다. 하지만 기린이란 자고로 자비로운 생명체가 아닌가. 이렇게까지 냉철한 사고를 한단 말인가.

"하지만 그 가능성은 정장을 떠날 때 버렸습니다. 제가 봉래에서 돌아온 시점에는 아센이 예측할 수 없는 사태가 많았어요. 그에 대해 리사이는 아센과 내통하고 있다고는 도저히 생각하기 어려운 행동을 보여줬습니다. 게다가 리사이는 정장에서 저를 놓아주었습니다. 만약 아센의 명령으로 저를 붙잡아두고 있던 것이라면 그렇게 쉽사리 놓아주지 않았겠지요."

다이키는 옅게 쓴웃음을 지었다.

"아니…… 이마저도 의심하고자 한다면 의심할 수 있습니다.

하지만 그렇게까지 의심한다면 끝이 없습니다. 그래서 리사이를 믿기로 했습니다. 만약 리사이가 정말 아센과 내통하고 있었다면 저와 교소 님의 패배입니다."

가슴이 철렁했다.

"그리 결심했습니다. 리사이를 믿는다면 고료도 믿을 수 있습니다. 저희가 고료나 교시와 만난 건 순전히 우연이었어요. 고료나 교시, 동가 사람들을 사전에 배치해두는 일은 있을 수 없어요. 리사이와 고료는 적이 아닙니다. 믿는 건 거기까지입니다."

"황송할 따름입니다……. 하지만 간초 님은? 아니, 간초 님은 어려우실지도 모르지만 분엔이나……."

"기본적으로 왕궁에 있는 자들은 믿지 않습니다. 왜냐하면 이 나라에는 '병'이 있기 때문이지요. 분엔의 됨됨이는 믿지만 병들지 않았다고 단언할 수 없습니다. 그렇게 생각했어요. 이제야 '병'의 정체를 안 것 같습니다. 어떠한 양상인지는 모르겠지만 도쿠유나 헤이추가 변한 것처럼, 그런 걸 보고 병들었다고 하지 않을까요."

다이키의 말을 듣고 고료는 깜짝 놀랐다. 그렇다, 묘하게 패기가 없고 멍한 모습이 병의 전조인 것이다.

"그리 생각합니다."

"헤이추는 직무가 변경돼 육침으로 옮겼다 합니다. 도쿠유도 모습이 보이지 않습니다. 아마도 아센의 곁으로 갔겠지요."

고료는 그럴 수 있다고 생각하며 고개를 끄덕였다.

"지금은 병든 자와 병들지 않은 자를 구분할 수 있습니다. 그래서 전보다 조금 편해졌어요. 하지만 이제껏 누가 병들었는지 알 수 없었습니다. 그래서 리사이와 고료 이외의 자는 믿을 수 없었고 지금도 마찬가지입니다. 분엔이나 준타쓰는 믿을 수 있다 여겼는데, 이것도 어제까지의 이야기입니다. 지금 이러고 있는 동안에도 병을 앓고 있는지 모르고, 이렇게 긴 시간 연락이 닿지 않는 이상 분엔의 신변에도 무슨 일이 일어났다고 여겨야겠지요."

고료는 수긍했다.

"솔직히 말씀드리면 때로는 고료도 위태롭다고 느껴질 때가 있습니다."

고료는 끄덕였다.

"스스로도 그렇게 느낄 때가 있습니다. 이유는 모르겠지만 가끔 매우 혼란스러울 때가 있습니다. 게다가 신기하게도 태보를 뵈면 몽롱한 기분은 사라지고 태보 곁에 있으면 줄곧 맑은 정신으로 있을 수 있습니다."

다이키는 끄덕였다.

"도쿠유도 그러했습니다. 곁에 있으면 상태가 조금 나아졌지요. 그리고 곁을 떠나 밤을 넘기면 상태가 나빠집니다. 그 병은 밤에 악화되고 기린을 꺼리는 걸지도 모릅니다."

"기린을 꺼린다……."

"어찌되었든, 타인이 들을 가능성이 있는 곳에서 저는 무엇도 말할 수 없있습니다. 고료는 필시 불안했겠지요. 걱정을 끼쳐 진심으로 미안해요."

"어찌 그런 말씀을. 송구합니다."

"하지만 동시에 뜻밖이에요."

다이키는 미소를 지었다.

"고료는 교소 님이 왕이 아닐 수 있다고 생각하나요?"

"태보."

"교소 님이 왕이십니다."

다이키는 낮게 그리고 단호하게 말했다.

고료는 안도하는 마음에 다리에서 힘이 풀리는 것 같았다.

"설마 고료가 의심하리라고는 생각지도 못했어요."

"송구스럽습니다."

다이키가 매일 아침 이 정자에서 북쪽을 향해 기도하는 모습을 보고 진짜로 아센을 경배하는 게 아닐까 의심했다고 고료가 솔직하게 털어놓자 다이키는 깜짝 놀라 고료를 바라보며 잠시 말을 잃었다.

"그렇게까지 의심하셨나요?"

"도쿠유는 백성에게 가호가 있길 하늘에 바라시는 거겠지라고 말했습니다만."

다이키는 잠시 침묵하다 작게 웃었다.

"그것도 조금 다릅니다. 분명 북쪽에는 아센이 있는 후궁이 있지만, 그 너머 북녘은 문주지요?"

고료는 깜짝 놀란 동시에 비로소 납득했다. 다이키는 매일 문주로 간 리사이를 염려하고 문주에서 소식이 끊긴 교소를 생각하며 기도했던 것이다.

"정말 죄송합니다."

"그만큼 그럴싸해 보이는 거짓이었겠죠. 다행입니다."

"그러면 정말로 이 모든 것이 태보의 기만이군요."

"물론입니다."

"어찌 이리 대담한 거짓말을 하시는지……."

다이키는 가볍게 쓴웃음을 지었다.

"생각이 있다고 말씀드렸지요?"

"하오나 진정 놀랐습니다. 아센을 설득할 수 있었기에 망정이지, 그런 일이 일어날 리 없다고 일축당하면 어찌하실 생각이셨습니까."

"그건 그 나름대로 방법을 생각했습니다."

하지만 사실 다이키는 그 정도 설명으로 통하지 않을까 생각했었다.

기린이 있기에 천명에 가치가 있기 때문이다.

기린 외에 이 세상 누구도 천명의 실체를 모른다. 왕인 당사자조차도 기린이 그렇게 말하니 그렇다고 납득할 수밖에 없다. 사실 천명은 한없이 직감에 가깝다. 어떠한 기적도 일어나지 않는다. 하늘에서 목소리 따위 들리지 않는다. 그저 기린이 '이분이다' 하고 느낄 뿐이다.

고작 그뿐인 직감이 숭고한 '천명'으로 성립되는 것은 전적으로 기린의 존재 자체가 기적이기 때문이다. 기린은 본성은 짐승이지만 사람으로도 변한다. 봉산에 단 한 그루밖에 없는 나무에 열려 요마를 사령으로 거느리고 수많은 기적을 행한다. 하늘이 보다 더 뛰어나게 만들었다고 생각할 수밖에 없을 만큼 기적적인 존재다. 그 기적적인 존재가 지명하니 그저 평범한 직감이 '천명'이 되는 것이다. 모두가 기린이 하는 말을 천명이라고 믿고 있기 때문에 스스로가 강하게 주장하면 그것으로 통하리라고 생각했다.

어찌되었든 겨울이 올 때까지 대국의 백성을 구해야만 한다. 이 겨울을 넘길 수 있도록 대책을 마련해야 한다. 아센이 백성을 굶주림으로부터 벗어나게 하게끔 해 최소한으로나마 그들을 보살피고 싶다.

"백성을 구하기 위해서는 제가 왕궁으로 와야만 했습니다. 어차피 저는 교소 님의 왕기를 찾을 수 없게 되었어요. 하지만 교소 님은 리사이 일행이 찾아줄 겁니다."

그러나 교소가 왕궁에 붙잡혀 있을 수도 있다. 그렇다면 왕궁에 가야만 그 사실을 확인하고 구할 수 있겠지. 누군가가 한 번은 왕궁에서 교소를 찾아야만 했다.

다이키가 그렇게 말하자 고료는 탄복했다.

"지당하신 말씀입니다."

"설령 왕궁 밖에 붙잡혀 계시더라도 왕궁이라면 정보가 쉽게 들어오겠지요. 어디에 계신지만 알 수 있다면 리사이에게 전하면 됩니다. 리사이는 도관의 보호를 받고 있으니 도관을 거쳐 연락할 수 있겠지요. 동시에 제가 왕궁에 있다면 리사이를 지원할 수 있습니다. 제가 리사이의 곁에 있다 한들 어떠한 행동도 할 수 없어요. 오히려 저를 경호하는 만큼 발목이 붙잡힌 꼴이 될 겁니다. 그보다는 있는지 없는지도 모르는 불확실한 가능성이라고 해도 왕궁에 있는 편이 좋지 않을까 싶었습니다."

"……네."

"제일 안전하고 확실하게 왕궁으로 들어오는 방법이 '신왕 아센'이었습니다. 아센이 왕이라면 그 사실을 보장하는 저를 절대

죽일 수 없습니다. 뿐만 아니라 백성을 구제하지 않고 내팽개치는 것이나 가혹한 주벌을 내리는 것도 용납받을 수 없어요. 이는 실도와 직결되는 일입니다. 그러지 않아도 아센은 주벌을 내릴 이유가 없어집니다."

다이키는 한숨을 쉬었다.

"……분명 그럴 거라 생각했는데요."

왕궁 내부에서 다이키의 예측을 뛰어넘는 이상한 일들이 벌어지고 있다. 어째서 이런 상태인지 다이키는 지금도 이해가 되지 않는다.

아센은 즉위 이야기가 나와도 어떠한 열의도 보이지 않는다. 묶여 있던 다이키의 권한은 간신히 풀려나 이제 막 행사할 수 있게 되었다. 하지만 게이토우의 헌신적인 노력에도 불구하고 조운 일파가 여기저기서 가로막으며 쓸데없는 참견을 해 상황이 생각대로 풀리지 않았다. 백성에게 구체적인 대책을 내놓지 못한 채 눈이 내렸다. 이래서는 백성을 구제할 시기를 놓치고 만다.

교소를 찾고 있을 리사이의 동향도 전혀 보이지 않는다. 리사이는 아직 움직임을 들키지 않았을 것이고, 발각되면 그것으로 끝이다. 그래서 지금 상황만으로도 충분하다고 스스로를 설득해보지만 너무나도 소식이 없어 초조한 마음만 커져갈 뿐이다.

왕궁은 여전히 얼어붙어 있다. 하다못해 아센이 백성을 구제해주길 바란다.

"마침 저도 고료에게 하고 싶은 이야기가 있었습니다."

"무엇이신지요."

"이대로는 끝이 보이지 않습니다. 아센을 만나러 가겠습니다."

다이키의 말에 고료는 눈살을 찌푸렸다.

"만나러 간다 하심은."

다이키가 아직 어렸을 때, 영윤 세이라이는 '지름길'이라고 말하며 왕궁의 뒷길을 곧잘 사용했다. 훨씬 거리도 짧고 빠른 길이 있었지만 돌아가더라도 마주치는 사람도 없고, 눈치 빠른 관료에게 들켜 시간을 허비하는 일이 없는 이점을 가진 길도 있다고 말했다.

"최근 그 시절 기억을 더듬다 육침으로 통하는 길을 떠올렸어요. 그 길에서 이쪽 길로 간다면 아센이 있는 후정침까지 갈 수 있을 거예요."

"위험합니다!"

"어째서지요?"

"보초에게 들키기라도 하신다면……."

"들켜도 괜찮습니다. 물론 들키면 아센을 만나기 전에 쫓겨날지도 모릅니다만 기본적으로 왕궁에서 재보가 발을 들이지 못할 장소는 없습니다."

왕에 따라 왕후나 첩이 지내는 후궁에 출입을 금하는 경우가 있다. 기린도 규범은 아니지만 예의에 따라 후궁의 출입을 사양한다. 하지만 총재를 포함한 모든 관료가 왕의 허가 없이 육침에 드나들 수 없는 것과는 사정이 다르다. 그리고 왕이 인중전에 드나들 수 없는 것과도 달랐다.

왕은 기린의 허락 없이 기린의 거처인 인중전에 출입할 수 없다. 명확한 법이 있는 것도 아니고, 있다 한들 왕을 구속할 수 있을 리가 없지만 관례로서 가장 견고히 유지되고 있다. 왕조 말기에 왕과 기린이 대립할 수도 있기 때문이다. 하지만 기린에게는 이와 같은 제약이 없다. 왕좌는 기린이 내린 것. 그렇다면 왕궁 또한 기린이 왕에게 내어준 것이 된다.

"맞는 말씀이옵니다만……."

"그래서 가보려고 합니다. 어찌되었든 아센을 만나지 않으면 아무 일도 할 수 없습니다."

"알겠습니다. 같이 가겠습니다."

"안 됩니다."

다이키가 웃으며 말했다.

"고료가 잡히면 제 신변의 안전을 보장할 수 없어요."

"어찌 그런 말씀을."

"고료와 떨어지게 되면 곤란합니다. 감당키 어렵겠지만 참아주세요. 저 혼자 다녀오겠습니다."

002

야리는 뒤에 있는 창문으로 후원의 상황을 지켜보고 있었다. 후원 안쪽 바위산에 있는 정자에 선 두 사람의 모습이 보인다.

야리는 다이키가 꽤 흥미로운 기린이라고 생각했다.

야리가 보기에 쇼와는 첩자다. 쇼와가 고른 여관 역시 쇼와의 입김이 닿아 있다고 봐도 무방하다. 아무래도 다이키도 눈치챈 모양이다. 아니면 단순히 경계하고 있을 뿐일까?

어찌되었든 쇼와를 정실에서 내쫓아 미행할 수 없도록 하고, 미행해도 대화 내용이 들리지 않도록 정원의 정자로 갔다.

야리는 정실로 돌아와 공연히 안절부절못하는 쇼와를 바라봤다. 사라진 두 사람이 신경 쓰여 어쩔 줄 몰라 하는 거겠지. 하지만 쫓아가지 못한다. 그 모습을 보며 야리는 또다시 시선을 정자로 돌렸다.

"추울 텐데."

일단 쇼와를 정실에서 내보내 따라오지 못하게 하고 야리를 정실로 불러들여 쇼와가 더욱 움직이기 어렵게 만들었다.

야리는 기린이 어떤 존재인지 모르지만, 전부터 상상해온 모습과는 크게 달랐다. 썩 좋은 표현은 아니지만 타산적이고 의심이 많다.

기린이라는 생물은 좀더 인간의 선한 면을 믿는다고 생각했다. 본인이 가진 게 선의뿐이라 다른 사람도 선의를 갖고 살아간다고 부연한다. 그런 성스러운 생명이겠지. 그렇지 않다면 한량없는 연민 따위 샘솟지 않겠지.

하지만 대국의 기린은 다르다. 이 흑기는 그다지 성스럽지 않다. 사람을 의심하고 경계할 줄 안다. 게다가 매우 주도면밀하다. 때로 주변을 위협하기도 한다. 무자비한 말을 할 때도 있지만 계산된 행동이라고 야리는 추측하고 있다.

야리는 황포관으로 오기 전, 다이키가 어떤 인물인지 간초에게 들었다. 간초는 그가 순수하면서도 섬세하고 사려 깊은 아이라고 했지만 적어도 이 기린은 순수하지 않다. 사려 깊으면서도 냉철하다. 간초는 다이키가 신분을 따지지 않고 누구에게나 거리낌 없다고 했다. 그건 그다지 다르지 않을지도 모른다. 신분을 따지지는 않지만 신분에 묶인 타인에 대해 잘 알고 있어 이용하는 방법을 안다.

좀처럼 속내를 알 수 없다. 예를 들어 다이키가 이따금 주관州官을 상대할 때에는 태도가 확 바뀐다. 야리는 바깥 세계를 향해 열려 있던 마음이 일제히 닫히는 듯한 인상을 받았다. 속내를 비치지 않고 안으로 들어오지 못하게끔 완벽하게 차단한다.

천진난만했던 아이가 어찌 이리되었는지. 혹시 식으로 이계에 흘러 들어간 것과 관계가 있을까.

"재미있군."

— 매우 흥미롭다.

이런저런 생각을 하며 정자를 바라보자 한 사람이 이쪽을 향했다. 아마도 다이키겠지. 야리가 지켜보고 있는 것을 감안하고 있다.

그 인물은 가볍게 손짓했다. 야리는 고개를 끄덕였다.

"이대로는 존체가 상하신다. 돌아오시도록 말씀을 드리고 오겠다."

뒤돌아 쇼와에게 말하고 후원으로 나갔다. 쇼와는 따라오고 싶어 했지만 고민하다 이내 단념했다. 야리는 피식 웃었다. 바깥이 추워 주저한 것이다. 쇼와는 우수한 첩자는 아니다. 필시 주어진 임무를 어쩔 수 없이 수행하고 있을 뿐이겠지. 자신에게 명령한 이에 대한 충성심도 주어진 임무에 대한 사명감도 없다.

야리는 겨울철 메마른 가지로 둘러싸인 정원을 빠져나가 정자로 올라갔다. 바람은 얼어붙을 듯 차가웠고 정자 주변의 한층 강한 찬 기운이 뼛속까지 스며들었다.

야리는 차디찬 바닥에 무릎을 꿇었다.

"부르셨나요."

다이키가 고개를 끄덕였다.

"야리에게 한 가지 부탁이 있습니다."

"무엇이든 하명하시지요."

"저는 오늘 밤, 이 건물을 빠져나갈 겁니다. 고료와 함께 적당히 얼버무려주세요."

야리는 눈을 동그랗게 떴다. 또 말도 안 되는 소리를 하는구나 싶었다.

"동행인은."

"필요하지 않습니다. 없는 편이 좋습니다."

"야리, 말려보게."

난처해진 고료가 말했지만 단번에 거절했다.

"무리야."

수행한 지 얼마 되지 않았지만, 야리가 보기에 이 기린은 한번 결심하면 결코 번복하지 않는다. 말이나 행동처럼 겉으로 드러낸 이상 더이상 흔들리지 않는다. 이러니저러니 이야기한들 번복을 부추길 수 있는 상대가 아니다. 고료는 늘 그 부분을 오인한다. 고료가 갖고 있는 '기린은 이렇다'라는 선입견 때문이 아닐까 싶었다.

"부디 조심하십시오. 뒷일은 맡겨주십시오."

다이키는 밤중에 황포관을 빠져나갔다. 후원 동쪽에는 인근에 있는 나무 정원으로 빠져나가는 쪽문이 있다. 기암 그림자에 가려져 잘 보이지 않는 장소에 자그마하게 나 있는 쪽문인데 정원이나 후원을 손질하는 하인들이 오가기 위한 출입구일 것이다. 황포관에 속한 정원일 텐데, 아니 황포관이 정원에 속해 있는 걸까. 하지만 지금은 닫혀 있었다. 이 문은 원래 열려 있었지만 궁주변으로 병졸이 보이기 시작하면서 어느샌가 닫히고 말았다. 위험하기 때문이라고 했지만 당연히 그런 이유는 아닐 것이다. 하지만 자물쇠를 잠그고 빗장을 내려 물리적으로 막았다는 사실에 안심했는지 정원에는 병졸이 없다. 주변을 순찰하는 듯했지만 지나치게 견고하게 포위했다가는 유폐나 마찬가지라고 조운이 규탄받을 수도 있기 때문에 대대적으로 할 수는 없을 것이다. 작정하고 빠져나가겠다 마음만 먹으면 가능하다고 고료도 생각했다. 하지만 다이키 혼자라니.

"괜찮습니다. 지금 저는 고료나 야리보다도 안전하거든요."

다이키가 쪽문을 빠져나가며 하는 말에 고료는 수긍할 수밖에 없었다.

"그보다 뒷일을 부탁드립니다."

다이키는 침실에서 쉬는 걸로 되어 있다. 오늘은 준타쓰도 방에서 쉬고 있기 때문에 기본적으로 아침이 밝아 쇼와가 올 때까지 아무도 침실에 들어올 일이 없고, 정실에 있는 것도 경호를 맡은 야리뿐이다. 대청에는 불침번인 하인들이 대기하고 있지만 부르지 않는 이상 들어오지 않는다. 급한 일로 게이토우가 찾아오는 것이 유일한 걱정거리지만 어지간한 일이 아닌 이상 찾아오지 않을 것이다.

"모쪼록 조심하십시오."

"네."

다이키는 예의 바르게 대답한 뒤 쪽문 너머로 사라졌다. 그 모습을 보고 고료는 몸채로 돌아왔다. 야리에게 뒷일을 부탁한다고 말했다.

"내 방에서 쉬는 척하고 있겠다. 깨어 있을 테니 무슨 일이 일어나면 바로 알려주게."

고료는 알겠다고 고개를 끄덕이는 야리를 향해 손을 들고 한숨을 쉬며 정실을 나갔다. 곁채에 있는 방으로 들어가자마자 안뜰로 난 창문으로 통해 건물을 빠져나왔다.

―혼자 보내드릴 수 없다.

안전하다는 다이키의 말은 이해한다. 병졸들이 궁 주변을 순찰하고 있지만 수가 많지 않고 자주 돌지도 않는다. 재빨리 눈을 피하는 것쯤은 쉽다. 설령 발각되더라도 다이키를 상대로 위해를 가할 수도 없는 노릇이다. 가던 길을 가로막아 궁으로 돌아가시라 애원할 수밖에 없다. 겉으로 봤을 때 다이키는 아센과도 조정과도 대립하는 사이가 아니다. 오히려 반대다. 다이키는 재보다. 아센 본인이 "귀환을 허한다" 하고 왕궁으로 받아들였다. 관리에게도 병졸에게도 다이키는 명령하는 입장이며, 만에 하나 위해를 당할 가능성은 없다.

사실상 고료가 더 위험하다. 병졸에게 발각되면 구속은 당연지사, 엄중한 처벌이 기다리고 있을 것이다. 다이키가 감싸주겠지만 과거 명을 어기고 군을 떠나는 대죄를 범한, 고작 대복에 지나지 않는 고료는 어떤 처우를 당해도 이의를 제기할 수 없다.

─하지만 진정 홀로 가시게 할 수 없다.

무슨 일이 생길지 모른다. 다이키의 안전은 교소의 안전이기도 하며, 나아가 대국의 안전이다.

미리 뒤쪽에서 열어둔 몸채 서쪽 침실 창문으로 숨어 들어갔다. 이 침실은 이제껏 사용된 적이 없다. 칠흑 같은 침실을 살며시 빠져나와 후원으로 나갔다. 다이키가 사라진 쪽문에 다다라 손이 문에 닿았을 때 어둠 속에서 목소리가 들렸다.

"역시."

야리의 목소리였다.

"뒤쫓을 줄 알았어."

고료는 손을 문에 댄 채 한숨을 쉬었다. 야리가 어둠 속에서 모습을 드러냈다.

"혼자 가시게 할 수는 없어."

"고료라면 그리 생각할 줄 알았어."

"병졸이라면 문제없어. 설마 태보에게 난폭한 짓은 하지 않겠지. 하지만 아센 주변에 있는 그건 무슨 짓을 할지 몰라. 어떤 행동을 할지 전혀 예측할 수가 없어."

"꼭두각시를 말하는 건가? 그거라면 태보를 발견해도 별로 신경 쓰지 않을 것 같은데 말이지."

"그렇다고만 단언할 수는 없어."

일말이라도 위험이 있다면 간과할 수 없다.

야리는 고개를 갸웃했다.

"하긴 걱정할 법해. 꼭두각시는 명령받은 행동만 한다던데. 미리 아센에게 침입을 허용하지 마라, 침입자는 이유를 불문하고 제거하라는 명령을 받았다면 설령 태보일지라도 두말없이 달려들 수 있긴 하지."

역시나 하고 문을 밀어 열려고 한 순간 손이 어깨에 올라왔다. 몸이 제자리로 돌아왔다. 대단한 힘도 아닌 것 같았는데 고료는 몸이 크게 젖혀졌다.

백은의 언덕 검은 달

"야리."

고료는 다시금 야리를 봤다. 힘을 다룰 줄 아는 녀석 같다는 처음 만났을 때의 직감이 틀리지 않았다. 사람은 움직이는 중에 즉, 몸의 중심을 옮기는 중에 힘이 가해지면 몸의 균형이 맥없이 무너진다. 물론 간단한 일은 아니지만 야리는 그 방법을 알고 있다.

"돌아가는 편이 좋아."

"아무리 사소한 위험이라도 용납할 수 없어."

"알아. 그러니까 정실로 돌아가. 내가 가겠어."

"야리."

고료가 불만을 말하려고 하자, 야리는 저지했다.

"위험한 건 인정하지. 그러니까 내가 가는 편이 좋아. 고료는 태보 이상으로 위험해."

"그건 너도 마찬가지일 텐데."

"나는 괜찮아."

야리는 태연하게 말했다.

"나는 붙잡히지 않아. 육침에 몇 번이고 잠입했었지만 한 번도 들킨 적이 없거든."

"몇 번이고……?"

"그래서 육침의 상황도 어느 정도 알아. 괜찮아, 태보를 몰래 뒤

쫓다가 위험한 상황이 아니라면 주제넘은 짓은 하지 않을 거야."

놀란 고료는 태연해 보이는 야리의 얼굴을 바라보았다.

"어째서 육침에?"

"나는 가고 싶은 곳에 가. 그걸 타인에게 제지받는 건 좋아하지 않아."

야리는 피식 웃었다.

"가지 말라고 하면 더 가고 싶어지는 법이지."

003

—어느 건물이든 정원이 기준이에요.

사방이 건물로 둘러싸인 뜰을 정원이라고 한다. 그러한 정원 세개, 또는 네 개가 남북에 배치된다고 세이라이가 알려주었다.

중심축을 따라 남북을 일직선으로 볼 때 남쪽에 입구가 있고 안쪽으로 들어갈수록 중요한 장소다. 제일 앞쪽에 있는 건물은 문이다. 문에 들어가면 첫 번째 정원이 나온다. 정원을 둘러싼 건물 중 북쪽에 있는 건물을 지나가면 두 번째 정원이 나온다. 그렇게 세 번째, 또는 네 번째 정원이 이어진다.

—거대한 성도 자그마한 집도 같은 원리입니다.

단지 규모가 다를 뿐이다. 네 개로 부족하면 좌우로 축을 더한다. 가로축을 따라 동일하게 세 개 또는 네 개의 정원을 만들고 주위를 담벼락으로 에워싸면 하나의 구역이 된다.

이렇게 백규궁 곳곳을 알려주면서 다이키를 데리고 다녔다. 세이라이의 따뜻한 손을 잡고 온화하고 부드러운 목소리를 들으며 샛길을 거니는 것이 즐거웠다. 건물과 관련된 생활이나 습관, 그와 관련된 예절이나 정치 이야기 등 세이라이는 많은 이야기를 해주었다. 어떤 질문을 하더라도 알아듣기 쉽게 설명해주었다.

작은 조각이 된 추억을 주워 모으며 다이키는 어두운 건물 사이를 나아갔다. 불행인지 다행인지 오늘은 손톱 달이다. 달빛은 거의 없었다. 하지만 덕분에 멀리서도 등불을 알아볼 수 있었다. 등불을 들고 다가오는 병졸로부터 몸을 숨기기에도 알맞은 어둠이었다.

아센이 머무르는 육침은 주변을 장대한 벽으로 구분 지어놓았지만 다이키는 그 안에 있는 몇몇 샛길을 알고 있었다. 뜰이 연결되어 형태를 이루는 건물들은 처음부터 하나의 건물이 아니라 여러 건물의 집합체에 지나지 않는다. 이어진 부분에는 반드시 느슨한 곳이 존재하고 여러 사정으로 인해 뒷길도 확보되어 있다.

―집을 둘러싼 담벼락이 구멍투성이인데 괜찮을까?

예전에 다이키가 세이라이에게 물어본 적이 있다.

"괜찮습니다" 하고 온화한 영윤은 웃었다.

—왜냐하면 태보의 집은 바다로 둘러싸여 있잖아요. 아래에서 아무도 마음대로 올라올 수 없어요. 문은 두 개밖에 없어요. 정말로 두 개뿐이에요.

마음만 먹으면 담벼락은 손쉽게 넘을 수 있다. 기수가 있다면 어디든 내려설 수 있다. 왕궁 안에서, 특히 하늘 위 연조에서는 기수를 탈 수 없지만 그저 암묵적인 규칙일 뿐 불가능한 일은 아니다.

—그래서 애초에 완벽하게 차단하는 게 의미 없는 거예요.

어렸을 때는 그걸로 괜찮을까 싶었지만, 지금은 오히려 고마웠다. 건물 사이 높이 떠 있는 복도 아래로 숨어 들어가 텅 빈 대청을 빠져나갔다. 옹벽에 있는 열린 누창*을 빠져나가 연못에 있는 디딤돌로 수랑을 건너갔다. 담벼락과 일체인 긴 복도의 구석에 있는 아치형 문을 통과하면 서화원西花苑을 빠져나와 아센이 있는 육침에 다다르게 된다.

다이키는 좁은 뒷길을 지나가다 발걸음을 멈췄다. 산비탈에 세워진 전각을 지탱하고 있는, 자신의 키보다 높은 건물 바닥 아

---

* 유리 없는 무늬 창문.

래를 빠져나가면 예전 다이키가 살던 건물 측면이 나온다. 어둑한 곳을 바라보며 다이키는 발걸음을 재촉했다. 바로 눈앞에 왕의 거전인 육침 건물이 보이기 시작했다. 여기서 더 안쪽에 있는 후정침과 후궁, 그 광대한 건물들 중 아센은 지금 어디에 있는 걸까.

다이키는 처마 끝에 다가가 건물의 상황을 살펴보며 안쪽으로 들어갔다. 사람은 거의 찾아볼 수 없었다. 순찰을 도는 병졸의 모습도 눈에 띄지 않는다. 육침 정전에 불빛이 보이지 않아 더 북쪽으로 향했다. 정전 북쪽에 있는 후정침이 왕의 실질적인 개인 공간에 해당하는 건물이었다.

—여기인가?

자세히 보면 많지는 않아도 등불이 켜져 있었다. 저 멀리 우두커니 서 있는 사람도 보였다. 통로에는 조복을 입은 사람 한 명이 서서 딱히 하는 일 없이 멍하니 허공을 바라보고 있다.

다이키는 기척을 죽이고 다가가 서 있는 남자를 바라보았다. 이 한기에 온포도 걸치지 않은 채 문 밖을 향해 우뚝 서 있었다. 생기 없는 얼굴을 살짝 위로 들어 가볍게 입을 벌린 채 허공을 바라보고 있었다. 좀 전부터 전혀 움직이지 않는다. 시험 삼아 건물 근처에 있는 덤불에 돌멩이를 던져보았지만, 분명 소리가 들렸음에도 남자는 아무런 반응을 보이지 않았다.

―혼백이 빠져나갔다.

그 사실은 알겠는데 대체 이건 어떤 현상인 걸까. 틀림없이 아센과 관련 있겠지만.

안쪽으로 더 깊숙이 들어가서 건물 사이를 지나 안뜰로 숨어들었다. 돌바닥만 깔았을 뿐 아무것도 없는 정원 주변은 건물과 회랑으로 둘러싸여 있다. 다이키는 주변을 둘러보며 회랑으로 올라갔다. 정면에 있는 후정침 건물을 엿보았지만 어두침침한 불빛은 있어도 인기척은 느껴지지 않았다.

―후정침은 아닌가.

발소리를 죽이고 주변 기척을 살피며 더 안쪽으로 들어갔다. 후정침을 지나 또다시 나타난 안뜰을 빠져나간다. 북쪽에 우뚝 솟아 있는 문루 앞에서 발걸음을 멈췄다. 이 문루를 지나면 사방이 건물로 둘러싸인 광장이 있을 터였다. 북쪽에는 소침으로 들어가는 문루가 솟아 있고, 동서쪽에는 각각 동궁, 서궁을 지키는 문궐이 있다. 다이키가 알고 있는 건 여기까지고 이 앞은 거의 가본 적이 없다. 분명 제일 처음 한 번, 아직 세이라이가 곁에 없었을 때 교소에게 이끌려 들어간 적이 있었다.

그곳은 운해에 면한 일대였다. 정원과 건물이 아름답게 배치되어 운해를 조망하는 장소. 북동쪽으로 펼쳐진 다소 높은 언덕에 후궁이 있었다.

백은의 언덕 검은 달

후정침이 아니라면 후궁에 있는 소침일 것이다. 실제로 문루에 사람이 여럿 보였다. 광장을 엿보니 사람이 많았고 이제껏 없던 불빛들이 보였다. 특히 동궁으로 빠지는 문궐 쪽은 도저히 나갈 수 없을 정도로 많은 사람이 있었다.

경비가 삼엄한 걸 보니 아센은 동궁에 있는 것 같다. 동궁은 원래 왕의 친족이 지내는 장소지만 분명 아센에게 그런 친족은 없을 터였다.

다이키는 잠시 골똘히 생각하고 바로 서쪽으로 방향을 틀었다. 서궁에서 소침으로 빠져나가는 길을 기억하고 있다. 지나간 적은 없지만, 세이라이가 "이쪽을 지나가면 몰래 소침으로 가실 수 있습니다" 하고 알려줬다. 소침으로 들어가면 동궁으로 빠져나갈 수 있는 길이 어딘가 있지 않을까. 서쪽으로 가자 서궁으로 가는 길이 나왔다. 기억에 기대어 담벼락을 자른 듯 조금 높게 치솟은 바위산을 올라, 소침 방향으로 내려간다. 길이 나 있지 않아 어둠 속을 손으로 더듬어가며 바위를 올라야만 했지만 그리 험한 비탈은 아니어서 큰 고생 없이 넘을 수 있었다.

바위산 위에서 바라봐도 동궁으로 빠지는 문루 주변만 밝았다. 기묘하게도 그 너머에 있는 동궁에는 빛이 없다. 오히려 소침 한구석 현위전玄威殿이라 부르는 건물 부근에 희미한 빛이 켜져 있었다.

―저곳인가.

　바위산 기슭에 불빛이 없는 작은 건물을 발견하고 다이키는
비탈진 바위산을 내려왔다.

　남자는 어둠 속에서 희미한 소리를 들었다.

　힘없이 눈을 뜬 채로 침상에 누워 아무 생각 없이 멍하니 천장
을 올려보다 그 소리를 들었다.

　습관적으로 몸을 일으켰지만 목적이 있었던 건 아니다. 소리
가 들렸으니 일어나 소리가 난 쪽을 확인해야만 한다고 몸에 익
은 상식에 따라 움직였을 뿐이다.

　침상 바로 옆에는 누창이 있었다. 남자는 유리로 만든 창문 너
머 바깥을 바라보았다. 바깥은 어두웠다. 희미한 파도 소리가 들
렸다. 규칙적으로 반복되는 파도 소리에 이질적인 소리가 섞여
있었다.

　창문 바로 가까이에 보이는 바위산, 그 기슭에서 어둑하게 사
람이 보인 듯했다. 물끄러미 바라보니 보다 가까이 있는 수풀이
흔들렸다. 그 모습을 지켜보고 있자, 수풀 속에서 불쑥 사람이
나타났다. 이렇다 할 불빛은 없었지만 어둠 속에서 하얀 얼굴을
확실히 알아볼 수 있었다.

　―저것은.

남자는 생각을 하자마자 바로 자기가 무엇을 떠올렸는지 잊어버렸다. 그 인물이 누구인지 순간 짐작이 갔는데.

헤이추는 지나간 그림자를 망연히 지켜보았다.

—분명 어딘가에서 본 적이 있다.

그게 언제 어디에서 본 인물이었는지 떠올릴 수 없었다. 쫓아가고 싶었지만 다리가 움직이지 않았다. 무언가를 생각하고 싶은데 머릿속은 온통 칠흑이다.

—저것은……

끝까지 포기하지 않고 머릿속에 있는 어둠을 뒤적이자 머리 위에서 소리가 났다. 건물 밖, 처마 아래 즈음에서 구르르 하고 낮지만 가벼운 울음소리가 들렸다.

소리를 듣고 있자니 머릿속 어둠이 깊어져갔다. 온통 새까맣게 어둠으로 칠해져 아무것도 잡히지 않았고 이제는 잡으려는 생각조차도 들지 않았다.

하는 수 없이 헤이추는 그 자리에 멈춰 섰다.

야리는 건물 누창에서 사람 얼굴을 보았다. 그 사람이 바라보는 방향으로 다이키의 멀어지는 뒷모습이 보였다. 순간 긴장했지만 그 사람은 움직일 기미가 없었다. 놀라거나 당황하는 모습조차 없었다.

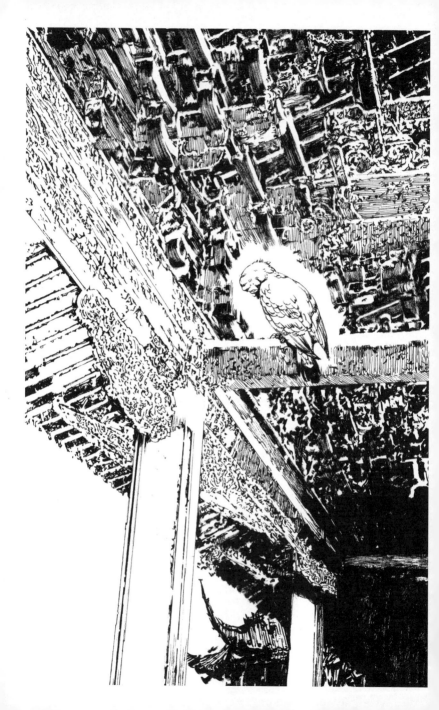

─침입자에게 신경을 쓰지 않는 것 같다.

조금 전 지나쳐 온 문루 주변에 모여 있던 사람들은 확실하게 무언가를 경계하는 모습이었다. 그러므로 육침에 있는 모든 꼭두각시가 침입자에게 관심이 없는 건 아닐 것이다. 때마침 무관심한 꼭두각시였던 걸까. 운이 좋았다.

그럼에도 시선을 피해 다이키를 뒤쫓으려고 했을 때, 위쪽에서 구르르 하고 우는 소리가 들렸다. 비둘기 소리 같았지만 좀더 낮은 소리였다.

처마 끝으로 다가가보았다. 처마 밑 복잡하게 얽혀 있는 도리와 서까래 위에서 무언가가 움직였다. 새처럼 보였다. 비둘기인가 싶었지만 그보다 크다. 고양이보다도 더 커 보였다. 회색빛 깃털로 뒤덮인 몸. 날개 끝이 파랗다. 짧은 황색 꽁지깃은 날개와 마찬가지로 끝부분만 푸른색이다. 바스락바스락 몸을 움직이며 서투르게 방향을 바꾼 새는 도리 위에서 몸을 웅크렸다. 그리고 어둠 속을 뒤돌아보았다. 그러자 불쑥, 뭉개진 갓난아이의 얼굴이 드러났다. 그것은 눈을 감은 채 억양 없는 소리로 "포오" 하고 울었다.

"차섬次蟾인가."

사람의 혼을 앗아 가는 요마다. 이럴 줄 알았다.

황포관 지붕 뒤편에서도 이 울음소리가 들렸다. 돌아가면 없

47
—
13장

애야 한다.

　—이 녀석은 그대로 둬야겠군.

　섣부르게 손을 댔다간 침입한 흔적이 남을 수 있다. 야리는 자신을 내려다보는 생기 없는 추한 얼굴을 힐끗 쳐다보고 다이키의 뒤를 쫓았다.

004

　"저희가 실수라도 저질렀나이까."

　하녀의 물음에 쉴 준비를 하던 쇼와는 의아해했다. 하녀의 행동에 만족한 적은 없지만 질책하고 싶을 정도로 불만을 품은 적도 없다. 어떤 의미인지 신경이 쓰였지만 세세하게 이야기하는 것도 귀찮았다. "아니다" 하고 짧게 대답했다.

　"아니면 어디 편찮으신지요."

　"아니다……."

　쇼와는 대답을 하면서 관자놀이를 눌렀다. 근래 들어 머리가 심히 무겁다. 깨어 있어도 좀처럼 기력이 없고, 시종일관 나른한 상태임은 틀림없었다. 일을 하고 있는 동안에는 그런 기분이 사라지지만, 듣고 보니 어딘가 몸이 안 좋은가 싶다. 승산한 이래

병치레와는 거리가 있었기에 미처 생각이 미치지 못했다.

"피로가 쌓인 거겠지."

쇼와는 미소를 지었다. 하녀는 안심한 듯 말했다.

"괜찮다면 내일은 쉬시지요. 건강을 돌보시옵소서."

"그편이 좋겠지" 하고 대답했지만 쉴 수 없다. 헤이추가 사라진 지금 다이키의 시중을 들 수 있는 건 본인뿐이다. 주재에 오른 게이토우가 다이키 주변에 사람을 더 붙인다고 했으니 곧 일손이 늘어나겠지만 그때까지는 쉴 수 없다.

쇼와는 한숨을 쉬었다. 그렇지 않아도 가뜩이나 다이키의 동정을 살펴야만 한다. 이건 처음부터 쇼와에게만 주어진 사명이다.

어째서 헤이추는 갑자기 육침으로 가게 되었을까.

쇼와에게 육침은 망령 같은 사람들이 우왕좌왕하는 기분 나쁜 장소였다. 영전이었다고는 하나 육침에서 일한다 생각하니 부러운 마음은 들지 않는다. 기분 나쁜 녀석들이 떠도는 곳 따위 가고 싶지 않다.

그러고 보니 의사 도쿠유도 모습을 감췄다. 소임에 싫증이 난 걸까. 우울해하는 일이 많았고 꽤나 지친 듯이 보였다.

나른해 보였던 도쿠유의 모습을 떠올리자 갑작스레 섬뜩했다. 헤이추도 그랬다. 몸이 무겁고 우울한 듯 말수가 줄어들고 근심

거리가 있는 듯 울적해 보였다. 마치 지금의 자신처럼.

쇼와는 홀로 고개를 저었다.

그럴 리 없다. 피로가 쌓였을 뿐이다. 추위도 매섭다. 맡은 바 소임은 막중하고 릿쇼에게 명받은 임무에 어깨가 한층 더 무겁다.

"잠을 잘 못 자니……."

천장 아래에 있는 비둘기가 시끄럽다. 온종일은 아니지만 이 때다 하고 위에서 쏟아져 내려오는 소리가 신경을 건드린다.

"분명 그 탓……."

어둠 속에서 희미한 소리가 울렸다.

"성 남쪽에서 싸우고……."

어둠을 비추는 빛은 단 하나. 게다가 노래하는 사람에게서 멀리 떨어져 있어 어두웠다.

"성채 북쪽에서 죽었네……."

어둠을 검게 잘라낸 그림자는 움직이지 않는다. 입안에서 읊는 듯한 목소리만이 그림자가 조각상이 아니라 살아 있다는 증거였다.

"벌판에서 죽어 나뒹구니 이제 까마귀에게 먹히는 일만 남았네."

생기 없는 노랫소리가 묘하게 어둠 속에 낭랑하게 울려퍼진다. 그림자가 붙박인 것 같은 벽에 다다라 희미하게 메아리친다.

—나를 위해 까마귀에게 말해다오

　파먹기 전에 한차례 예의를 갖추어 울어달라고

　벌판에 널린 채 무덤조차 없지 않은가

한쪽 무릎을 껴안고 웅크린 사람 모습, 양팔 사이로 파묻은 얼굴에서 꾹 참았던 웃음이 새어 나왔다. 자조하는 듯한 목소리에 노래가 멈췄다.

희미한 불빛이 흔들렸다. 그림자는 몸을 살짝 움직여 불빛이 있는 쪽을 바라보다가 흔들렸던 불꽃이 다시금 진정되는 모습을 보고는 원래대로 양팔 사이에 얼굴을 파묻었다.

영원처럼 느껴지는 권태.

—썩은 고기가 어찌 네 입에서 도망칠 수 있으랴?

005

다이키는 문을 최대한 조용히 닫았지만 그럼에도 공기의 움직임이 경첩에서 삐걱거리는 희미한 소리를 만들어냈다. 어둠 속에 몸을 슬며시 맡겨 눈이 어둠에 적응하길 기다리는 동안 숨을 억눌러 참았다고 해도 기척이 났을 텐데 검문하는 소리는 들리지 않았다. 순간 사람이 없는 걸까 싶었지만 희미한 불빛이 보이고 작은 목소리가 들렸다. 억양이 없고 분명치 않았지만 노랫소리인 듯했다.

　―용맹한 기사님 싸우다 죽고

　　말만 남아 어디로 갈 줄 모르고 울기만 하네

　투각 병풍 사이로 창가 근처 긴 의자에 웅크리고 있는 사람 모습이 보였다. 방 한구석 낮은 곳에 켜져 있는 작은 불빛과 창을 통해 들어오는 푸른 달빛을 받으며 검게 똬리를 틀고 있다.

　뜻밖이었다. 육침에 틀어박힌 채 나오지 않았던 아센이 이렇게 밤을 지내고 있었다니 상상조차 하지 못했다. 고독하고 의지할 곳 하나 없어 보이는 이 모습이 정사를 포기한 마음을 비추고 있는 걸까.

　갑자기 어둠 속 사람이 말했다.

　"무슨 일이냐."

　역시 침입자가 있다는 걸 눈치챘나.

　"어둡지 않으신가요."

　다이키가 묻자 그는 놀란 듯 고개를 들었다. 긴 의자 위에서 끌어안고 있던 다리를 내리고 다이키 쪽으로 몸을 돌렸다.

　"아니면 항상 밤을 이리 보내시는 건지요."

　그림자가 드리워 보이지는 않지만 뒤돌아본 사람은 다이키를 응시하는 듯했다.

"놀랍군. 어떻게 이곳까지 들어왔지?"

"이곳은 제 왕궁이기도 합니다. 어디든지 드나들 수 있습니다."

아센이 일어났다. 두 걸음 정도 앞으로 걸어 나와 바닥에 둔 등불을 들어 올렸다. 불이 비치자 비로소 얼굴이 보였다. 아센은 냉소적인 미소를 띠고 있었다.

"다시 한번 묻지. 무슨 일이냐."

"주상께 여러모로 여쭈어도 어떠한 대답도 받지 못해 직접 뵈러 왔습니다."

아센은 손에 든 등불로 주변에 있는 촛대의 불도 밝혔다. 하나둘 불이 붙을 때마다 방 안이 밝아지면서 아센의 그림자가 사라져 갔다.

"조운에게 말하면 될 터인데."

"설마 조운에게 전권을 일임하신 건가요."

"그런 건 아니다만."

아센은 다시 긴 의자에 앉았다.

"그래도 상관없지."

다이키의 입에서 한숨이 새어 나왔다.

"아센 님은 교소 님 통치에 불만이 있어서 일을 도모한 게 아니셨나요."

아센은 의아해하며 다이키를 보았다. 다이키는 거듭 말했다.

"교소 님의 시책에 이견이 있고, 아센 님이 바라는 이상이 따로 있었기에 들고일어난 게 아니셨나요?"

아아, 아센은 쓴웃음을 지었다.

"기린은 어떤 일이든 선의로 받아들이던가? 과거에 수없이 왕을 시해하고 스스로 위왕이 된 자가 모두 왕의 치세를 바로잡기 위함이었다는 건가?"

"아닌가요?"

"오히려 흔치 않은 일이지. 시해란 왕을 질투하거나 경시해서 일어나는 일이야."

"아센 님도 그렇다는 말씀이신가요?"

아센은 낮게 웃었다.

"그렇다고 해둘까. 구체적으로 어느 게 좋지?"

"당신께서는 그런 분이 아니라고 생각합니다."

자못 의외였는지 아센은 뒤돌아 다이키를 올려다보았다.

"호오."

"교소 님을 경시했다면 그렇게 주도면밀하게 준비하지 않으셨겠지요. 교소 님께 불만이 있던 건 아니셨나요? 본인의 처우에 대한 불만이셨나요? 아니면 교소 님이 하시던 치정에 대한 불만

백은의 언덕 검은 달

이셨나요?"

"질투라 생각하지 않는 건 나에 대한 배려인가?"

"논외이기 때문입니다."

"희한한 이야기를 하는군. 보통 질투라 생각할 텐데."

"시작이 질투였다면 아센 님은 지금쯤 오만해지지 않으셨을까요? 시샘할 만큼 원했던 것을 손에 넣고 왜 방치하시는지 모르겠습니다."

아센은 재미있다는 듯 웃었다.

"일부러 내팽개치고 짓밟으며 시름을 잊고 있는지도 모르지."

"시름을 잊으신 것처럼 보이지 않습니다."

훗, 아센은 빈정거리는 듯한, 혹은 자조가 섞인 듯한 웃음을 흘렸다.

"바라는 게 뭐지."

"최소한 서주후로서의 권한을 돌려주세요. 본격적인 겨울이 시작됐습니다. 백성을 구제해야 합니다."

"더 희한한 이야기를 하는군. 태보는 이미 서주후. 돌려줄 것도 없지."

"사실상 할 수 있는 일이 없습니다."

"그런 고충이 있다면 조운에게 말하면 될 텐데."

다이키는 아센의 말을 무시했다.

"한시라도 빨리 백성을 구해야 합니다. 그렇게 하지 않으면 아센 님이 등극하실 때에는 손쓸 방도가 없을지도 모릅니다."

"그렇다면 나에게 내려진 천명도 그 정도겠지."

다이키는 생각했다. 이 인물은 실로 통치에는 흥미가 없는 걸까. 나라의 존속에도 흥미가 없어 보인다. 스러진다면 스러져도 좋다고 생각하는 듯하다. 하지만 왜 이렇게까지 왕좌에 관심이 없는 걸까. 스스로 교소를 쫓아내고서까지 손에 넣은 왕좌인데.

"하다못해 모습이라도 드러내주세요. 조운이 재보의 권한까지 간섭하는 걸 이대로 방치하실 건가요? 서열과 질서만이라도 바로잡아주세요."

"태보를 방해하지 말라고 말해둘까? 과연 내 말을 고분고분하게 들을지 장담은 못 하겠지만."

"왕을 업신여기는 걸 용납하실 건가요?"

"용납하고 말고도 없다. 조운은 멋대로 느끼고 생각하겠지. 실수를 하더라도 감추면 그만이야."

"부탁드립니다."

다이키는 아센을 응시했다.

"백성을 구해주세요. 그리 못 하시겠다면 적어도 제가 구하도록 허락해주세요. 조운이 방해하지 못하게 해주세요."

"그게 태보의 바람이라는 것은 마음에 새겨두지."

"좀더 자주 뵐 수 없을까요?"

"그것 또한 새겨두지. 게 누구 없느냐."

아셴은 소리를 높였다. 좀더 이야기를 나누고 싶었지만 다이키는 어떤 말을 해야 아셴이 움직일지 모른다. 단서조차 찾지 못하는 사이 시관으로 보이는 관리가 달려왔다.

"태보를 궁까지 모셔다드려라."

정중하면서도 단호한 손이 다이키의 팔을 붙잡았다. 달려온 관리들의 표정에는 어느 하나 놀란 기색이 없었다. 하지만 재보의 몸에 손을 대어 힘으로 제어하는, 애당초 있을 수 없는 일을 기계처럼 무표정하게 해치웠다.

"경비를 견고히 하여라. 이리도 쉽게 침입을 허용하다니."

"청이 한 가지 더 있습니다."

다이키는 시관에게 밀려 나가며 뒤돌아보았다.

"세이라이의 도움이 필요합니다. 세이라이를 돌려주세요."

"욕심이 많군."

아셴은 그 자리에 서서 웃고 있었다.

"세이라이는 저의 영윤입니다."

"네가 말했지. 왕을 업신여기게 두지 말라고. 그렇다면 더욱 국탕의 소재를 실토시켜야지. 그러기 위해 처벌은 어쩔 수 없다."

방에서 내쫓긴 다이키에게는 더이상 아센의 모습이 보이지 않았다. 목소리만이 들려왔다.

"서열과 질서를 바로잡기 위해서 말이지!"

"도대체 어떻게."

황포관으로 떠밀려 돌아와서야 구속이 풀린 다이키가 걱정하던 고료를 달래고 있을 때 조운이 달려왔다. 조운은 얼굴이 붉게 달아올라 굳어 있었다.

"어찌 이리 제멋대로 행동을 하십니까."

"제멋대로라니 무슨 말이지요?"

"주상은 아무도 만나지 않으십니다. 어찌 그리 멋대로 육침에 숨어드는 짓을."

"만나지 않는다거나 오지 말라고 하셨다는 말은 들은 적이 없습니다. 제멋대로라고 하시는데 아센 님도 금지하시지 않은 일을 하는데 누구의 허가가 필요하는 거지요?"

조운은 입가를 일그러뜨렸다.

"만나고 싶지 않다고 하십니다. 두 번 다시 이런 일이 없도록 하라고 말씀하셨습니다. 태보가 육침에 드나드는 것을 금지한다고."

"그것이 아센 님의 뜻이라면 아센 님께 직접 듣겠습니다."

"그건 저에 대한……."

다이키는 말투가 거칠어진 조운을 막았다.

"제 뜻을 밝혀두지요. 조운에게 황포관 출입을 금합니다. 제멋대로 들이닥치는 건 오늘을 끝으로 하시지요."

조운은 아연실색한 듯 입을 벌리고 몸을 크게 떨었다. 고함을 지르려고 했지만 다시 집어삼키고 힘껏 가슴을 펴며 말했다.

"명 받들겠습니다."

말하자마자 홱 하고 뒤돌아 크게 발소리를 내며 나갔다. 지켜보던 고료가 다이키에게 말했다.

"태보…… 괜찮으신가요."

고료는 서늘한 표정을 짓고 있는 다이키와 조운이 떠난 자리를 번갈아 보았다. 솔직히 속은 시원하지만 조운 같은 자는 무시당하면 크게 노하는 법이다. 총재의 화를 돋웠다가는 앞으로 지장이 생기지 않을까.

"비위를 맞춘다 한들, 상황이 바뀔 것 같지 않습니다."

"그건 그러하옵니다만……."

조운의 말을 따른다고 해도 다이키를 배려하는 일 따위 없을 것이다. 공손하게 대할수록 점점 더 무시당하는 건 빤한 일이다. 다만 거스르면 필시 반발이 따를 것이다. 지금까지는 벽처럼 앞을 가로막았을 뿐이지만 앞으로는 정면으로 맞설지도 모른다.

006

─제멋대로 행동하는 다이키를 훈계하시옵소서.

총재부가 보낸 서면에는 이렇게 적혀 있었다. 다이키가 숨어
들어온 일을 조운에게 전달하며 다이키의 호위를 강화하라고 지
시했다. 듣자하니 이 일로 조운과 다이키 사이에 한바탕 일이 있
었다 한다. 아센은 다이키의 전횡을 우스꽝스럽게 강조하는 서
신을 코웃음 치며 발밑에 던졌다. 서면을 가지고 온 시관은 표정
없이 서 있었다.

"들었노라고 전하라."

아센은 물러가라 손을 저었지만 시관은 가만히 서 있었다. 공
허한 눈동자는 허공을 향한 채 아센을 보고 있는 것 같지도 주변
의 무언가를 바라보고 있는 것 같지도 않다.

쯧, 아센은 혀를 찼다. 일어나 정실에서 나왔다. 보란 듯 안뜰
을 통해 대청마루로 나가 대기소에 할 일 없이 앉아 있던 관리에
게 총재부에서 연락이 오면 들었노라고 전하라 했다.

"그리고 정실에 있는 자를 처리하여라."

네, 기계처럼 대답한 관리 또한 공허한 표정을 짓고 있다. 시
관은 아센보다 빨리 나가 자동인형처럼 움직이기 시작했다. 아
센이 안뜰을 건너는 동안 곁채 회랑을 빠져나가 걸음을 멈추고

지켜보는 눈앞에서 정실에 있던 시관을 끌어냈다.

차섬에게 혼백을 빼앗긴 자는 부적으로 지배하면서 병의 진행을 늦출 수 있지만 한계가 있었다. 자신과 이 궁이 이중으로 방어해도 가죽 주머니에서 바람이 빠져나가는 것처럼 혼이 계속해서 빠져나가 이윽고 저와 같이 살아 있는 송장으로 변하고 만다.

—저자는 곁에 삼 년 있었던가.

재빨리 주술을 걸었지만 삼 년밖에 버티지 못했다. 병이 깊지 않으면 쓸데없는 말을 지껄이지 않고 제멋대로 행동하지 않으며 순종적이라 부리기 좋다. 하지만 그런 상태로 있을 수 있는 기간은 한정되어 있어 결국에는 혼이 다 빠져나가고 그저 떠도는 존재가 된다. 외부 세계에 대한 관심을 잃고 스스로 사고하는 방법 또한 잃는다. 말이 통하지 않는 것은 물론이고 자신의 몸에 불이 붙어도 반응하지 않는다. 비명을 지르지도 않고 그저 가만히 서서 그대로 타들어간다.

"또 한 명 쓰고 버렸네."

아셴은 느닷없이 가까이서 말을 걸어온 쪽을 쏘아보았다. 로산이 곁채 회랑 난간에 팔꿈치를 괴고 서 있었다.

"내가 혹사시킨 게 아니다."

아셴은 말을 툭 내뱉고 몸채로 돌아갔지만 로산은 뻔뻔스럽게 쫓아와 아셴의 자리에 당연하다는 듯 앉았다.

"태보가 몰래 들어왔다지?"

로산은 유쾌해 보였다.

추측건대 로산은 아셴 주변에 첩자를 심어놨다. 병들어 보이는 관리 중 몇몇은 병든 것처럼 행동하고 있을 뿐일지도 모른다. 혹은 남녀 하인들 중에 있을지도 모른다. 총재부나 육관부에도 있을 것이다. 아셴이 그러고 있듯.

"조운이 크게 노했어."

로산은 유쾌하게 웃었다.

"재밌는 녀석이야. 진심으로 태보에게 적의를 품고 있지."

"그런 것 같더군."

"그래서? 태보가 뭐라고 했지?"

"모습을 드러내라고 하더군."

"뭐, 그럴 법하지. 태보는 백성을 구하고 싶을 거야. 눈이 백성을 짓뭉개버리기 전에 구제할 방도를 마련하고 싶은 거지."

"그리하고 싶으면 하면 그만이야."

아셴이 쌀쌀맞게 말하자 로산은 야유하는 듯한 미소를 띠었다.

"아하, 한때 교소 님을 선택한 걸 아직도 용서할 수 없나 보네. 그릇이 작은 남자로군."

로산은 소리 높여 웃었다.

"조운이나 너나, 질투심 많은 남자는 무섭구나."

로산은 아센이 교소를 질투해서 들고일어났다고 굳게 믿고 있는 것 같았다. 실제로 로산뿐만 아니라 대부분의 사람이 교소를 질투해서 아센이 들고일어났다고 생각하고 있을 것이다. 말뿐이라 해도 "논외"라고까지 말하며 부정한 건 유일하게 다이키뿐이었다.

하지만 아센은 교소를 질투한 적이 없다고 생각했다. 스스로 자각이 없던 것뿐인가 생각하며 노대 너머 잔잔한 바다로 시선을 돌렸다.

언제 교소를 처음 만났던가. 선대 왕인 교왕 시대, 기억하기로는 아직 금군 좌군 사수였던 시절 어느 소문이 시작이었다.

아센은 열다섯에 군에 들어갔다. 열여덟에 발탁되어 군학에 진학했고 병졸로 근무하면서 추천을 받아 대학에 진학했다. 스물여섯에 졸업한 뒤 여수로 발탁되었다. 여수는 오졸 오백 병의 장, 일군에 스물다섯 명뿐인 직위다. 군학에서 대학으로 진학하는 자는 흔하지만 여수로 등용되는 자는 흔치 않았다. 아센은 기대주였고 그 기대에 십분, 아니 그 이상 부응했다. 파격적인 속도로 사수가 되었고 장군이 되었다.

아센이 사수로 발탁된 해, 아센과 똑같이 대학을 마치고 여수로 입궁한 자가 있었다. 아센에 이어 흔치 않은 일이 또 일어났다고 주위에서 시끄러웠다. 그 인물이 교소였다.

교소는 스물넷에 대학을 졸업하고 여수로 발탁되었다. 같은 길이었지만 교소의 발걸음이 이 년 빨랐다. 아센은 오 년 만에 사수가 되었는데 교소는 이 년 만에 사수가 되었다. 그리고 아센이 사수가 되고 삼 년 후, 금군 중군 장군에 임명된 직후, 교소 또한 서주사 중군 장군이 되었다. 물론 서주사 장군과 금군 장군은 같은 장군일지라도 격이 다르다. 하지만 직책을 놓고 보자면 서로 대등했고 순식간에 교소는 아센을 따라잡아 어깨를 나란히 했다.

화가 나지는 않았다. 오히려 기뻤다. 피가 끓는다고 해야 할까. 드디어 호적수를 만난 기분이었다. 겨룰 상대가 있다는 건 잘된 일이다. 특히 아센에게는 이제껏 겨룰 상대가 없었다. 질투나 시샘으로 적의를 보이는 패거리라면 지겨울 정도로 있었지만.

그들은 아센의 지위가 높아질수록 위에 아부하고 비위를 잘 맞추는 녀석이라며 들으란 듯이 말했다. 어느샌가 야유를 담아 '아센'*이라는 자字도 붙였다. 표면상으로는 '선택받은 분'이라는 의미였지만 사실 다른 의미라는 건 알고 있었다. 하지만 아센은 개의치 않고 이 자를 이용했다. 아센은 다른 이에게 아첨을 떨 필요가 없었다. 교소라면 그럴 필요가 없다는 사실을 명백하게 이해할 것이다. 지위를 원한다면 공적을 세우면 그만이다. 스스로를 절제하며 면학에 힘쓰고 사고를 게을리하지 않으며 노고를 아끼지 않고 행동하기만 한다면 공적은 얼마든지 손에 넣을 수 있다. 아센은 그렇게 해왔고 교소 또한 그래 보였다.

달성하고 싶은 일이 있다면 그 방향을 향해 한 걸음이든 두 걸음이든 나아가면 된다. 누가 앞서갈지 다투는 것이 그러한 일이겠지. 누가 얼마큼 앞으로 나아가는지 겨룬다. 하지만 다른 녀석들은 그러지 않았다. 스스로가 앞으로 나아가는 게 아니라 본인 이외의 사람을 뒤처지게 한다. 다리를 걸고 끌어내린다. 그게 아니면 편히 앞으로 나오는 방법이 없는지 나아가지도 않은 채 궁리만 하고 있다. 본인이 한 발자국도 움직이지 않고 있다는 사실은 젖혀두고 앞에 나아간 자가 어떠한 샛길을 이용했는지를 억측하는 일에 힘을 낭비한다.

하지만 교소는 스스로의 힘으로 나아가는 자였다. 그런 교소와 경쟁하는 것은 필시 기분 좋은 일이리라 생각했다. 같은 장군으로 만났을 때 아센은 분명 교소가 있어 기뻤다.

마치 둘이 적인 것처럼 말하는 자도 있었지만 아센은 딱히 교소를 적으로 삼지 않았다. 지기 싫었지만 밉다 생각한 적은 없었

• 아센(阿選)의 '아'는 '아첨하다'라는 의미를 지니고 있다.

다. 특별히 친하지도 않았지만 호적수라 생각해 친해지지 않겠다고 결심했을 뿐이었다. 때때로 마주치면 호쾌하게 웃었고 유쾌하게 지냈다. 그 모습을 보고 아센과 교소가 매우 친하다고 생각하는 자도 있었을 정도다.

─그럼에도 불구하고 대역을 저질렀다.

아센은 발끝을 바라보았다.

교소는 겨룰 만한 상대였다. 아센은 즐겁게 겨루었다. 적어도 처음에는 그랬다. 둘 다 휘하들의 두터운 신뢰를 받았고 많은 이로부터 인정받고 있었다. 왕도 중용했다. 쌍벽이라고, 좌청룡 우백호라고 불렸다. 하지만 말로 표현할 수 없는 답답함이 느껴지기 시작한 것은 언제부터였을까.

─아센과 교소는 닮았다.

그런 말이 많았다. 확실히 군인으로서 본다면 유사했다. 경력도 비슷했고 이후에도 앞서거니 뒤서거니 반복하며 비슷한 길을 걸어왔다. 아센과 비견할 자는 교소뿐, 교소와 비견할 자도 아센뿐이었다. 그 때문에 아센은 곧잘 교소와 비슷하다는 말을 들었다. 교소도 같은 처지였겠지. 아센과 비슷하다는 이야기를 듣는다고 몇 번이고 들은 적이 있다.

본성은 서로 같은 보쿠朴. 같은 성씨인 만큼 닮았다고 했다.

이러한 일들이 갑갑해서 견딜 수 없었다.

눈앞에 자신의 그림자가 있다는 압박. 아센은 항상 '그림자'를 의식하지 않을 수 없었다. 그 '그림자'보다 자신의 가치가 뒤떨어졌을 때, 자신이야말로 상대의 '그림자'가 될 수밖에 없기 때문이다. 그는 늘 이겨야만 했다. 상대보다 전과가 떨어지고 명성이 뒤처진다면 이는 곧 아센이 상대의 '그림자'가 된다는 뜻이다.

교소가 공적을 포기했을 때가 결정적이었다.

교왕으로부터 선지가 내려왔다. 출격하라는 명이었다. 그 시절 왕조에는 파란이 많았다. 한때 지방관이 이의를 제기하고 왕의 선지를 거역하는 일이 빈번히 있었다. 그들을 토벌하라는 명으로 교소는 서주로 가게 되었다. 때마침 아센은 그 직전에 있던 토벌에서 공적을 세운 참이었다. 아센이 교소보다 한발 앞선 모양새였다. 교소가 당연히 공적을 다투어 전장에 뛰어들 것이라고 생각했다.

그러나 교소는 출격을 거부했다. 뿐만 아니라 왕이 그의 거부를 받아들이지 않고 세 번째 선지를 내렸을 때 발칙하게도 군을 사임했다. 선적을 반납하고 보통 사람이 되어 하계로 내려가버렸다.

깜짝 놀랐다. 아센은 교소가 왜 그런 행동을 했는지 이해가 되지 않았다. 아니, 이해는 됐다. 교왕은 지방에 무정하리만큼 세금을 부과했다. 이에 이의를 제기하고 교왕의 사치를 간언하는 지방관의 말이 일리가 있다고 판단했겠지. 즉, 교소는 공적을 버리고 도의를 택한 것이다.

그게 마음에 들지 않은 것은 아니다. 그때의 기분을 말로 표현하기는 어렵다. 같은 선지를 받아 아센은 출격했고 교소는 거부했다. 단호하게 거부한 교소를 보면 그의 행동에 일리가 있었다.

교소가 옳다. 거절해야만 했다. 하지만 아센은 거절할 생각도 못 하고 그저 교소와 공적을 다투기 위해 희희낙락하며 출격해 도의에 반하는 공적을 세우고 기뻐했다. 이것을 떠올리면 입안이 이루 말할 수 없이 썼다.

기꺼이 출전한 아센, 공적을 세우고 한 걸음 앞섰다고 기뻐했던 아센을 교소는 어떻게 바라보았을까. 교소에게 선지가 내려왔을 때 아센은 '어디 솜씨 한번 볼까' 하는 마음이었다. 자신이 한 걸음 앞섰다. 당연히 교소는 그 한 걸음을 의식할 것이다. 여기서 공적을 세우면 아센과 동등해진다는 사실을 십분 의식하며 단단히 마음먹고 전장에 나가리라 생각했다. 그리고 교소는 공적을 세우고 돌아올 것이다. 그래야만 호적수다. 과연 어떻게 다시금 자신과 어깨를 나란히 할지 흥미와 호의를 품고 교소를 지켜보고 있었다. 아센이 출전했을 때 교소도 마찬가지였으리라고 아센은 그때까지 의심하지 않았다. 하지만 처음으로 의문이 들었다. 공적을 쌓기 위해 출전한 아센을 교소는 어떤 시선으로 바라봤을까. 이렇게 겨루고 있던 자신을 교소는 어떻게 생각하고 있었을까.

　—자신만 호적수라며 기뻐했던 것일지도 모른다.

　교소가 아센을 공적을 겨루는 호적수라 여겼다면 과연 담박하게 그 기회를 버렸을까. 아센만 서로 겨루고 있다고 생각했던 건 아닐까. 교소는 아센과 겨룰 생각 따위 눈곱만큼도 없었을지도, 아니 처음부터 안중에 없었을지도 모른다. 아센도 그랬다. 많은 동배가 아센에게 적개심을 불태우고 있었지만 아센은 그들을 상대도 하지 않았다. 겨루고 자시고 그럴 마음조차 들지 않는 녀석들뿐이었다. 어쩌면 아센 또한 교소에게 이와 같은 존재였을지도 모른다. 전부 아센이 제멋대로 생각한 일이고 교소는 아센과 겨룰 마음 따위 털끝만큼도 없었을지 모른다.

　수치심에 몸 둘 바를 몰랐다. 굴욕감, 자신에 대한 혐오와 분노.

　—교소를 향한 증오가 태어난 순간이었다.

　하지만 좋든 나쁘든 눈앞에서 교소는 사라졌다. 아센은 시간이 흐르면 교소가 잊힐 것이라 생각했다. 하지만 그렇지 않았다. "교소가 있다면" 하고 말하는 사람들의 목소리. 사람들에게 교소는 항상 아센보다 우위였다. 잊고 싶어도 그렇게 두지 않는다. 괴로워하고 있던 찰나에 교소가 돌아왔다. 자세한 경위는 아센도 모른다. 무수한 억측이 있었지만 어느 것이 진실인지 알지 못했다. 다만 교왕이 불손함을 용서하겠으니 돌아오라 했다는 것만큼은 진실인 듯했다. 교왕은 환대했고 다른 사람들은 귀환을 칭송했다. 어째서, 왕을 배반했다고 매도했던 사람들이 아니었던가. 아센으로는 부족했는가.

공포에 가까운 감정이 휘몰아쳤고, 이후 아센은 공적을 갈구했다. 그는 항상 힘겹게 그림자보다 앞서 있었다. 그는 무패였지만 그림자는 무패가 아니었다. 하지만 안도와는 반대로 어느새 우열은 가려져 있었다. 시샘하는 자들로부터 아센이 교소의 모조품이라고 맹렬히 비난받았던 것이 언제였을까.

아센이 실패하면 "교소가 아니니 어쩔 수 없다"고 위로받았다. 성공하면 "교소 같다"고 칭찬받았다. 주위에서 보기에는 근소한 차이였지만 확실히 교소가 위였고 아센은 교소에게 미치지 못했다. 부족한 부분이 있지만 대용품으로는 쓸 수 있다. 선택하자면 교소가 최우선이고 교소의 손이 부족하면 아센이어도 괜찮다. 미치지 못한다고는 하지만 그렇게 뒤떨어지는 정도는 아니니 아센에게 맡기면 된다.

교소와의 경쟁은 확연하게 고통스러웠다. 그들이 하사받은 왕이 실도하기 시작하면서 고통은 심해졌다. 이 왕조가 무너질 거라는 막연한 예감이 들었을 때, 쫓기는 듯한 공포를 느꼈다.

왕이 붕어하면 신왕이 등극한다. 교만한 소리가 아니라 자신 또는 교소가 제일 기대받고 있다고 여겼다. 왕이 붕어하고 황기가 세워지면 그는 승산해야 한다. 기린은 그 또는 상대 중 선택한다. 선택받은 자가 왕이고 선택받지 못한 자가 신하다. 그 순간 누군가는 본체이고 누군가는 그림자에 지나지 않는다는 것이 결정된다.

이 공포에 위압당한 아센은 교소와 함께 승산할 수 없었다. 함께 기린 앞에 서서 선택받는 순간을 떠올리면 견딜 수 없었다. 어쩌면 지금껏 그래왔듯 기린 또한 틀림없이 교소를 선택할 것이라는 예감이 들었는지도 모른다. 그리고 예감대로 다이키는 교소를 선택했다.

역시나 싶으면서도 자신도 승산했다면 결과가 다르지 않았을까 생각하지 않을 수 없었다. 하지만 위계는 결정되었다. 더이상 쓸데없는 적개심을 품을 필요가 없다. 하지만 아센의 휘하는 납득하지 않았다. 완강하게 아센과 교소를 비교하는 세력이 일부 있었다. 이들 역시 아센이 잊게 놔두지 않았다. 호흡을 빼앗긴 기분, 숨이 막힌다. 교소가 그 자리에 있는 한 아센은 숨을 쉴 수가 없다.

대국을 떠나려고도 했다. 하지만 할 수 없었다. 자신이 교소의 모조품에 지나지 않는다고 인정하는 꼴이었기 때문이다. 아센은 교소를 앞질러야 했다. 이미 옥좌를 차지한 교소를 앞지르려면 교소를 왕좌에서 밀어내고 자신이 왕좌를 차지해 교소 이상의 치세를 펼쳐야만 했다.

왕조 초반부터 정말로 교소가 왕이어도 괜찮은가 하는 말들이 있었다. 생각보다 치세가 짧을지도 모르겠다고 쓸데없는 걱정을 하는 자들도 있었다. 표풍의 왕이다, 너무 과격하다, 지나치게 잘났다 등등의 목소리. 그리고 다름 아닌 교소를 선택한 다이키조차 어딘가 교소를 거북해하는 모습이었다. 등극한 지 얼마 안 됐음에도 주종관계가 결코 순조롭지 않았다.

표풍의 왕이라는 풍문은 귀를 기울일 가치도 없었지만 너무 과격하다거나 지나치게 잘났다는 의견에는 일리가 있었다. 실제로 교소는 너무 서두르는 것 같았다. 주변이 곤혹스러워하고 갈팡질팡해도 신경 쓰지 않고 휘하의 신망에 등 떠밀려 질풍의 기세로 조정을 개혁하려고 했다. 교소와 함께 달릴 수 있는 자는 그나마 다행이다. 그 속도를 쫓아가지 못하는 자는 이윽고 교소의 치세에 크나큰 걸림돌이 되지 않을까.

지나치게 잘났다는 의견은 누가 봐도 질투나 시샘 때문이다. 험담을 일삼는 패거리의 대부분이 교활하기만 한 보잘것없는 악당이었지만 실은 그러한 신념도 긍지도 없는 악당이 때로 치명적인 재앙을 야기할 수 있음을 아센은 알고 있었다.

또는 풍문대로 교소의 시대는 단명으로 마무리될지도 모른다. 아센은 공연히 기대를 품었다. 그렇다면 아센에게는 아직 교소를 뛰어넘을 기회가 남아 있다. 교소의 뒤를 이을 왕이 되면 된다. 패배자의 기대임은 알고 있었다.

그 한 가닥 희망마저도 로산이 짓밟았다.

"같은 성씨가 왕의 대를 이을 순 없어. 몰랐어?"

로산이 말했다.

들은 적 없다고 아센은 대답했다.

"전례가 없다거나 하는 이야기가 아니야. 그것이 하늘의 섭리지. 태강에 적혀 있지 않지만 태강과 마찬가지로 절대적이지."

교소 치세의 마지막까지 살아남고, 다음 왕을 맞이하여 그 왕의 치세조차도 끝까지도 살아남는 게 불가능한 일이 아니다. 하지만 그때 아센의 주위에 교소를 기억하는 자가 얼마큼 남아 있을까. 교소를 알고 있는 자가 교소보다도 아센이 위라고, 교소야말로 아센의 모조품이었다고 인정하지 않으면 의미가 없다. 로산의 말은 아센이 교소의 모조품이라는 사실로부터 벗어날 일은 영원히 없다고 선고하는 거나 마찬가지였다.

"유감이야."

로산이 말했다.

"승산했다면 좋았을 텐데."

아센은 고개를 저었다. 절망스러웠지만 그런 자신의 모습을 들켜서는 안 된다고 생각할 만큼은 분별이 남아 있었다.

"승산했더라도 결과는 바뀌지 않았겠지. 교소가 왕이다."

"그럴까?"

이센은 의아한 듯 로산을 바라보았다. 로산은 속내를 알 수 없는 미소를 희미하게 띠고 아센을 바라보고 있었다.

"기린이 선택하는 게 사람이 아니라고 한다면?"

"사람이 아니라고?"

"기린은 하늘의 뜻을 받아 왕을 고르지. 여기까지는 확실해. 하지만 하늘은 기린의 귀에 대고 신왕의 이름을 속삭이지 않아. 하늘은 직감이라는 형태로 기린에게 의향을 전하지. 요컨대 인간 세상으로 치자면 눈짓으로 상대방에게 의사를 전달한다는 소린데, 과연 그 과정에 실수가 없을까?"

"설마. 기린의 천계는 절대적이다."

"그렇지, 천계는 절대적이야. 하지만 하늘은 이름을 알려주지 않아. 그게 가능하다면 승산 같은 의식은 필요 없지. 어디의 누가 왕인지 안다면 직접 만나러 가면 그뿐 아닌가?"

"하지만……."

"왕기라고 하지. 왕의 기운이야. 하늘이 인정한 신왕의 기운. 그뿐이야, 사실은."

로산은 비아냥거리듯 웃었다.

"막연한 인상만이 기린에게 전해지는 거지. 선택받을 왕은 이러한 느낌의 인물이다, 하고 말이야. 네놈과 교소 님은 닮았어. 아마 기린이 보고 느끼는 기운도 닮았겠지. 두 사람이 동시에 앞에 나타났다면 다이키는 어느 쪽을 골랐을까?"

아센은 목소리를 낼 수도 몸을 움직일 수도 없었다.

"어느 쪽을 선택했을지는 나도 몰라. 하지만 한 가지 확실한 사실이 있지. 교소 님은 승산했어. 네놈은 하지 않았지. 교소 님이 네놈보다 먼저 다이키를 만났어."

"그래서 태보가 주상을 선택하셨다는 건가?"

로산은 대답하지 않았다. 희미하게 웃으며 아센을 보고 있었다. 그 시선은 아센에게 최후의 무언가를 넘으라고 선동했다.

뒤돌아보면 로산은 그날과 똑같이 빈정거리는 듯한 웃음을 띠며 아센을 바라보고 있다. 로산은 대놓고 비웃는다. 로산이 보기에 아센은 교소에게 뒤처진다. 이것은 절대적이고 단호한 사실이다.

그러한데 어찌, 아센을 부추겼을까.

"……너는 뭘 바라지?"

아센이 물었다. 아센은 지금껏 몇 번이고 로산에게 같은 질문을 했다. 로산의 답은 한결같았다.

"딱히 바라는 건 없어."

로산은 차갑게 대답하며 일어났다.

"네놈한테 바라는 것 따위 없어. 바란다 한들 네놈 따위가 무언가를 할 수 있다고 생각지 않아. 어차피 네놈은 모조품이야."

─그렇다면, 왜 교소를 치게 만들었는가.

"너라면 다이키를 어떻게 하겠나?"

"하고 싶은 대로 하게 내버려두겠어."

로산은 말을 툭 뱉었다.

"태보는 기린이야. 기린의 바람 따위 알고도 남지. 대국의 백성을 구하고 싶다. 그리고 백성을 구하는 건 나쁜 일이 아니야. 네 녀석에게도 좋은 일이지. 백성을 이 이상 방치한다면 모처럼 내려온 천의가 떠날지도 몰라."

"그러면 되겠나? 천의는 네 주인의 것을 나에게 주려고 하고 있다."

로산은 어깨를 움츠렸다.

"그게 천의라면 어쩔 수 없지. 분하지만 네놈이 왕좌에 앉는다고 해도 무능함만 드러날 뿐이야. 무능하다는 낙인이 찍혀 실도한 끝에 파멸하는 모습이라면 보고 싶군."

로산은 속내를 감춘다. 아센의 질문에 진심으로 답한 적이 없고 말은 행동과 일치하지 않아 진실되지 않다.

'무슨 생각을 하고 있는 걸까' 하고 생각하다가 로산에게 물었다.

"네가 질투에 집착하는 건 너 자신이 질투를 했기 때문인가?"

로산은 멀뚱멀뚱 아셴을 다시 보았다.

"내가 실도하면 태보가 쓰러지지. 왕에게 기린은 반려와 마찬가지야. 넌 그것을 받아들이지 못했지."

교소를 숭배하는 로산은 교소에게 둘도 없는 존재가 된 다이키를 질투하고 교소와 함께 파멸하기를 바란다.

로산은 고개를 갸웃하고 잠시 뒤 박장대소했다.

"재미있네, 정말 재미있어."

자지러지게 웃으며 로산이 말했다. 한바탕 웃고 난 뒤 말을 이었다.

"내가 태보를 너희처럼 공경하지 않는 건 사실이야. 그리고 그건 왕도 마찬가지지. 교소 님은 존경하지만 왕이라든가 기린이라든가 그런 건 어찌돼도 상관없어."

말하고 난 뒤 다시금 고개를 갸웃거렸다.

"어찌돼도 상관없다는 아닌가. 흥미롭기는 해. 세상의 섭리로서."

"섭리?"

"교소 님을 존경하지만 흥미가 먼저야. 난 이 세계와 왕의 관계에 흥미가 있어. 무슨 일이 일어나면 어떻게 될지, 그게 알고 싶지."

아센이 이해하지 못한 채 그저 쳐다보고만 있자 로산은 스스로의 말에 납득한 듯 고개를 끄덕였다.

"왕과 기린을 둘러싼 섭리에 대해서 아무도 답을 가르쳐주지 않으니까 답을 알아내기 위해서는 시험해볼 수밖에 없어."

007

"이번에도 그저 들었노라!"

조운은 시관의 말을 듣자마자 고함을 지르며 옆에 있던 의자를 걷어찼다.

안사쿠는 그 모습을 어이없어하며 지켜봤다.

어제 다이키에게 한마디 하겠다고 몹시 즐거워하며 나간 조운이 크게 화를 내며 돌아왔다.

"어인 일이십니까."

안사쿠가 물었지만 대강 짐작은 갔다. 이번에도 다이키에게 휘둘렸겠지. 요즘 대부분의 고관이 다이키는 애당초 조운 따위가 주무를 수 있는 상대가 아니라고 뒤에서 수군거리고 있었다. 기린은 나라의 주축, 조운같이 선적에 오른 관료와는 달리 다른 왕과 동일하게 신적에 오른, 다른 세계에 사는 존재다. 지위로 따져보아도 조정의 신하 중 유일하게 공위公位를 지니고 있고 본래 권력 또한 총재보다 압도적으로 강하다. 재보는 왕을 압박했으면 압박했지 직접 관리를 압박하지 않았고 하물며 직접 명을 내리는 일도 없었다. 그것이 관례니 의식한 적은 없지만 일단 다이키가 마음을 먹고 관리에게 권한을 행사하기 시작한다면 막을 수 있는 자는 왕뿐이다.

노골적으로 적대시하는 것은 어리석기 그지없지만 설명한들 이해할 상대도 아니다. 조운은 크게 화를 내며 징벌을 내리라고 아센에게 상소문을 올린 모양이지만 여느 때처럼 "들었노라"라는 답변만 돌아왔다. 참을 수 없겠지만 조운이 불리하다.

안사쿠는 주위에 화풀이하는 조운을 차가운 눈으로 바라보았다.

"나를 뭘로 보고, 울화가 치미는군."

의자를 걷어찬 조운은 크게 숨을 내뱉고 뒤돌아 안사쿠를 보았다.

"시손을 불러라."

"시손은 칩거중이옵니다."

다이키를 거역해 경질당했다. 칩거로 끝난 게 천만다행이었다. 자칫했다가는 반역으로 처벌받아도 어쩔 수 없는 일이었다. 물론 조운이 주변에 적당히 봐주도록 슬그머니 압력을 가한 결과이기도 했지만.

"상관없으니 불러!"

조운은 관자놀이에 핏줄을 세워가며 소리쳤다. 안사쿠는 공손하게 인사를 하고 시손을 부르도록 하관에게 명했다. 단순히 명한다고 끝나는 게 아니다. 시손을 불러내기 위해서는 명분이 필요하다. 시손의 죄명은 불복종이다. 불복종죄인 경우 추관은 당연히 시손에게 그 이상의 반역 의사가 없었는지 문초해야 한다. 시손의 신병은 자택에서 칩거하는 형태로 구속되어 도망칠 수 없도록 하관이 동향을 살피고 있다. 면회에는 허가가 필요하고 시손이 저택을 나가기 위해서는 추관과 하관의 사전 교섭이 필요하다. 이 모든 것을 처리하기 위해 헐레벌떡 뛰어다니며 만난 고관들은 언제나처럼 조운의 방자함에 너도 고생이 많다고 말하듯 처리를 해주었다.

— 정말이지, 고생이 말이 아니군.

하지만 안사쿠가 이렇게 온갖 일을 능숙하게 처리해왔기에 조운이 권력을 유지할 수 있었고 나아가 안사쿠도 자리를 지킬 수 있었다.

시손은 초췌해진 모습으로 불려 나왔다. 애당초 볼품없던 남자가 처참하게 야위어 더 초라해졌다. 질책당할까 두려워 벌벌 떨고 있는 모습이었는데 겨우 목숨을 구걸할 생각이 들었는지 조운을 보자마자 바닥에 뛰어들듯 평복하며 사죄와 아첨과 애원의 말을 속사포로 내뱉었다.

"됐다, 그 입 다물어라!"

조운의 일갈에 시손은 입을 꾹 다물었다.

"네놈은 반성 좀 했겠지?"

"네, 충분히 했사옵니다."

참으로 되지도 않는 소리라고, 시손의 대답을 지켜보는 안사쿠는 동정을 금할 수 없었다. 본래 전부 조운이 명령한 일이다.

"생각이 부족해 태보의 노여움을 샀기로서니 태보를 원망하지는 않겠지?"

"물론이옵니다."

"죄가 사해진다면 태보를 위해 헌신하고 싶겠지."

"진심으로 그리 바라옵니다!"

조운은 만족한 듯 웃으며 끄덕였다.

"좋다. 그럼 시손을 내재에 임명한다."

내재. 시손은 놀라 고개를 들었다.

"속죄하는 마음으로 태보의 시중을 들라. 모쪼록 극진히 말이지."

"아, 알겠사옵니다."

과연, 안사쿠는 속으로 쓴웃음을 지었다. 조운의 장기인 '과잉

충성'이다. 총재가 되기 전 자기보다 윗사람을 밀어내는 데 자주
썼던 수법이다. 시손처럼 자기 뜻대로 움직이는 부하를 표적의
곁으로 보내, 과도한 충성을 하게 한다. 대량의 물품과 많은 부
하를 이용해 표적이 숨 쉴 틈도 없이 지나치게 간섭한다. 표적이
거절하면 낙심하여 울고 질책하면 제 자신이 어리석다며 한탄하
며 소리 높여 운다. 주위에서 보면 충성심이 과했다고밖에 보이
지 않기 때문에 으레 그들 사이를 중재하고, 표적이 너무 엄격하
면 그를 나무라며 신하를 감싼다. 표적이 이렇게까지 하는 건 답
답하고 곤란하다고 말해도 대개 이해받지 못한다. 이런 상황이
반복되는 동안 표적은 천천히 괴롭힘이라도 당한 듯 기력을 상
실해간다. 그와 동시에 대외적으로는 주인을 칭송하고 타인은
끌어내리며 업적을 과대하게 퍼뜨리고 타인의 공로까지도 주인
의 공로인 것처럼 떠든다. 모든 것은 선의이며 충성심에서 비롯
된 일이다. 하지만 이로 인해 표적의 평판은 떨어져만 간다. 타
인과 비교하며 칭찬하면 비교당한 상대는 표적이 자신을 깔본다
고 생각하고, 공로를 빼앗아 가면 적의를 품는다. 그 결과 조운
이 손쓰지 않고도 누군가가 표적을 밀어내준다. 대부분의 사람
들은 밀려났을 때 이에 항거할 기력을 잃은 상태가 된다.

　조운다운 수법이라고 안사쿠는 속으로 중얼거렸다.

　하지만 과연 다이키가 그리 간단하게 무너질까?

안사쿠는 지금까지의 경위로 보건대 다이키는 기린이라 생각할 수 없을 정도로 강인하다고 판단했다. 항상 냉정한데다가 육침에 숨어드는 모습을 보니 무서울 정도로 대담하며 행동력이 있다. 게다가 지위도 조운보다 압도적으로 높다. 아마도 다이키는 조운이 지금까지 상대한 그 누구보다도 힘겨운 상대일 것이다.

조운은 다이키를 포로처럼 다루어왔고 다이키는 그러한 처사를 받아들이는 듯했지만 이마저도 사실 다이키가 계산한 결과이지 않을까. 다이키는 언제든 육관부에 가서 고관을 지휘할 수 있는 권한을 가지고 있다. 다이키가 기린의 권위로 명령하기 시작하면 조운 따위가 막을 수 없다. 조운의 관위를 박탈하는 것은 왕의 권한이기에 할 수 없지만 아센이 모습을 드러내지 않는 지금 총재의 지위를 유명무실하게 만드는 것쯤은 손쉬운 일일 터였다. 안사쿠는 다이키가 이를 알면서도 구태여 하지 않고 있는 것이라고 생각했다. 정사를 방치하기로 결정한 아센을 뛰어넘어 국가와 백성을 구제하기 위해서는 육관의 협력이 빠질 수 없다. 그러므로 구제를 바라는 다이키가 일부러 조운의 비열한 상술에 어울리고 있는 건 아닐까.

"안사쿠."

시손에게 불경한 일을 꼼꼼하게 주입하고 있던 조운은 뒤돌아 안사쿠를 쳐다보았다.

"네."

안사쿠가 대답했다.

"황의를 해임하겠다. 태보 곁에 파견된 아무개 의사도 마찬가지다."

명을 받든 안사쿠는 조운의 뜻을 천관에게 전했지만 다이키가 그보다 한 수 위였다. 황의인 분엔과 도쿠유는 어찌된 영문인지 행방을 알 수 없었고 의관인 준타쓰는 이미 사직하여 주관으로서 서주에서 다시금 관직에 올라 있었다.

역시나 하고 안사쿠는 생각했다. 그리고 조운에게 보고할까 고민하던 조언을 하지 않기로 했다. 시손을 다이키 곁에 보내기 위해 해고시킨 내재는 조운의 오래된 부하가 아니다. 이유 없이 부조리하게 관직을 잃은 내재는 무슨 생각을 할까. 어떻게든 보상하지 않으면 결국 반의를 품게 될 텐데.

— 일단 내재에게서 시선을 떼지 말아야겠다.

물론 이는 조운 때문이 아니다.

14
장

001

얼어붙을 것같이 차갑고 하얀 눈바람이 불어쳤다. 항상 가루 눈이 섞인 바람이 분다. 하늘에서 내려오는 눈인지, 쌓였던 눈이 날아올라 떨어지는 것인지 분간이 되지 않았다. 그늘에 쌓인 눈은 얼어붙으며 점차 몸집을 불려갔다. 리사이가 바라보고 있는 안뜰에도 구석구석 눈이 쌓여 있다. 많은 곳은 종아리만큼 쌓인다. 사람이 지나다니는 길은 그나마 눈이 치워져 있었지만 얼어붙은 돌바닥에는 눈이 파도처럼 휘몰아쳐 물결무늬를 그려냈다.

"춥지 않니?"

리사이는 뒤를 올려다봤다. 리사이가 기대고 있는 히엔은 지푸라기 속에 웅크리고 있다. 커다란 머리를 앞다리 위에 올려놓고 조용히 숨을 쉬고 있다. 희읍스름한 공기가 감돈다.

부구원에 있는 마구간은 결코 좋은 환경이 아니었다. 건물 사이사이 난 수많은 틈으로 새어 드는 바람이 차갑다. 깔짚은 풍부했지만 가늘고 힘이 없어 별 소용이 없다. 히엔을 이렇게 추운 장소에 내버려두고 있는 게 안쓰러웠다.

멍하니 히엔의 머리를 쓰다듬고 있는데 가벼운 발소리가 들렸다. 호토가 불쑥 마구간으로 고개를 내밀었다.

"역시 이곳에 계셨군요."

"무슨 일이라도 있는가?"

"겐추가 왔습니다."

"겐추가?"

리사이가 자리에서 일어났다. 히엔이 벌써 가느냐는 듯 아쉬워하는 표정으로 고개를 들자 리사이는 턱을 쓰다듬은 뒤 미안해하며 호토와 함께 마구간을 나와 부구원 뒷문을 지나 밖으로 나왔다. 아직 이른 아침이라 길가에는 지나다니는 사람이 적었다. 사람들이 집에서 꼼짝 않는 계절이 찾아왔다. 목도리를 코끝까지 끌어 올리고 리사이는 발길을 재촉했다. 여느 때보다도 추위가 한층 더 몸에 스며든다. 노안에 다녀온 이후 몸속에서 열기가 빠져나간 것 같았다. 아무리 해도 따뜻해지지 않고 손발은 얼어붙은 채 무겁기만 하다. 그럼에도 어떻게든 힘을 쥐어 짜내 잰

걸음으로 거처에 돌아가자 겐추가 주방에 앉아 기다리고 있었다.

겐추는 리사이가 온 것을 알아채자 일어서서 묵례한다.

"일전에는 신세를 졌네. 오늘은 무슨 일이지?"

"석림관에서 전언을 보냈네."

"석림관에서?"

아셴이 즉위한다는 공표를 듣고 석림관파 사당을 찾아갔다. 그 소식을 들은 걸까. 하지만 어째서 겐추가 석림관의 심부름을 하고 있는 걸까.

"겐추는 석림관과 연분이 있는 건가?"

겐추는 물음에는 답하지 않고 전언을 전했다.

"주좌가 만나고 싶어 하신다."

리사이는 의아스러웠지만 거절할 일도 아니다. 요청대로 리사이 일행은 마을 북동쪽 작은 산봉우리 위에 있는 석림관으로 향했다. 일전에 찾아간 곳은 같은 종파의 사당이었지만 지금 가는 곳은 석림관 본산이다. 본래 수행을 하는 장소이기 때문에 신자라고 해도 쉬이 참배할 수 있는 곳이 아니다. 기나긴 돌계단 끝에 솟아 있는 산문은 마치 이를 증명이라도 하듯 굳게 닫혀 있었다. 겐추가 옆에 있는 쪽문을 두드리자 안쪽에서 문이 열렸다. 하얀 법의를 입은 젊은 도사가 인사를 하며 마중 나왔다. 리사이 일행은 도사의 안내를 받아 가람 안쪽으로 들어갔다. 석림관을 이루는 건물들은 하나같이 최소한의 장식과 소박한 색채로 되어 있다. 하지만 깔끔하게 눈을 쓸고 깨끗하게 닦은 돌바닥과 발자국 하나 없고 낙엽 하나 떨어져 있지 않은 정원에 쌓인 하얀 눈은 아름다웠다. 정원에서 황민의 모습은 찾아볼 수 없었고 차갑게 얼어붙은 조용한 공기만이 가득했다.

도사에게 안내받은 곳은 가장 안쪽에 있는 건물에서 동쪽으로 들어간 측원側院이었다. 도사는 리사이 일행을 본전으로 불러들였다. 추위 때문에 모든 문을 닫아놓은 걸까. 향에서 피어오른 연기가 당내를 흐르고 있다. 채광창을 통해 들어오는 희미한 빛이 어두침침한 방 안 중앙을 희미하게 비췄고 그곳에는 왜소한 늙은 여인이 한 단 높은 단상에 있는 의자에 앉아 있었다.

"참 잘 오셨습니다. 모쿠유라고 합니다."

단상에 있는 도사가 정중하게 인사를 했다.

"보시는 바와 같이 나이가 나이인지라 다리와 허리가 성하지 않습니다. 실례인 줄 압니다만 이리로 불러 모셨지요. 양해해주세요."

단상 좌우로 여러 사람이 대기하고 있었다. 반은 갈색 법의를 입은 도사였지만 나머지 반은 일반 백성처럼 보였다. 그 가운데 열두세 살가량 된 소년의 모습을 보고 리사이는 작게 외쳤다.

"가이세이."

노안에서, 그 무덤에서 만난 소년이었다. 소년 옆에 노안의 이재보인 보큐도 있었다. 소년의 등 뒤에 고개를 푹 숙인 채 서 있었다. 이재보 뒤로 두 사람을 지켜보는 한 무리가 있다. 그중 한 여인을 어디선가 본 듯했다. 노안에서 본 것일까.

"어째서 여러분을 알지도 못하는 제가 갑자기 불러냈는지 사뭇 의아하시겠지요. 차근차근 설명해드리겠습니다. 우선 자리에 앉아주세요."

모쿠유는 단상 정면에 있는 인원에 맞춰 마련해놓은 의자를 가리켰다. 리사이 일행이 인사를 하고 자리에 앉자 하얀 법의를 입은 도사가 들어와 차를 냈다. 차를 내는 동안 모쿠유는 리사이 일행의 이름을 확인했다. 하얀 법의를 입은 도사가 물러나기를 기다렸다 말문을 열었다.

"리사이 님은 가이세이를 기억하시나 봅니다. 엿새 전에 여기 있는 가이세이가 저희 도원 문을 두드렸답니다."

노안에서 임우까지 엿새에 걸쳐 추위와 눈 속을 홀로 여행한 소년은 도사에게 호소했다. 노안에 은신해오던 무장이 있었다. 하지만 그 무장을 마을 사람들이 공모해서 죽였다고.

"가이세이."

리사이가 놀라 소년을 쳐다보자 소년이 말했다.

"너희들이 저녁에 마을을 떠났잖아. 그래서 마을 밖이 위험하다고는 했지만 어른들이 겁주는 만큼 위험하지는 않다고 생각했어."

"무모한 짓이야. 어떻게 혼자…… 하다못해 우리에게 데려가 달라고 말이라도 하지 그랬어."

"말했으면 분명히 막았을 거면서. 안 그래? 어른들은 믿을 수 없어. 관청은 말할 것도 없고. 얼마 전까지 몸을 숨기고 있던 병사들이 있었는데 그 사람들도 없어졌어. ……그 밖에 누구한테 말해야 좋을지 몰랐다고. 도관밖에 생각이 나지 않았어."

"가이세이는 석림관 신도였니?"

"딱히 그런 건 아냐. 그치만 아빠와 엄마는 모쿠유 님을 존경했었어. 엄청 훌륭한 분이라고 늘 말했기 때문에 모쿠유 님이라면 들어줄지도 모른다고 생각했어."

모쿠유는 끄덕였다.

"참으로 감사한 일이지요. 저를 의지해서 제대로 여장도 꾸리지 않고 홀로 저희 도관을 찾아온 거랍니다. 그렇다면 저는 그 믿음에 응당 보답해야겠지요."

모쿠유는 사실을 확인하기 위해 노안에 사람을 보냈다. 그 결과 이렇게 리사이 일행을 부르게 되었다고 한다.

"우선 말씀부터 드리지요. ……주상께서는 붕어하지 않으셨습니다."

리사이는 깜짝 놀라 고개를 들었다. 곱게 늙은 모쿠유의 얼굴을 응시했다.

"사실인가?"

모쿠유는 고개를 끄덕이고 따스한 시선으로 가이세이를 바라봤다.

"노안에 은신하던 무장이 있었던 건 사실입니다만 그건 주상이 아니십니다. 가이세이, 넌 그분의 이름을 남들 모르게 들었지?"

가이세이는 끄덕였다.

"마을 사람 아무한테도 알려주지 않았지만 나한테는 가르쳐줬어. 자기 이름은 기료라고."

"기료……."

리사이는 중얼거렸다.

"기료였구나……!"

"아시는 분인지요."

모쿠유가 물었다.

"옛 동료입니다. 주사 장군으로 문주에 왔던."

리사이는 차디찬 무덤을 떠올렸다. 교소가 아니라는 사실은 기쁘지만 그 무덤 아래에 기료가 잠들어 있다고 생각하니 마음이 쓰라렸다. 더욱이 지난가을까지 살아 있었다. 리사이가 빨리 도착했더라면 만날 수 있었을지도 모른다. 그러다 문득 이런 생각이 들었다.

"하지만 기료는 백발도 홍안도 아니었네."

리사이의 말에 가이세이의 뒤에 서 있던 보큐가 머리를 깊게 숙였다.

"그자들은 여러분을 속였습니다. 주상이 노안에서 죽었다고 생각하기를 바랐던 겁니다. 새로운 왕이 등극하기 때문이죠."

모쿠유가 바라보자 보큐는 한 걸음 앞으로 나왔다.

쓰러진 무장이 노안으로 실려 온 것은 교소가 모습을 감춘 지 반년 정도 지난 뒤의 일이었다. 아센의 주벌을 받아 부상을 입은 무장이 아닐까 싶었지만 확증이 있는 건 아니었다. 상처가 깊었던 것은 사실이었고 그 무장이 꽤 오랜 시간 산야를 떠돌았던 것 또한 사실이었다.

보큐가 무장을 도운 것은 그저 순수한 선의였다. 물론 아센에게 반발하는 마음도 있었다. 아센이 죽으려고 한다면 무슨 일이 있어도 돕고 싶었다. 처음에는 무사가 왕사의 병사라고 추측했다. 왕이 아니냐고 누가 말을 꺼냈던가.

왕의 소식이 끊겼다는 사실은 알고 있었다. 그때 당시 사실은 아센이 습격한 게 아니냐는 이야기조차 나돌았다. 반년이나 전의 일이다. 하지만 아센의 흉수를 피한 교소가 어딘가 몸을 숨기고 있다 이제야 행방이 탄로 나 습격당한 걸 수도 있다. 당시 보큐는 교소가 어떻게 생겼는지 알 기회가 없었다.

교소일지도 모른다고 누군가가 말을 꺼냈고, 그런 일은 있을 수 없다고 생각했지만 내심 기대했다. 그래서 보큐는 성심성의껏 무장을 보살폈고 그의 존재를 철저하게 숨겼다. 이윽고 무장이 정신을 차리자 교소가 아닌지 묻는 질문에 그는 "아니다" 하고 대답했지만 이름을 밝히지도 않았고 보큐도 그의 대답을 믿어도 되는지 판단이 서질 않았다. 여기까지는 세이시와 리사이에게 설명한 그대로였다.

다만, 기료가 "주상"이라는 말에 대답을 한 적은 한 번도 없었다. 계속 아니라고 말하기는 했다. 그래서 언젠가부터 보큐도 그가 교소가 아니라고 받아들였고, 교소가 백발에 홍안이었다는 사실을 작년에 알게 되어 그를 비롯해 마을 사람들도 역시 교소가 아니라는 사실을 깨달았다. 그럼에도 기료가 완고하게 자신의 정체를 밝히지 않은 것은 교소 진영에서도 중진이었기 때문일 거라고 모두가 생각했다. 자신이 누군지 알게 되면 알고서도 숨겨준 보큐와 마을 사람들에게 누를 끼치고 만다. 그들이 정체를 모르도록 기료는 자신의 의사를 관철하려고 했다.

하지만 기료는 생각보다 상태가 훨씬 나빴다. 당시 기료는 마을에서 쉬다 회복이 되면 서둘러 떠날 작정이었을 것이다. 하지만 다 회복되기도 전에 무리를 하고 다시 쓰러지기를 반복했다. 그 결과, 지난가을 결국……

"이 사실만은 꼭 믿어주시기를 바랍니다. 저희는 그분을 해치지 않았습니다. 음식에 약을 섞은 건 사실이옵니다만 그건 그분께서 약은 필요 없다고 말씀하셔서였습니다. 그분은 저희에게 부담 주는 일을 매우 꺼려하셔서 비싼 약 따위는 필요 없다고, 구하지 않아도 된다고 완강하게 말씀하셨습니다."

폐를 끼칠 바에는 회복은 둘째 치고 마을을 떠나겠다는 태세였던지라 결국 그들은 몰래 음식에 약을 섞는 지경에 이르렀다.

"그걸 가이세이가 알고 있었는지 몰랐습니다. 하지만 가이세이가 오해한 겁니다. 저희는 결코 그분을 해할 생각 따위 하지 않았습니다. 믿어달라는 말밖에 할 수 없습니다만……."

리사이는 고개를 끄덕였다.

"동료가 신세를 졌네. 노안 분들의 후의에 깊은 감사를 표하네."

보큐는 고맙다며 옷깃으로 눈가를 훔쳤다.

"어째서 그렇게까지 돌보았지? 신농의 약이라지만 그대들에게는 부담이 컸을 걸세. 숨기는 일에는 위험도 따르지. 주상일지 모른다고 의심했을 때라면 모르겠지만 그렇지 않은 걸 알고 나서도 기료를 그렇게까지 돌봐준 건 어째서지?"

"잘 모르겠습니다. ……물론 차마 못 본 체할 수 없긴 했습니다. 마을로 실려 왔을 때에는 정말 심각한 상태였거든요. 점차 회복하는 모습을 보고 있자니 저희는 기뻤습니다. 그래서 다 나아 건강해지신 모습을 보고 싶었습니다."

"희망 없는 시대니까요." 보큐는 작은 목소리로 덧붙였다.

대국에는 희망이 없다. 이 모든 일이 홍기에서 옥좌에 앉아 날뛰는 그 짐승 때문이다. 기료를 지켜냄으로써 소소하게나마 저항을 하고 있다는 기분이 들어서 그랬을지도 모른다. 살기 위해 벌을 받을지언정 무릎은 꿇지 않겠다고.

"……그분의 인품도 한몫했습니다. 그분은 저희에게 고마워하며 정말로 열심히 도와주셨습니다. 지금과 같은 시대에 마을이 살아남을 수 있었던 것도 그분이 조언을 해주셨기 때문입니다. 가이세이의 아비를 요마로부터 구해주셨습니다. 결국 아비는 그때 입은 상처로 목숨을 잃었지만 의지할 곳을 잃은 가이세이를 곁에 두고 버팀목이 되어주셨지요."

"기료는 훌륭한 인품을 지닌 사람이었다. 알고는 있었지만 그렇게 말해주니 기쁘네."

보큐는 고개를 끄덕였다.

기료가 서둘러 회복하려고 했던 것도 사실이다. 하루라도 빨리 원래의 몸 상태로 돌아가고 싶어 거듭 무리를 했다. 가이세이에게는 걱정하지 않아도 된다는 듯 괜찮은 척했지만 상태가 정말 좋지 않았던 것이다. 그리고 결국 기력이 다되었다. "태보를" 하고 짧은 유언을 남기고.

기료는 교소를 찾으려 했다. 교소와 함께 홍기를 탈환하려고 했다. 하지만 결국 이루지 못했다. 하다못해 보큐에게 다이키를 찾으라고 유지를 남겼다.

"……직접 말씀하진 않으셨지만 세월이 이만큼이나 흘러 그분도 주상을 찾는 것을 단념하신 듯 보였습니다. 설령 찾았다고 한들 주상 아래로 병력을 모아 거병하는 일은 매우 어려운 일, 하물며 본인이 이 세상을 떠나면 불가능하리라고 판단하셨겠지요. 저희처럼 힘없는 백성이 할 수 있는 일이 있다면 태보를 찾는 일 정도입니다. 아뇨, 그조차도 불가능에 가깝습니다. 다만 저희가 희망을 품을 수 있는 건 그 일뿐이라는 마음으로 지냈던 것 같습니다."

"그랬군." 리사이는 작게 말했다. 기료의 심중을 헤아리면 마음이 아프다. 좀더 빨리 만나, 설령 결과가 바뀌지는 않더라도 적어도 다이키가 돌아왔다는 사실만이라도 전해주었더라면 얼마나 좋았을까. 혹시 그 사실을 알았더라면 더이상 무리하지 않고 제대로 쉬었을지도 모른다. 리사이가 곁에 있었다면 불가능한 일은 아니었을 것이다. 그랬다면 목숨을 잃지 않았을 수도 있다.

……한발 늦은 것이다, 역시.

"그렇게 그분이 돌아가시고 마을 사람들이 의기소침해 있을 때, 주상을 찾고 있는 세력이 있는 것 같다는 소문을 듣게 되었습니다."

리사이는 고개를 끄덕였다.

"소문이 돌고 있었다고는 들었네. 꿈에도 생각하지 못했어. 경솔했네. 원체 세력이라고 일컬을 만한 사람 수도 아니었네. 보이는 바와 같이 이게 다일세."

보큐는 고개를 내저었다. 실상을 몰랐기 때문이다. 임우를 거처로 삼아 교소를 찾는 세력. 아셴의 수하인지 아니면 교소의 휘하인지. 만약 전자라면.

"그분이 왕이셨다면 저희들도 망설이지 않고 끝날 일이었습니다. 만약 왕이셨다면 무슨 일이 있더라도 지켜냈을 겁니다. 그 짐승의 부하라면 끝까지 들키지 않겠다고. 주상의 휘하라면 어떻게 해서든 만나게 하겠다고. 그로 인해 그 짐승의 눈에 찍히더라도 말이지요."

하지만 기료는 더이상 이 세상에 없다.

"무장을 찾고 있는 세력이 주상의 휘하라면 마지막 모습이라도 알려드리고 싶었습니다. 하지만 저희로서는 어느 진영의 분인지 파악할 수가 없었습니다. 만난 사람들이 그 짐승의 휘하라면 화를 부르는 것과 마찬가지일 테니까요."

보큐는 목소리에 힘이 빠졌다.

"저에게는 노안을 지킬 책임이 있습니다……."

이미 기료는 없다. 무덤을 가리킨들 상대도 득이 될 건 없을 것이다. 그래서 침묵을 유지했지만 슈코와 함께 세이시가 마을로 온 탓에 상황은 크게 변했다. 무인을 찾는 세력에 세이시가 있었다는 사실을 상황을 살펴보러 임우에 갔던 마을 사람이 기억하고 있었기 때문이다.

"저자는 그 소문의 세력 중 한 명입니다. 살펴보고 온 자가 이렇게 말했습니다. 하지만 어떤 사람은 슈코의 제자라 말했지요. 같이 마을에 온 적이 몇 번 있다고요."

보큐와 마을 사람들은 생각했다. 마을은 전부터 주시받고 있었다고. 그럼에도 세이시는 이제껏 적극적으로 접촉하려 하지 않았다. 기료가 있다고 확신하지 못해서였을까. 그렇다면 세이시가 아센의 진영일 리가 없다고 생각했다. 아센 진영이라면 의심이 든 시점에 쳐들어와 노안을 통째로 전멸시켰을 것이다. 아센의 수법은 이제껏 늘 그래왔다.

"그래서 세이카 님께 상대해달라 부탁드렸습니다. 그때 만난 두 분은 문주사 출신이신데 반역을 의심받아 쫓기는 신세가 되어 노안에 다다랐지요."

"그랬군……."

"주상이 백발에 홍안이라고 가르쳐준 것도 그분들입니다. 그분들이 기료 님을 보고 적어도 주상은 아니라고 말했지요. 두 분 또한 줄곧 주상을 찾고 있었다고 했습니다."

세이시는 두 사람의 태도에서 그들이 아센 진영이 아니라고 확실히 느꼈다. 하지만…….

"찾고 계신 무장은 이미 죽었다고 무덤을 보여드리면 그걸로 납득을 하셨을까요. 여러분은 납득될 때까지 노안에서 그분을 찾으며 사람들을 조사하지 않았을까요. 그리했다면 얼마 못 가 그 행동이 나라의 눈에 띄었을 겁니다."

보큐는 고개를 푹 숙였다.

"그분이 돌아가셔서 저희들의 입장은 난처해졌습니다. 그렇다고 해서 속수무책으로는 있을 수는 없으니 마을 사람들과 의논을 한 결과 만약 그 짐승의 휘하가 찾아온다면 주상이 아니었다고 말할 수밖에 없다는 결론에 이르렀습니다. 반대로 주상의 휘하가 찾아온다면 주상이었다고……."

"납득할 수 없어."

세이시가 말을 가로챘다. 리사이가 세이시의 이름을 부르며 타일렀지만 세이시는 멈추지 않았다.

"그 무장이 교소 님이라고 하면 우리가 실망이라도 해서 노안을 떠나 두 번 다시 오지 않을 거라 생각했다는 건가?"

세이시는 보큐에게 매서운 어조로 쏘아붙이고 뒤돌아 리사이를 쳐다봤다.

"리사이 님, 저는 이런 말도 안 되는 하소연을 도저히 받아들일 수 없습니다."

리사이는 한숨을 쉬었다. 받아들일 수 없다는 세이시의 말에 동의할 수밖에 없었다. 무장은 죽었다. 교소가 아니라고 해도 리사이 일행은 쉬이 납득하지 않았을 것이다. 진상을 파악하고자 틀림없이 여러 번 다시 찾아갔을 것이다. 하지만 교소라고 해도 납득할 수 없는 것은 마찬가지다. 정말 교소였는지 확인해야 한다고 생각한 것은 마찬가지다. 그렇게 하지 않은 것은 아센이 즉위한다는 소문이 있었기 때문이다.

세이시는 절절매며 시선을 어디에 둘지 모르는 보큐를 응시했다.

"숨기고 있던 무장의 생사 여부와 신분을 우리가 조사하지도 않고 포기했을 리가 없어. 솔직히 노안에 자리를 잡고 마을에 있는 모든 집을 뒤지고 마을 사람을 모두 만나 추궁하고 싶을 정도야. 그렇게 하지 않은 건 아센이 즉위한다는 소문 때문이었어.

……그리고 그 소문은 자네들도 알고 있었지."

보큐의 어깨가 움찔했다.

"찾고 있다는 세력이 있다는 둥, 그런 연유는 아니었겠지. 아센이 즉위한다는 소식을 듣고 그랬을 거야. 새로운 왕이 오른다. 새로운 시대가 온다는 이야기지. 신왕이 오르는 이상 교소 님은 이미 붕어하신 게 돼. 아직까지도 교소 님을 찾고 있는 우리에게 교소 님은 죽었다고 주장하려고 거짓을 말한 거야. 내 말이 틀린가?"

보큐는 고개를 돌렸다. 리사이에게는 그 말이 맞다는 방증처럼 보였다.

"교소 님은 죽었다, 더이상 왕이 아니다. 교소의 휘하가 신왕 아센에게 대적하는 이상, 그들은 이제 반민에 지나지 않는다. 반민과 얽히고 싶지 않다, 자칫 얽혔다가 신왕 아센에게 역모 의사가 있다고 오해받고 싶지 않다. 그뿐이겠는가. 왕이 아닌 자를 찾겠다는 어리석은 짓은 그만둬줬으면 한다. 새로운 시대가 온다. 과거의 왕에 기대어 신왕을 부정하는, 나라를 어지럽히는 행동은 민폐라는 의미였겠지."

세이시는 토해내듯 말했다.

"주상을 찾는 세력이 있다는 소문을 들은 시점에서 네놈들은 스스로의 몸을 지킬 생각만 했던 거야. 아센에게 찍히고 싶지 않다고, 아센과 대적하는 세력과 얽히고 싶지 않다고. 네놈들 머릿속에 있는 건, 철두철미하게 자기 몸 하나 지키겠다는 생각뿐이었겠지."

보큐가 누가 봐도 화난 얼굴로 고개를 들었다. 무슨 말을 하기전에 재빨리 리사이가 끼어들었다.

"백성이 자기 몸을 지키겠다고 생각하는 게 잘못되었나?"

세이시는 기가 찬 듯 리사이를 쳐다봤다.

"이 자식들은 자기들 몸 하나 지키겠다고 우리를 속였다고요."

리사이는 끄덕였다.

"그렇다고 한들, 다시 한번 묻지. 백성이 자신의 몸을 지키겠다고 생각하는 게 잘못된 건가?"

리사이의 매서운 눈빛에 세이시는 기가 죽었다.

"잘못됐다고는 할 수 없습니다만…… 하지만……."

"보큐는 이재보다. 이재가 없는 지금 노안의 안녕을 책임지고있지. 보큐가 노안의 안전을 최우선으로 생각하는 건 잘못된 일이 아닐뿐더러 다른 백성들이 본인의 안전을 제일 우선시 여기는 것도 당연한 일이야. 그런데도……."

리사이는 덧붙여 말했다.

"노안의 사람들은 기료를 살려줬고 숨겨주기까지 했어. 위험한 일이라는 건 알고 있었겠지. 그럼에도 수년에 걸쳐 기료를 숨기고 간호해줬네. 우리가 이들에게 감사를 표할지언정, 비난할 이유는 없지 않은가?"

보큐는 깜짝 놀란 듯 리사이를 쳐다봤다. 이에 리사이는 고개를 끄덕였다.

"우리들 선인이 수많은 특권을 지니고 금전적인 후대를 받는 것은 그 나름의 책임이 있기 때문이야. 그러니 자기 몸을 지키기 위한 선인의 행동은 용서받을 수 없지. 하지만 백성은 자신의 안위를 생각하는 게 옳다고 생각해. 자신과 자신의 가족, 주변 사람들. 백성에게는 그 외 다른 사람들에게 어떤 일을 베풀 권한이 없어. 권한이 없는 한, 책임을 짊어질 필요도 없지."

"하지만." 리사이는 반론하려고 중얼거리는 세이시에게 말했다.

"교소 님을 구하고 싶다고 여기까지 온 것은 대국을 구하고 싶어서였겠지. 즉 대국의 백성을 구하고 싶기 때문 아니었나? 백성이 자기 자신을 구하려고 한 행동을 비난하는 건 대국을 구하고자 하는 대의를 스스로 내버리는 것과 마찬가지야."

리사이는 지지 않고 말하려는 세이시를 막았다.

"교소 님이라면, 틀림없이 이렇게 말씀하셨을 거다."

세이시는 정신을 차린 듯 리사이를 쳐다보고는 입을 다물었다.

"우리들은 교소 님의 휘하다. 설령 이 자리에 계시지 않더라도 교소 님의 뜻을 저버리는 행동은 할 수 없다."

이것이 리사이의 결론이었다. 대국의 백성을 구하고 싶다. 하지만 아센을 주인으로 섬길 수는 없다. 즉 리사이에게는 무엇보다도 교소의 신하라는 자신의 위치가 우선이다. 만약 다이키가 아센을 신왕으로 선택했다면 그건 다이키가 대국의 신하이기 때문이다. 하늘이 대국을 위해 보낸 다이키가 대국을 위해 행동을 하는 것은 당연한 일, 아센이 흉적이라는 사사로운 감정이 끼어들 여지 따위 없다.

"백성도 마찬가지겠지. 대국의 앞날이 우선이야. 그렇기 때문에 이제 와 교소 님을 찾으려고 하는 우리는 그들에게 그야말로 귀찮기만 한 존재일 뿐이지."

앙심과 고집을 버리고 앞으로 나아가는 것이 옳다. 하지만 리사이는 아센을 향한 원망을 버릴 수 없다. 지금까지 아센이 해온 흉악한 짓에 대한 분노를 잠재울 수가 없다. 만약 아센을 죽일 수 있는 기회가 주어진다면 아센을 죽이고 싶다. 그로 인해 대국이 신왕을 잃게 되는 한이 있더라도.

"이는 대국보다도 교소 님을 선택하는 일이 되겠지. 즉, 나에게는 교소 님의 신하라는 사실이 무엇보다도 우선인 거야."

모쿠유가 차분한 목소리로 끼어들었다.

"아센을 죽이실 겝니까."

리사이는 쓸쓸한 미소를 지었다.

"죽이고 싶네. 하지만 그러지는 않을 걸세. 내 주인인 교소 님이 결코 그런 짓을 바라지 않으실 테니까."

"그렇겠죠."

세이시는 한숨을 쉬었다.

"맞는 말씀입니다."

다이키는 한번 교소를 거부한 적이 있다. 봉산에서의 일이다. 그때 교소는 대국을 떠날 결심을 했었다. 세이시는 가신을 따라 봉산에 있었다.

"아무래도 사치였던 듯하군."

교소는 씁쓸한 미소를 지었다.

봉산에서 처음으로 다이키와의 면담을 마친 직후의 일이었다. 다이키는 교소를 보고, 처음에는 "중일까지 무탈하세요" 하고 말했다. 교소는 왕이 아니라는 뜻이었다.

"천제의 뜻만큼은 어떻게 할 수 없는 노릇. 이것 또한 운이라는 거겠지. 따라와준 너희들의 체면이 참으로 말이 아니겠군."

"하오나……."

세이시는 원통한 마음을 풀 길이 없었다. 분노를 터뜨려도 별소용이 없다. 모든 일은 하늘이 정하는 것이니 다이키의 탓도 그 누구의 탓도 아니기 때문이다. 이해는 됐지만 세이시뿐만 아니라 교소를 수행해 봉산에 오른 간초, 가신과 병졸 등 모든 이가 납득하지 못한 채 역정을 주체하지 못하고 있었다.

교소는 이 상황을 이해하고 있다는 듯 일동을 바라보며 말했다.

"나는 내 손으로 잡지 못할 건 없다고 생각했다. 무언가를 손에 넣고자 한다면 손에 들어올 때까지 행동하면 그만이야. 그렇게 원하는 것을 모두 손에 넣어왔으니 하늘의 뜻마저도 잡을 수 있다고 생각했나 보다."

자조하는 듯 웃으며 말을 이었다.

"나는 대국을 떠나려고 한다."

교소는 깜짝 놀란 세이시와 일행을 고요한 시선으로 바라보았다.

"자 그럼, 이제 저 기린은 어떤 사람을 옥좌에 앉힐까. 이는 하늘의 뜻이니 내 알 바는 아니다만, 누가 되느냐에 따라 옥좌를 빼앗고 싶다는 생각을 하지 않으리라는 보장이 없지."

"무슨 말씀을······."

간초가 놀라 말했다.

"그 일만큼은 일어날 리 없습니다."

"그래?"

교소는 흥미롭다는 듯 간초를 쳐다봤다.

"사람이라는 동물은 그런 동물이 아니던가? 신왕과 자신을 하나하나 비교하지. 비교해놓고 자신이 부족하다고 인정하고 싶지 않은 게 사람 마음이야. 애초에 비교하는 것 자체가 자신이 우월하다는 걸 가늠하기 위해서지."

간초는 말문이 막혔다.

"이는 필시 신왕을 우습게 여기는 결과로 이어지겠지. 그러니 과연 단 한순간이라도 옥좌를 빼앗고 싶다는 생각을 하지 않고 배길 수 있을까?"

그럴 일 없다고 세이시는 말하고 싶었다. 교소만은 그럴 리가 없다. 하지만 세이시는 교소가 왕으로 선택되는 게 당연하다고 생각했다. 그런 확신이 있었는데 선택받지 못했다.

아마도 자기편을 감싸고 도느라 눈이 멀었던 것 같다. 결과만 놓고 보면 그렇다. 세이시는 이제껏 하나하나 다른 사람과 주인을 비교해왔고 그럴 때마다 교소가 더 뛰어나다고 여겨왔지만 듣고 보니 처음부터 세이시는 주인이 뒤처진다는 생각 같은 건 하고 싶지도 않았다. 교소의 말마따나 주인의 우월함을 가늠하기 위해 비교했을 것이다. 이렇게 비교해야 얻을 수 있는 얕은 확신이니 틀리는 게 당연할지도 모른다.

"당분간은 떠나 있는 게 대국에게도 나에게도 좋겠지. 제아무리 추락하더라도 도둑은 되고 싶지 않거든. 뒷일은 너희들에게 맡기마."

세이시는 놀라 교소를 쳐다봤다. 간초와 가신도 놀란 건 마찬가지였다. 예상치 못한 이야기에 둘이 함께 언성을 높였다. 교소는 쳐다보며 말했다.

"금방 왕이 세워지지 않을 수도 있다. 난세가 기다리고 있는 이 나라를 지탱하기 위한 인재는 충분히 모여 있다. 너희들은 대국으로 돌아가 제 기량에 맞게 각자의 소임을 다하거라."

"저는 교소 님 이외의 분을 섬길 마음이 없습니다."

곧바로 뜻을 내비친 가신에게 교소가 말했다.

"충의로 하는 말인가? 그렇다면 지금 그 말은 거두는 게 좋을 거다. 나는 대국에 좋은 신하를 남기고 싶다. 승산까지 해놓고 내가 왕이 아니라고 해서 대국의 앞날 따위 알 바 아니라고 말할 수는 없지."

"지당하신 말씀입니다. 그러니 저도 멀리서 대국의 안녕을 바라겠습니다."

"터무니없는 소리 하지 마라. 너희들은 애초에 왜 이런 곳까지 따라온 거지? 내가 왕이 되면 본인의 출셋길이 열린다고 생각해서인가? 그렇다면 내 곁을 떠나라. 내 옆에 있어봤자 이제 손에 들어올 것은 아무것도 없어."

"그렇지 않습니다. 교소 님도 아시지 않습니까. 저는……"

"대국을 위해 필요한 일이었다고 생각한다면 본분을 잃지 말도록. 대국은 지금 선왕의 착취로 곤궁에 처한 백성들이 공위 때문에 황폐해진 환경에서 허덕이고 있어. 신왕이 바로 등극하면 다행이겠지만 그러지 않는다면 지금 이 사태는 앞으로도 이어지겠지. 신왕이 등극하더라도 조정이 진정되기까지는 시간이 걸릴 거야. 백성을 구할 수 있는 유능한 신하가 필요하다. 즉 너희들의 힘이 필요하다는 말이다."

"그렇다면 교소 님도 남아 대국을 위해 일하셔야 합니다."

"불씨를 남겨서는 안 된다고 말하고 있는 거다. 꼭 대국을 위한 일만은 아니야. 그것이 내 의지다. 나에게 충의를 다한다면 나를 망신시키지 말아라."

"하오나……."

"교소는 대국에 참 좋은 신하를 남겼다는 말이라도 듣고 싶다. 그 정도의 명성은 바라도 괜찮겠지."

세이시와 다른 사람들은 고개를 떨궜다.

"대국의 안녕이 궤도에 오른다면 대국을 떠나 자유롭게 살면 된다. 그때가 되어서도 자립을 못 하고 내가 그립다면 따라오는 것 정도는 용서해주지."

이 말에 세이시와 다른 이들은 쓴웃음을 지을 수밖에 없었다.

"그런 분이셨습니다."

세이시는 고개를 숙였다.

"분명 리사이 님이 말씀하시는 것처럼 교소 님이라면 보큐를 비난하지 않겠지요. 저는 아센을 섬기는 일만큼은 할 수 없지만 교소 님을 본받아 대국을 떠나도록 하겠습니다. 대국에 남는다면 분명 아센을 원망하는 마음에 공격하고 싶어질 테니까요."

세이시의 말을 듣고 모쿠유는 홀로 고개를 끄덕였다.

"여러분이 백성이 겪고 있는 고뇌에 대해 별로 신경을 쓰시는 것 같지 않으면 조용히 있으려고 했습니다만."

모쿠유는 포근한 미소를 지었다.

"아센이 즉위한다는 이야기를 믿으시면 안 됩니다."

"모쿠유 님?"

"믿지 않는 편이 좋다는 연락이 있었습니다."

'신왕 아센'은 어딘가 수상하다고.

"미안하지만 그 연락을 누구에게서 받았지?"

의심스러워하며 묻는 리사이에게 모쿠유는 대답했다.

"겐카이라는 자이옵니다. 어떤 인물인지는 저도 잘 모릅니다."

"모른다고?"

"네." 모쿠유는 고개를 끄덕였다.

"모쿠유 님은 홍기의 사정에 대해 자세히 안다고들 하던데."

"홍기에 국한하지 않고 모든 곳에 대해 잘 아는 편이긴 합니다. 각지의 상황이 저희 종파의 절을 통해 전해지니 도관은 비교적 모든 일에 소상하지요. 하지만 저의 경우 주정에게서도 소식을 전해 듣습니다."

"주정……?"

모쿠유는 미소 지었다.

"저는 주정 출신입니다."

깜짝 놀라 모쿠유를 다시금 쳐다보는 리사이 일행에게 모쿠유는 철이 들기 전 주정의 수령에게 팔려 주정에서 무희로 자라왔다고 말했다.

"하지만 문주에서 몸이 나빠져 여정을 이어갈 수 없게 되었지요. 팔려 왔다고는 하지만 수령은 참으로 잘 돌봐주시는 선량한 분이셔서 저를 딸처럼 대해주셨습니다. 여행을 더 하지 못하게 되자 연줄을 통해 임우에 있는 석림관파 도관에 절 맡겨주셨습니다. 그곳에서 반년간 쉬는 동안 저도 도사가 되고 싶다는 마음이 들었지요. 그래서 수령에게 부탁해 석림관에 입산할 수 있었습니다."

그래서 지금도 주정과 연이 끈끈하다고 한다.

"전반적인 일은 주정에서 연락이 옵니다. 하지만 이번 연락은 중앙에서 직접 전해 왔습니다. 정보가 누구에게서 나왔는지는 저도 잘 모릅니다. 아마도 홍기, 그것도 왕궁 내부에 있는 사람이라고 상상할 따름입니다."

모쿠유는 말을 하다 고개를 갸웃했다.

"처음에는 주정이 저에게 청조를 보내왔습니다. 어인 일인지 제 앞으로 청조가 왔다고 하더군요. 전달해준 주정도 희한해했습니다. 듣자하니 주정 또한 짐작 가는 바가 없다더군요. 그 청조가 보내온 소식이 바로 서운관을 저지하는 편이 좋다는 내용이었습니다."

청조가 보내온 서신에는 서운관이 선봉이 되어 강주 도관 사원이 아센을 규탄하려 한다는 내용이 있었다. 하지만 아센은 이에 대해 엄벌을 내리려고 할 것이다. 경우에 따라서는 앞뒤 따지지 않고 주벌을 내릴 가능성이 있다고 했다.

"그 이후부터 제 앞으로 청조가 오기 시작했습니다. 매번 꼭 까만 죽통을 달고 와서 제가 '겐칸玄箸(검은 관)'이라는 이름을 붙였습니다만, 이 겐칸이 가져오는 정보가 무서우리만치 정확합니다. 새는 고섭皜摺이라는 종이었는데 쉽사리 손에 넣을 수 있는 종이 아닙니다."

고섭, 리사이는 작게 중얼거렸다. 청조라 불리는 새는 몇 종류로 나뉜다. 각각 성질이 달라 용도도 다르지만 그중에서도 고섭은 매우 희귀한 요조妖鳥였다. 왕궁, 또는 주후성에 있는 이목에서만 손에 넣을 수 있는데 장소 또는 사람을 지정해 날릴 수가 있다. 사람의 경우 미리 만나본 적이 있어야 하지만 일단 상대를 기억해두면 상대가 어디에 있든 스스로 찾아내 날아간다. 기본적으로는 왕과 주후, 하관장이 출정한 장군과 연락을 하기 위해 사용하며 하관이 관리한다. 하관 교인이 키우는데 매우 드물게 여유분을 파는 경우가 있었다. 그렇다고는 하지만 아무리 부유해도 일반 서민이 손에 넣을 수 있는 물건이 아니다.

"고섭을 부리는 이상 상대는 분명 고관 또는 군의 장교일 거야."

모쿠유는 동의했다.

"그 겐칸이 수상하다고 말하고 있으니 지금 나돌고 있는 이야기가 의심스럽긴 합니다."

"그 말은 즉……."

"어딘가 잘못되었다는 것이겠죠."

모쿠유는 이어 말했다.

"……또는 누군가의 기만이거나."

002

문주도 해가 뉘엿뉘엿 저물기 시작했고 석림관 당내에 불빛이 더 밝아졌다.

　노안 사람들이 건물에서 나간 뒤 모쿠유는 정성을 다해 식사 대접을 해주었다. 그러고는 쉬이 넘어가지 않는 해를 보고서는 피곤하다는 듯 한숨을 쉬었다.

"모쿠유 님께서 지쳐 보이시니 저희는 이만 물러가겠습니다."

　리사이가 피곤해하는 모쿠유의 모습을 보고 말했다.

"나이를 먹으니 애를 써도 몸이 생각처럼 움직이지 않습니다."

　모쿠유는 온화한 미소를 지었다.

"하지만 걱정하지 않으셔도 괜찮습니다. 오늘을 계기로 앞으로 석림관에 편히 들러주세요. 저희가 해드릴 수 있는 건 한정되어 있지만 도와드릴 일이 있다면 뭐든 말씀하시지요. ……이보게."

　모쿠유의 부름에 모습을 드러낸 사람은 일전에 사당에서 만난 도사였다. 분명 사람들이 소도라고 불렀다.

"보시다시피 저는 나이가 많기도 한데다가 수행을 하느라 연락이 안 될 때가 있습니다. 그럴 때 겐간이 소식을 전해 와도 알 수 없습니다. 하여 소도에게 그 역할을 맡겼지요. 여러분께서도 사양 말고 요청하시기 바랍니다. 사람을 구해드리거나, 자금도 다소나마 지원해드릴 수 있을 겁니다. 모든 일은 소도에게 맡겨 두었습니다."

모쿠유는 미소를 지었다.

"대신, 여러분의 상황을 제가 전달받는 점은 양해해주세요. 주상을 찾느냐 마느냐에 이 나라의 명운이 걸려 있으니까요."

"그건 상관없습니다."

"겐추도 여러분을 돕고 싶다고 합니다. 리사이 님께 폐를 끼치는 게 아니라면 두 사람을 받아주셨으면 좋겠습니다."

"감사합니다."

리사이는 대답한 뒤 방을 나가는 모쿠유를 바라봤지만 석연치 않은 기분이 들었다. 이제껏 어디에서도 도움을 받지 않고 헤쳐왔다. 도움은 받을 수 없을 것이라고 포기했었기에 이제 와 새삼 자신을 향해 내민 도움의 손길이 곤혹스럽기만 했다.

"잘 부탁하네."

겐추가 인사하자 리사이는 고개를 갸웃했다.

"고맙긴 하네만…… 솔직히 어째서 모쿠유 님과 겐추가 도와주려는 건지 이해가 가지 않네."

훗, 겐추가 옅은 미소를 지었다.

"주상을 구하고 싶다는 목적은 같다."

"우리의 협력을 바라는 거라면 이해된다만."

"그럼 은인이라서 그러는 거라면?"

"은인?"

작게 되물었을 때 리사이는 겐추의 등 뒤에서 앞으로 나온 여인에게 시선이 멈췄다. 처음부터 한쪽 구석에 서 있던 여인이었다. 역시 어디선가 본 적이 있다. 생각을 더듬다 퍼뜩 생각이 났다. 꽤 오래전 저강 바로 앞에서 만났던 백치 여인이다.

"그대는……."

겐추는 여인 쪽을 돌아봤다.

"슌스이春水라고 합니다."

여인은 고개를 숙여 인사를 했다.

"일전에는 신세를 졌습니다. 구해주셔서 감사합니다."

"무사해서 다행이지만…… 딸은 어디에?"

리사이가 물었다.

"딸도 무사합니다. 지금은 동료들에게 돌봐달라고 부탁해놨습니다."

"동료……."

"백치 동료들입니다."

"그런가."

리사이는 어째서 백치가 여기에 있는지 이해할 수 없었다. 아니, 백치가 석림관과 연고가 있었던 것인가. 교리로 따진다면 서로 다른 종파지만 석림관의 원조를 받고 있다고 슌스이가 설명해주었다.

리사이가 당혹스러워하는 것을 눈치챈 겐추가 설명을 덧붙였다.

"우린 모쿠유 님의 지원을 받고 있어."

"우리…… 그럼 겐추는 백치인가? 저 여인, 순스이와 동료라는 이야기인가?"

리사이가 놀라며 묻자 겐추가 고개를 끄덕였다.

"처음부터 서로 동료로 알고 지내던 사이는 아니네. ……적어도 순스이는 몰랐을 거야. 나는 순스이가 백치라는 것이 확실한 이상 동료라는 걸 알고 있었지만."

리사이가 의아해하자 겐추가 덧붙여 이야기했다.

"우리는 딱히 조직적인 집단이 아니야. 뜻을 같이하는 자들이 서로 정보를 교환하면서 제각각 행동을 하지. 그러니 제 입으로 소개할 만한 명칭도 없어. 누가 부르기 시작했는지 모르지만 백치라 불리게 되었고, 어느새 그게 정착된 듯하니 그렇게 불려도 전혀 상관없었지. 하지만 우리는 애당초 철위의 생존자들이야."

깜짝 놀란 리사이는 겐추를 다시 바라봤다. 철위는 교소의 연고지다. 그 연 때문에 아센의 주벌을 받아 괴멸했다.

"황민인가……. 그래서 돌을 주우러 함양산에 들어간 건가."

"아닙니다."

의연하게 부정한 사람은 순스이였다.

"주상께서는 돌아가시지 않았습니다. 모쿠유 님도 그리 말씀하셨지요. 그래서 저희들은 주상을 찾아야만 합니다."

"찾다니, 설마 찾고 있다던 도사가……."

함양산에서 승선했다. 그 도사를 만나면 좋은 날이 찾아온다.

순스이는 입을 다물었다가 잠시 뒤 다시 말을 이었다.

"주상께서는 함양산에서 짐승에게 공격당했다 들었습니다. 하지만 돌아가시지 않았어요. 분명 어딘가에 계실 겁니다. 함양산을 쥐 잡듯이 찾는다면 발자취를 알 수 있을 거예요."

리사이는 그런 사연이었냐며 고개를 끄덕였다.

"딸도 철위에서 태어났나?"

"저도 딸도 정확히 말하자면 용계 출신입니다."

용계는 철위와 함양산을 잇는 가도 중간에 있는 마을이라고 한다. 가교로 빠지는 산도의 기점에 있어 철위에서 함양산으로 갈 때 제일 처음 머무는 마을이다. 반대로 함양산에서 철위로 향할 때 딱 이틀째 저녁에 도착하는 위치에 있다. 함양산에서 철위로 흐르는 계곡 옆에 있어 경관도 훌륭하고 석림관에 소속된 오래된 사당을 비롯해 저명한 도관 사원도 많아 산골짜기 마을치고는 비교적 큰 편이었다.

"과거, 철위는 교왕의 명을 거역하고 납세를 거부한 적이 있습니다."

"알고 있네. 철위의 백성은 관용 창고를 닫고 마을을 닫았지. 그때 파병된 금군 장군이 교소 님이었어."

순스이가 동의했다.

"그때 철위에 모여 있던 사람들은 철위라는 마을의 백성만이 아니었습니다. 철위는 욕현峪縣 현성이니 당연히 철위가 관용 창고를 닫은 것은 욕현의 모든 백성의 뜻이었지요. 용계의 백성들도 철위에 모여 있었습니다. 다 같이 모여 교왕의 압정을 규탄했습니다. 이 일로 교왕의 화를 사게 되어 마을 밖으로 금군이 들이닥쳤지만 주상께서는 철위가 옳다며 철위를 지켜주셨습니다."

교시는 눈을 동그랗게 떴다.

"송구합니다만, 순스이 님이 겪은 일은 아니지요? 순스이 님이 태어나기 전에 일어났던 일 아닙니까? 꽤 오래전 일이라고 들었습니다."

"물론입니다."

순스이가 대답했다.

"주상께서 도와주신 건 제 조부모 때 일이라 아직 저희 부모님도 태어나지 않았을 때였습니다. 하지만 주상께서 조부모님을 도와주지 않으셨다면 지금의 저는 여기 없겠지요. 그뿐만이 아닙니다. 주상께서 여느 장군들과 마찬가지였다면 욕현 자체가 남아나질 않았을 것입니다. 지금처럼요. 철위의 백성들도 용계의 백성들도 반민이라며 처형당하고 욕현에 있는 마을들은 하나도 빠짐없이 죄인의 마을이라며 사라질 처지였겠지요. 하지만 주상 덕분에 그런 위험을 면할 수 있었습니다. 단순히 죽음을 면한 것만이 아닙니다. 주상께서는 철위의 백성이 옳다고 말씀하시면서 봉기를 죄로 여기지 아니하시고 철위의 긍지와 체면을 지켜주셨습니다. 그래서 철위의 백성들은 스스로 자긍심을 지니고 주상께 받은 은혜를 입에서 입으로 전하고 있는 겁니다."

리사이는 고개를 끄덕였다.

겐추는 다시금 리사이 일행에게 앉으라 권하며 말했다.

"우리는 주변 마을까지 통째로 철위를 잃었다. 주상과 연이 깊었기 때문이었겠지. 실제로 철위의 백성에게 주상은 특별한 존재야. 주상이 철위를 특별하게 여기셨듯이 철위의 백성 또한 주상을 특별한 분으로 여기고 있어. 우리는 제일 처음 주상의 부고를 듣고 낙담했지만 얼마 지나지 않아 이 정보는 믿을 게 못 된다는 걸 알았지."

순스이도 동의했다.

"함양산에서 짐승이 주상을 공격했다 했습니다. 하지만 하늘의 가호를 받아 목숨을 건지셨다고 생각해요."

"하지만 왕궁으로 돌아가시지 않았네……."

리사이가 작게 말했다.

"그건 분명 다치셨기 때문입니다. 도망칠 수는 있어도 도저히 왕궁까지는 돌아갈 수 없으셨던 겁니다."

"도망쳤다고 해도, 산속에서 목숨을 잃었다고는 생각하지 않는가?"

"그런 일은 있을 수 없습니다. 설령 다치셨을지언정 그리 쉽게 돌아가시지 않습니다. 왕이신걸요, 몸을 지키는 갑옷도, 상처를 낫게 하는 보중도 지니고 계셨을 겁니다."

리사이는 끄덕였다.

"팔찌를 지니고 계셨을 걸세."

"그죠?"

슌스이는 얼굴에 희색을 띠었다.

"분명 어딘가에 숨어 계실 겁니다."

"육 년 동안이나?"

"그게 아니라면 좀더 먼 곳으로 도망치셨을 겁니다. 그 흔적을 저희는 찾고 있어요. 어딘가에 무슨 실마리가 있을 겁니다."

슌스이는 문득 시선을 발치로 떨구었다.

"만약…… 만에 하나 돌아가셨더라도 찾아야만 합니다. 철위의 백성은 절대로 주상을 내버리지 않습니다."

리사이가 고개를 끄덕이자 겐추가 입을 열었다.

"실은 리사이에게 사과하지 않으면 안 되는 일이 있네."

"나에게?"

"함양산에 가려고 저강에 갔을 때였어. 규산과 밥을 먹으러 나왔지? 그때 길가에서 주상의 행방에 대해 얘기를 나누고 있었어."

"아아, 그랬던가."

리사이는 기억을 더듬었다. 함양산에 교소가 있었던 흔적은 없었는가 하는 이야기를 했었던 것 같다.

"그때, 말할지 말지 망설이다 함구했던 일이 있네."

"함구했다고?"

겐추는 고개를 끄덕였다.

"함양산에서 낙반 사고가 있었어."

리사이는 깜짝 놀라 소리를 높였다.

"낙반?"

"당시 백치, 그러니까 철위 사람들은 함양산에 있었어."

한창 진군중일 때 왕이 사라졌다는 소식을 들었다. 애가 탄 나머지 철위 백성들은 다 함께 교소를 찾아 나섰다고 한다. 개중에는 함양산까지 찾으러 간 자도 있었다.

"그때 들었어. 사실 그 당시에도 화적의 눈을 재빨리 피해 돌을 주우러 갱도로 들어간 녀석들이 있었지. 그 녀석들이 함양산에서 낙반 사고가 있었던 것 같다고 말하더군. 산에서 엄청난 목소리와 함께 낙반이 일어나는 소리를 들은 사람이 있다고 말이야."

"그건 함양산 안에서 일어났다는 이야기인가?"

리사이가 물었다.

"그랬던 것 같군."

겐추는 대답하고 나서 기억을 더듬는 듯 고개를 갸웃했다.

"그 시절 함양산은 조업을 하고 있지 않았어. 근처에 있던 가난한 녀석들이 돌을 주우러 들어가긴 했지만 화적의 난이 벌어지고 난 뒤로 함양산 주변은 화적에게 점거됐지. 사람들은 내몰렸고 백성들은 아무리 해도 주변으로 다가갈 수 없었어. 하지만 그 와중에 함양산으로 잠입하는 황민들이 있었지. 살기 위해 필사적이었던 거야."

리사이가 끄덕이자 이해했다고 생각한 겐추는 계속 말했다.

"그자들이 갱도에 들어가려다 낙반이 일어나는 소리를 들었다더군. 비명과 무시무시한 짐승의 포효가 들렸대. 교소 님을 공격한 병사와 기수의 비명이 아니었을까?"

"하지만 함양산에 그런 흔적은 없었어. 산속을 수색해봤네. 물론 수색 범위는 한정적이었지만 낙반 흔적이 있던 곳을 여기 저기 둘러봐도 사람이 휘말린 듯한 흔적은 없었어. 함양산에서 일하는 자들도 그런 말은 하지 않았지."

"하지 않았겠지. 바로 그 녀석들이 수습했다고 했어."

리사이는 놀라 겐추를 쳐다봤다.

"수습했다고?"

"녀석들은 비명을 듣고 사람이 낙반에 휘말렸다고 생각했지. 그랬다면 바로 구조하러 탐색대가 올 거야. 그렇게 되면 산으로 들어갈 수 없게 되지. 그래서 정황을 살폈지만 아무리 지나도 누군가가 찾으러 오는 모습은 없었어."

그래서 그들은 조심조심 갱도로 들어갔다. 낙반이 광범위하게 일어난 흔적이 있었다. 원래 함양산은 무너지기 쉬운 산이라 일 컬어졌다. 그러니 낙반 흔적이 있어도 이상한 일이 아니다. 하지만 그곳에 시체가 있다면, 화적이나 주사의 시체를 발견한다며 대대적인 조사와 수색이 이루어질 것이다. 그렇게 되면 황민은 산에 들어갈 수 없게 된다.

"그래서 수습을 하려고 사람이 묻힌 흔적이 있는 장소를 팠다 더군. 시체 일부나 유품이 섞여 있어 금방 알 수 있었다고 했어. 낙반으로 떠밀려 온 토사를 파내어보니 바위 아래에서 병사 시체가 나왔다더군. 눈에 띄는 어느 토사를 파내어 결국 찾아낸 건 검붉은 갑옷을 입은 병사 여덟 명과 기수 여섯 마리였지."

겐추는 살짝 얼굴을 찡그렸다.

"낙반이 일어난 곳과 가까운 수갱에서 세 명을 더 찾았고."

"그 밖에는?"

리사이가 힘을 주어 묻자 겐추는 고개를 가로저었다.

"더이상의 시체는 발견되지 않았어. 그저 단순히 발견하지 못한 걸 수도 있지. 발견한 시체는 수갱에 묻었다고 하더군. 나는 낙반 사고가 있었던 것 같다는 이야기를 듣고 주상께서 낙반 사고에 휘말린 게 아닌가 싶었어. 낙반 사고를 겨우 피했다고는 하지만 부상을 입어 어딘가에서 거동도 못 하고 계신 게 아닌가 생각했지. 그래서 함양산에서 흔적을 찾았어. 하지만 발견한 건 산속 균열에 끼어 있던 금군 병졸로 보이는 시신뿐이었지."

그 이후 산을 떠돌며 교소의 흔적을 찾았던 걸까. 그사이 규산이 함양산을 점거해 산으로 들어갈 수 없게 되었다.

"그래서 무슨 수를 써서라도 산으로 들어가 주상을 찾고 싶었어. 그때 모쿠유 님에게 간청해 석림관 순례자로서 보호를 받을 수 있게 되었지."

겐추와 그 일행은 철위의 잔당으로 조직을 꾸린 게 아니었다. 교소가 사라진 당초에는 철위가 아직 존재했었고 철위와 근처 마을이 서로 상의해 유지를 모아 산을 수색하기도 했다. 하지만 철위는 아센이 주벌을 내려 사라졌다. 살아남은 주민들은 지낼 장소를 찾아 문주 일대로 뿔뿔이 흩어질 수밖에 없었다. 겐추는 가교로 도망친 후 임우로 거처를 옮겼다. 협객으로서 지반을 다지고 후에 거간꾼으로서 지위를 굳혔다. 그렇게 목숨을 연명해가며 겐추는 홀로 함양산을 드나들었다. 교소가 죽었다는 풍문 따위 믿지 않았다. 분명 살아 있을 것이기 때문에 반드시 찾아내야 한다고 완고하게 생각하고 있었다.

"틈날 때마다 드나드는 동안에 나 말고도 같은 목적으로 산에 와 주상을 찾는 자가 있다는 걸 알게 되었지."

모두 철위 생존자였다. 정보를 교환하기 위해서, 때로는 서로 돕기 위해 연락을 주고받고는 있었지만 조직이라고 부를 정도는 아니었다. 겐추도 딱히 철위 잔당을 모으는 역할은 아니었다. 생존자 중에서 가장 발이 넓었을 뿐이다. 하지만 화적이 함양산을 점거했다. 겐추 일행은 함양산에 다가갈 수 없게 되었다. 겐추는 알고 지내던 생존자와 의논을 했고 석림관에 사정을 얘기해보기로 했다. 순례자라는 명목하에 어떻게 산으로 들어갈 수 없겠느냐고. 모쿠유는 요청을 받아들여 하얀 깃발을 지닌 백성에게는 조건 없이 사당을 개방하는 형식으로 보호해주었다. 화적과도 교섭해 '상관없다'는 약속을 받아주었다. 여행하는 데 편의를 도모해주고 활동을 남몰래 지원해왔던 것이다.

"하얀 깃발을 지니고 있으면 석림관이 보호한다는 사실이 지인에서 지인에게로 전달됐고, 그와 함께 어디어디를 찾아봤지만 발견된 흔적은 없었다는 정보도 전달됐지만 오늘날까지 줄곧 조직이라고 할 만한 걸 만든 적은 없어. 생존자들은 주벌이 내려질까 또는 괜한 일에 말려들까 두려워하는 다른 백성들에게 배척당할 것이 무서운 나머지 자신이 철위 생존자라는 사실을 입에 담지 않지. 그러니 모여서 조직을 만들 일도 없어. 그래서 슌스이는 나를 몰랐지. 나는 백치인 이상 철위 생존자라고 알고 있긴 했지만."

순스이는 겐추의 말이 맞는다는 듯 고개를 끄덕였다.

"각자가 머무는 곳에 마을 유지 같은 사람이 있습니다. 제가 살던 마을에도 철위 생존자면서 발이 넓고 믿음직스러운 사람이 있었지요. 그 사람이 다양한 정보를 전해줬고 고민도 들어주었지만 다른 마을 생존자에 관해서는 몰랐어요. 그러니 저강에 있는 사당으로 도망치고서 겐추가 저처럼 생존자라는 사실을 알고는 깜짝 놀랐지요."

리사이는 그랬느냐며 한숨을 쉬었다.

"그렇게 줄곧 주상을 찾아주었던 건가. 그래서 무슨 실마리라도 찾았는가?"

기대에 찬 리사이의 질문에 맥없는 무언만이 되돌아왔다.

"……적어도 함양산 주변에는 계시지 않아."

간신히 대답한 겐추의 목소리는 실망에 잠겨 나지막했다.

"산속에 숨었던 황민이 주상을 보호하고 있을 가능성은?"

"그럴 리 없어. 석림관은 숨어 살 수밖에 없는 황민들을 보호하면서 주정을 통해 문주에서 빼내고 있었어. 그 백성들 사이에 돌던 소문에도 주상으로 보이는 인물을 보았다는 이야기는 없었다더군. 우리도 수색하고 있지만 흔적을 발견한 적은 없었어."

리사이도 "그런가" 하고 작게 대답할 수밖에 없었다.

"겐추는 보호한 황민들이 주운 돌멩이를 어떻게 처리했는지 알지 못하나?"

"후가에서 사들인다고 들었어. 임우와 백랑에 은밀하게 가게를 차렸다더군."

"역시 그렇군……."

겐추는 고개를 끄덕였다.

"우리는 포기하지 않았어. 산속에는 폐광만이 아니라 예전에 재목을 베기 위해서나 시굴을 하려고 만들어놓았던 움막도 있지. 하나도 빠짐없이 몇 번이고 찾을 계획이야."

그들은 석림관의 권위를 하얀 깃발에 새겨 산을 올랐다. 지금도 여전히 계속 오르고 있다.

"주상께서 자네들의 후의를 들으신다면 참으로 기뻐하시겠군……."

리사이는 혼잣말하듯 말했다.

"철위는 주상에게 정말로 특별한 장소였어. 주상은 철위의 백성에게도 끈끈한 정을 느끼고 계셨지. 그건 주상의 휘하도 예외는 아닐세. 그때 철위를 공격하는 일에 참가했던 병사 중에는 주상의 휘하가 많았어. 그자들 모두 끝내 주상의 뜻을 이어받아 단장의 심정으로 관용 창고를 열어준 철위 사람들에게 큰 은혜를 입었다고 생각하고 있었지."

순스이는 감복해하며 얼굴을 감쌌다.

"참으로 은혜로우십니다."

"오히려 우리야말로 은혜를 받았네. 날씨와 위험을 괘념치 않고 이제껏 주상을 찾아준 사실에 대해 진심으로 감사를 표하지. 하지만 무리는 하지 않으면 좋겠네. 분명 주상께서는 살아 계신다. 반드시 지금 어디에 계신지 찾아낼 거라 약속하지. 그러니 아이들을 데리고 산으로 들어가는 무모한 짓은 하지 않아주었으면 하네."

"하지만……."

"만일 그러다 철위 백성에게 무슨 일이라도 생긴다면 주상께서 필시 슬퍼하실 걸세."

순스이는 고개를 숙였다.

"본인 탓이라고 자신을 책망하실지도 모르네. 그런 성품을 지니셨으니. 가지 말라고는 하지 않겠네. 규산에게도 백치의 뜻을 전해 모쪼록 무리가 가지 않도록 부탁해보지. 규산은 인정과 도리를 다해 설득하면 이해해주는 인물이야. 결코 나쁜 짓은 하지 않을 걸세. 하지만 자네들도 무모한 짓은 하지 않아주었으면 해. 철위 백성이 살아남아주는 것이 주상에게는 무엇보다도 큰 선물이 된다는 걸 잊지 말았으면 하네."

인사를 한 뒤 석림관에서 나올 때, 겐추 일행도 리사이 일행과 함께 본전을 나왔다.

"주상을 찾으려면 도움이 필요하겠지."

겐추는 산문을 나오며 말했다.

"솜씨 좋은 녀석들을 동원할 수 있어."

"고맙긴 하지만…… 겐추도 거간꾼 노릇은 해야 하지 않겠나?"

"제자에게 맡기면 돼. 마찬가지로 임우에 있으니 걱정은 안 해."

그 말을 들은 리사이는 잠시 생각에 잠겼다.

"실은 거처를 옮길까 생각하던 참이었어."

노안에 리사이 일행에 관한 소문이 돌고 있었다. 임우에 너무 오랫동안 머문 까닭이다.

사정을 들은 겐추가 이야기했다.

"확실히 그렇게 하는 게 좋겠군. 적당한 장소를 찾아보지."

"아닐세."

리사이가 저지했다.

"마음은 고맙지만 나도 생각해둔 곳이 있네."

"생각해둔 곳?"

리사이는 끄덕였다. 임우는 규모가 큰 마을이라 잠복하며 지내기에 문제가 없지만 잠복한 상태를 유지하기 위해서는 눈에 띄는 행동을 하기 어렵다. 리사이가 제일 안타까웠던 점은 히엔과 떨어져 있는 일이었다. 히엔을 보살필 수 있는 빈도가 줄어드는 것도 그렇고 급박할 때 히엔을 이용하지 못하는 게 애통했다. 마을을 드나들 때에는 신경을 곤두세우고 있으니 맘 편히 데리고 다닐 수 없는 것이다.

무슨 일이 생겨 나갈 때에는 교시와 세이시가 함께이기도 했고 두 사람은 말밖에 없으니 리사이만 히엔을 타고 여정을 단축할 수는 없는 노릇이었다. 그럼에도 서두르고 싶을 때가 있다. 리사이만이라도 신속하게 왕복할 수 있다면 수고를 덜 수 있겠다고 생각했던 적이 많았다.

"그 점을 고려해 사람의 이목이 가장 적은 장소로 옮기고 싶어. 소문이 났다면 당분간은 몸을 숨길 필요도 있겠지."

"설마."

교시가 목소리를 높였다.

"노안을 생각하시는 건가요?"

"아니야."

리사이는 고개를 저었다.

리사이는 거처로 돌아가자 곧바로 히엔이 있는 곳으로 가 폐문 시간 다 된 임우를 떠났다. 속박되어 있던 몸이 해방되어 기뻐하듯 히엔은 날개를 크게 펼쳤다. 리사이도 기뻤다.

몹시 기뻐하며 날갯짓하는 히엔에 올라타 단숨에 북녘으로 향했다. 일직선으로 주욱 저강으로 향했고 규산이 있는 걸 확인한 뒤 만남을 요청했다. 말을 타더라도 하루는 걸리는 길이 반나절도 걸리지 않았다. 밤이 깊었지만 규산은 만남을 받아들였다.

"이것참 이번에도 대단한 걸 타고 오셨군."

건물에서 나온 규산은 히엔을 보고 눈이 휘둥그레졌다.

"빨라 보이기는 하다만 위험하다고. 당신은 기수와 같이 수배되어 있으니 말이야."

"알고 있네."

리사이가 대답했다. 기수를 데리고 있으면 아무리 노력해도 눈에 띄고 만다.

"규산에게 부탁하고 싶은 게 있어."

"받아들일지 말지는 내용을 듣고 생각해보지."

"날 저강에서 지낼 수 있게 해주면 안 되겠는가."

리사이가 염두에 둔 곳은 저강이었다. 저강이라면 교통편도 나쁘지 않다. 화적이 지배하는 마을이니 문을 열고 닫는 시간을 신경 쓰지 않아도 된다.

"저강이 안 된다면 다른 마을도 괜찮네. 주변에 사람이 없는 마을도 좋아. 집세 정도는 낼 수도 있어."

규산은 잠시 생각에 잠겼다.

"저강은 그다지 추천하기 어렵군. 교통편이야 저강이 제일 좋긴 하지만 그곳에는 감척의 광부도 있으니 어디서 어떻게 정체가 탄로 날지 몰라. 다른 곳이라면 뭐…… 딱히 문제는 없으려나. 눈에 띄는 일은 사절이지만 그건 잘 알아서 해주겠지."

"물론이네."

"그렇다면 거절할 이유가 없어. 적당한 집에서 지내준다면야 우리도 다소간은 도움이 돼. 사람이 살지 않으면 집도 성치 못하니까. 다만……."

규산은 한 호흡 쉬고 소리를 낮춰 말했다.

"우리 행동에 참견하는 건 사절하지."

"어쩔 수 없지. 모른 체하겠네."

"제멋대로 들어와 살기 시작했다는 말이 통할 정도로 외진 곳으로 부탁해."

"명심하지."

규산의 승낙을 받고 그와 의논한 뒤 서최가 적당하다는 결론에 이르렀다. 꽤 후미진 곳이지만 용계와 가깝고 철위 방면과 가교 방면 두 방향으로 난 길이 있어 교통편은 안복만큼 나쁘지 않다. 유사시 폐광으로 도망쳐서 지낼 수도 있다. 게다가 저강 다음으로 큰 마을이다. 꼼꼼하게 협의하다 보니 밤이 더욱 깊어졌고 리사이는 규산의 제안으로 저강에 머물렀다.

빌린 여관의 한구석, 스스로 선택한 헛간으로 들어갈 때 주변에는 눈보라가 치고 있었다. 새하얗게 물든 경치도 옆으로 들이치는 눈 때문에 감쪽같이 사라졌다. 바람이 거세게 불어닥쳐 눈을 뜨기도 어렵다. 헛간에 도착하고서야 바람에서 벗어나 안도의 한숨을 쉬었다.

— 사람들은 모두 안전한 장소에서 쉬고 있을까.

이런저런 생각을 하며 히엔의 몸에 바람막이를 걸쳐놓고 리사이는 히엔의 몸에 기대었다. 히엔은 리사이를 감싸 안듯이 몸을 둥글게 틀었다. 날개 아래로 들어가니 푹신하고 따뜻한 체온이 전해지면서 메마른 지푸라기 냄새가 났다.

003

오랜만에 임우에 구름 사이로 맑은 하늘이 보이는 이른 아침, 기이쓰가 어느 여인을 데리고 왔다.

"이름은 묻지 말아주십시오. 부구원에서 보호하고 있는 여인입니다."

교시는 의심스러운 눈으로 여인을 쳐다봤다. 살짝 마르고 음울해 보이는 여인이었다. 얼핏 봐서는 중년으로 보였지만 실제 나이를 듣고 보니 좀더 젊어 보이기도 했다.

"사정이 있어 저희가 극진히 보호해왔습니다. ……아뇨, 수배자는 아닙니다. 이 여인은 그분이 행방불명되셨을 때 함양산 근처에 있었습니다."

리사이는 서둘러 여인에게 일단 앉도록 권했다.

"몸이 어디 안 좋기라도 한 건가. 우선 이리로 앉게."

"병을 앓고 있는 건 아니지만 음식이 넘어가지 않고 잠을 잘 자지 못한다고 합니다. 부구원에서 보호하기 전에 호된 고생을 했나 봅니다. 그 여파로 인해 육 년이 지난 지금도 힘들다고 합니다."

"육 년……."

기이쓰는 고개를 끄덕였다.

"육 년 전, 딱 그분의 행방이 묘연해진 직후, 강 위에 떠 있던 이 여인을 발견해 부구원으로 실어 왔습니다. 누군가에게 폭행을 당한 듯, 온몸이 상처투성이에 꼴이 말이 아니었습니다. 목숨은 부지했지만 긴 시간이 지나도록 무언가를 두려워하며 제정신이 아니었습니다. 얼마간은 제대로 말을 하지도 못하고 인기척을 느끼기만 해도 비명을 지르며 어디로 도망쳐야 할지 우왕좌왕하기 일쑤였습니다. 실제로 무슨 일이 있었던 건지 이 여인도 잘 기억하지 못하는 듯합니다. 심한 처우를 받은 것만큼은 확실합니다. 양손의 손가락이 모두 부러졌고 치아도 대부분 부러져 남아 있지 않았습니다."

리사이는 놀라 여인을 쳐다봤다. 비쩍 마르기는 했지만 실제로는 젊을 것이다. 그리 생각하고 보니 이십 대 중반 혹은 좀더 젊게도 보였다. 그렇다면 육 년 전에는 아직 어린 소녀였다는 이야기다.

"이렇게 밖으로 데리고 나와도 괜찮은 건가?"

"요즘에는 꽤 안정이 돼서 사람 눈을 피하면 밖으로 나올 수 있습니다. 물론 상태에 따라 다릅니다만 그래도 일상생활은 어찌어찌 할 수 있게 되었고 난동 피우는 일도 없어졌습니다."

"참으로 힘든 고생을 했나 보군."

리사이의 말에 여인은 고개를 살짝 끄덕였다.

"이 여인은 당시에 함양산에 있던 부민입니다. 산속에 있는 폐허를 근거지로 삼아 함양산에 몰래 들어갔지요."

기이쓰의 말에 리사이는 물론이고 교시도 숨을 삼켰다.

"설마……."

리사이의 혼잣말에 기이쓰는 고개를 끄덕이며 여인을 슬며시 재촉했다. 여인은 잘 알아듣기 힘든 소리로 작게 중얼거리듯 말하기 시작했다.

"……나는, 그때, 산에 있었다. 동료와, 함께. 네 명 정도."

말하기 불편해 보였지만 필사적으로 말을 이어갔다. 알아듣기 어려운 여인의 말을 정리해보면, 당시 여인은 처지가 같은 부민 동료 네 명과 함양산 산속에서 살았다고 한다. 매일 갱도로 숨어 들어가 돌멩이를 주웠다. 동료는 모두 어디서 흘러왔는지 모르는 부민이었고 남자가 세 명 여자가 한 명이었다. 남자 한 명은 노인이었고 두 명은 중년이었다. 여자는 여인보다도 다섯 살 정도 많았다고 한다.

문주에는 아셴이 주벌을 내려 엄청난 수의 황민이 발생했다. 전쟁과 재난으로 인해 일시적으로 호적이 있던 마을에서 떠난 사람들을 황민이라 일컫는데 부민은 다르다. 본래 황민이었던 자가 완전히 고향과 연이 끊겨서 부민이 된 경우도 있지만 생활을 이어가기 위해 정권을 버리고 호적을 버린 예도 있었다. 이것이 일반적인 상태가 되어 고정된 것이 부민이다. 부민은 황민이 생기면 그곳에 모이는 경향이 있다. 혼란에 섞이는 편이 살아남기 쉽기 때문이다. 여인 또한 그랬다.

그들은 이미 일 년 이상 같이 지냈고 가족과도 같았다. 특히 노인은 여인을 어린 시절에 거둬준 부모와도 같은 존재였다. 실제 부모는 어떻게 됐는지 모른다. 승주인지 어딘지 하는 큰 마을에서 놓친 뒤 만난 적이 없다. 아마도 북새통에 버려진 것이리라. 그때 정권을 잃어버리고 부민이 되었다. 이제는 태어난 고향이 어딘지조차 기억나지 않는다.

노인과 둘이 여행하는 동안 남자를 만나 함께하게 되었다. 동료가 한 명 늘면 한 명 줄기도 한다. 병으로 죽는 이도 있고 모습을 감춘 이도 있었다. 이렇게 동료는 늘었다 줄었다 했지만 때마침 함양산 근처에 도착했을 때, 여인을 포함해 남은 여섯 명은 가족처럼 지내고 있었다.

여인 외의 사람들은 난이 일어나기 전에 화적의 전횡으로 황민이 되어 호적을 잃고 유랑하게 된 백성들이었다. 여인과 그 일행은 당시 함양산 산속에서 살고 있었다. 취락이 아닌 좀더 갱도에 가까운 작은 움막이었다. 움막 주변에는 동굴이 있었다. 공기가 드나들기 위한 동굴이나 시굴을 위해 파냈던 오래된 사갱이 반쯤 무너진 채 남아 있었다. 그 동굴을 통해 함양산 내부로 몰래 들어가 돌멩이를 주워 왔던 것이다.

"함양산에는 아무도 없었다. 하지만, 가끔 감시하는 자들이 왔었다."

실제로 그들이 감시자들이었는지는 모른다. 하지만 사람이 드나들었던 것은 사실이다. 조업은 하지 않았다고는 하나 제멋대로 들어가도 괜찮을 리 없었기 때문에 여인의 일행은 오래된 갱도를 사용해 드나들었던 것이다. 물론 위험한 일이기는 하다. 사실 여인은 함양산으로 옮기자마자 사고로 동료를 잃은 적이 있었다.

"아주머니는, 디디고 있던 땅이 무너져 깊은 구멍으로 떨어졌다……. 엄마 같은 분이었다."

새까만 갱도, 의지할 것이라고는 손에 든 작은 횃불뿐. 위험은 곳곳에 도사리고 있었고 수고만 많이 들고 수익은 적었지만 어쩌다 한 번 괜찮은 돌을 주울 때가 있었다. 여인은 그것을 버팀목 삼아 갱도에 계속해서 들어갔다. 그것 말고는 살길이 없었다. 이러한 작은 부민 무리가 당시 산 전체에 여럿 있었다고 한다. 들어가기 쉬운 동굴 주위에 겨우 움막이라 불릴 만한 집을 짓고 살고 있었다고.

그러던 어느 날. 여인과 일행은 언제나처럼 갱도로 들어가려고 하다 흘러나오는 공기에 섞인 사람 목소리를 들었다. 그즈음, 어찌된 연유인지 함양산에서 사람들이 모습을 감췄다. 갱도 속으로 들어가는 이들도 발걸음을 끊었기에 별일이 다 있구나 생각을 했다.

"부민이 아니다. 부민은 서로 속삭인다. 그렇게 큰 소리는 내지 않는다."

물론 함양산에 있는 돌을 허가 없이 줍는 건 위법이다. 마음대로 들어가는 것도 허용되지 않는다. 드나드는 게 발각되면 밖으로 내쫓기거나 관청으로 끌려간다. 여인은 사람의 시선을 피하기 위해 산 표면에 몸을 숨기고 상황을 살펴보기로 했지만 그날은 하루 종일 사람 목소리가 들렸다.

"다음 날도, 마찬가지."

어쩌면 다시 함양산에서 조업이 시작된 걸지도 모른다. 그렇다면 여인은 생계를 잃고 만다. 걱정스러운 마음으로 상황을 살펴보러 함양산 입구로 내려갔다. 그리고 목격했다. 틀림없이 병사로 보이는 무리가 함양산 입구에 있었다. 병사는 수십 명 이상. 갱도를 드나들고 있었다. 커다란 나무 상자가 두 개 있었다. 엄중한 경호 속에 바닥에 놓여 있는 통나무 위로 굴려가며 갱도로 옮겼다.

"커다란 나무 상자."

교시가 중얼거리자 여인이 고개를 끄덕였다.

"매우 컸다. 움막만 했다. 굉장히 튼튼해 보였다."

"움막……. 그건, 정말 크군."

리사이의 목소리에 여인은 말했다.

"많은 말이 끌고 있었다. 병사는, 벌벌 떨면서 그걸 지키고 있었다. 뭔가 위험한 물건 같았다. 그리고, 동굴 안으로 옮겼다. 그거 말고도, 여러 가지 도구 같은 것. 많은 사람이 옮겼다."

물건이 큰 만큼 시간이 걸리는 작업이었다. 여인들은 그날도 갱도에 들어가는 것을 포기했다.

"결국, 삼 일 내내 걸렸다."

이틀 후, 드디어 산이 조용해졌다. 수많은 병사의 모습도 사라졌고 대규모로 작업했던 흔적도 사라졌다.

"땅도 정돈되어 있었고, 발자국도 없었다. 전부, 전과 똑같았다."

"주도면밀하군……. 상자 안에 있던 건 뭐였을까."

여인은 모른다며 고개를 저었다.

"하지만, 움직였다."

"움직여?"

"움직였다, 고 병사가 동요하고 있다고 했다. 안에서 뭔가가 움직여서 상자가 흔들렸다."

"생물……?"

"그럴지도 모른다. 짐승 같은 냄새가, 났다."

리사이는 생각에 잠겼다.

"할아버지가, 이상하다고, 말했다. 뭔가 범상치 않은 일을 하고 있다고. 당분간은 동굴에 들어가지 않는 편이 좋겠다고."

노인은 한동안 상황을 지켜보거나 일단 함양산을 떠나 있는 게 좋을 것 같다고 주장했다. 하지만 여인과 다른 사람들은 돌멩이에 미련이 남아 있었다. 돈이 될 만한 돌멩이를 모을 수 있다면 얼마간은 생활비로 쓸 수 있다.

"아저씨들은, 좀더, 좀더, 그랬다. 그래서 동굴에 들어갔더니, 안에서 목소리가."

여인은 겁먹은 듯이 자신의 어깨를 감싸 안았다.

"무서운 목소리가, 들렸다. 짐승의 비명, 고함 소리 같은. 굵고 높고 엄청 무서운 목소리. 깜짝 놀라서 꼼짝 못 하고 있었는데 산이 무너지는 소리가 들렸다."

갱도에서 흙먼지와 함께 산이 무너지는 소리가 울려 퍼졌다. 낙반이 일어났다는 사실을 금방 알 수 있었다. 몇 번 경험한 적이 있기 때문이다. 하지만 이번에는 규모가 달랐다. 산이 떨리는 듯한 땅울림이 들렸다. 몇 번이나 갱도 안쪽에서 무너지는 소리가 들렸고 동굴 안은 아무것도 보이지 않게 되었다.

"불 냄새가 났다. 아마, 안에서 많은 불을 쓴 거 같다."

이 사실과 낙반이 어떤 관계인지는 모른다. 어찌되었든 여인
과 일행은 도망쳤다. 목숨을 잃지 않고 간신히 탈출할 수 있었던
것은 동굴에 들어간 지 얼마 되지 않았기 때문이다. 여인과 일행
은 허둥지둥 동굴에서 나왔다. 평범치 않은 낙반이다. 자칫하다
가는 산 전체가 무너질지도 모른다. 여인과 일행은 이를 두려워
하며 부리나케 산에서 내려왔다. 그때 똑같이 산에서 도망쳐 내
려온 병사들을 목격했다.

"녀석들은, 뒤돌아봤다. 우리와 눈이 마주쳤다."

순간 병사들은 여인의 일행을 쫓아올 듯한 태세를 취했다. 여
인은 순식간에 비탈로 도망쳤다. 채 도망치지 못하고 뒤처졌던
노인이 병사들이 결국 쫓아오지 못한 채 산을 내려갔다고 했다.

"할아버지는, 발각됐으니 도망치는 게 좋다, 고 했다."

하지만 그녀와 일행은 역시 결심이 서지 않았다. 하루만 더 있
다가 가자며 노인을 설득해 움막으로 돌아갔고, 다음 날 병사가
여인의 일행을 찾기 위해 산으로 왔다. 병사는 검붉은 갑옷을 입
고 있었다.

"목소리가 들렸다. 도망치라고, 뛰었지만, 모두 잡혔다."

여인은 자신의 몸을 꽉 끌어안았다.

"나도, 잡혔다."

그 뒤는 기억이 나지 않는다고 여인은 떨리는 목소리로 말했다.

백은의 언덕 검은 달

"괜찮아. 떠올릴 필요는 없네."

리사이가 여인의 손을 잡자 여인은 매달리는 듯한 시선으로 리사이를 바라봤다.

"할아버지는 살해당했습니다. 언니는 구멍 속으로 끌려 들어갔습니다. 무서운 비명이 들렸습니다."

"그래……."

"그다음이, 저였습니다. 원수 이름은 우코鳥衡입니다. 그렇게 불렀습니다. 저는 절대 잊지 않습니다."

"우코."

세이시가 중얼거렸다.

"있었어요, 아센군에 그런 이름을 가진 녀석이."

"그게 원수입니다. 모두를 죽였다."

여인은 죽었다고 말했지만 부구원에서는 다른 자들의 시신은 발견하지 못했다. 애써 찾으러 산에 들어가지는 않았다고 기이쓰가 덧붙였다.

"들어가봐도 별 소용이 없다고 판단했습니다……."

여인이 의식을 되찾고 안정될 동안 계절이 바뀌었다. 무슨 일이 일어났을지언정 이제 와 뛰어가본들 할 수 있는 일이 있는 것도 아니었다.

"다만 여인의 말로 상황을 추측해본다면 아마도 살아 있지는 않을 겁니다. 그들은 봐서는 안 될 것을 보고 말았어요."

"그렇겠지."

봐서는 안 될 것이라는 건 함양산에서 도망치는 병사의 모습
이다. 여인의 일행은 그전에도 함양산에서 어떤 준비를 하고 있
는 걸 목격했지만 발각됐다는 사실은 아센군도 모를 것이다.
무엇보다도 함양산에서 도망쳐 내려오는 모습이 발각돼서는 안
됐다.

"부구원에서는 줄곧 이 여인을 보호해왔습니다. 아니, 부구원
에서 지내는지 아닌지 언급할 수 없습니다. 조칸 님께서 정성껏
보호하고 계신다고 말씀드리지요. 여인이 있다는 사실이…… 지
금도 살아 있다는 사실이 그리고 부구원의 보호를 받고 있다는
사실이 결코 홍기에 전해져서는 안 되기 때문입니다."

"물론이네."

리사이는 단언했다.

"우리도 무슨 일이 있어도 발설하지 않겠네. 추궁도 하지 않겠
네. 모쪼록 정중히 보호해주길 바라네."

기이쓰는 감사하다며 고개를 숙였다. 교시는 겨우 납득했다.
부구원의, 조칸의 쌀쌀맞은 태도는 이 여인을 보호하고 있었기
때문이다. 엔초가 의지하는 것치고는 매정하다고도 생각했지만
이제 와서 보니 무리도 아니라는 생각이 든다.

"하지만 어째서 갑자기……."

교시가 저도 모르게 한 말에 기이쓰는 겸연쩍은 듯 고개를 숙였다.

"요전번에는 실례가 되는 말을 했습니다. 실은 어제 석림관의 모쿠유 님께서 조칸 님께 서신을 보내셨습니다. 신왕 즉위는 착오일 가능성이 높으니 경솔하게 휘둘리지 말라고요."

"모쿠유 님께서…… 일부러?"

기이쓰는 고개를 끄덕였다.

"네, 모쿠유 님은 여러분을 신뢰할 수 있는 사람이라고 판단하신 겁니다. 그래서 조칸 님께서도 여러분께라면 이 증언을 들려드려도 괜찮다고 생각하셨지요."

"그렇군."

리사이는 정중하게 고개를 숙였다.

004

리사이는 세이시와 함께 밖으로 나와 거처를 나서는 기이쓰와 여인을 배웅했다. 리사이는 한 가지 걱정을 안고 있었는데 이는 세이시도 마찬가지였을 것이다. 기이쓰와 여인이 돌아갈 준비를 하기를 기다리는 동안 리사이는 세이시와 눈이 마주쳤고 그 또한 같은 생각을 하고 있다는 것을 알았다.

"지금이 기회인가."

리사이가 나지막이 말했다.

"그렇겠죠."

세이시가 대답했다.

괜찮다며 배웅을 사양하는 기이쓰와 여인을 따라 대문을 나섰다. 태양은 아직 다 떠오르지 않았다. 주위는 아직 사람이 지나다니기 전이라 자못 쓸쓸하다. 인기척이 없는 새하얀 거리로 얼어붙을 듯한 바람만이 불고 있었다.

리사이는 배웅하는 세이시와 교시를 대문에 남겨둔 채 말을 꺼냈다.

"적어도 큰길까지는 배웅할 수 있게 해주게."

리사이는 발걸음을 내디뎠다. 기이쓰는 의아했다. 여인도 다소 난처해했다.

"이대로 보내기는 서운하네."

리사이가 미소 짓자 여인도 옅은 미소를 지었다.

눈가루가 섞인 바람이 불었다. 리사이는 걸어가면서 춥지는 않은지, 몸은 괜찮은지 이것저것 물었고 큰길과 교차하기 바로 직전에 있는 빈 전포 앞에 멈추었다.

"그럼 모쪼록 건승하길 바라네."

기이쓰는 어중간한 위치에서 발걸음을 멈춘 리사이가 또다시 의아스러웠지만 딱히 묻지 않고 여인을 재촉하여 사람이 하나둘 보이기 시작한 대로를 왼쪽으로 꺾어 떠났다. 그 모습을 확인한 리사이는 뒤돌았다. 그 순간, 시선을 돌리며 발치를 보며 웅크리는 남자를 봤다. 그자 옆으로 시치미를 떼며 지나가는 남자가 또 한 명. 리사이는 남자와 스치는 순간 바로 그자의 팔을 붙잡았다.

"뭣 좀 물어볼게 있네."

흠칫 놀란 남자가 리사이를 올려다보고 붙잡힌 팔을 뿌리치려고 했다. 길가에 웅크리고 있던 남자는 아주 잠시 시선을 던지고는 흥미 없다는 표정으로 일어나 리사이와 남자를 지나치려 했는데, 그 순간 어느새 뒤쫓아온 세이시가 뒤에서 남자의 어깨를 잡아 제압했다.

"뭐…… 뭐 하는 짓이야."

"두 사람한테 묻고 싶은 게 있다."

세이시는 남자의 입을 막아 빈 점포의 처마 근처로 끌고 갔다. 그리고 바로 점포 안으로 들어가는 입구를 걷어차 연 뒤 안으로 남자를 밀어 넣었다. 리사이도 뒤이어 잡고 있던 남자를 내던졌다. 제때 맞춰 온 교시가 문을 닫았다. 세이시가 검을 뽑아 두 사람을 안쪽으로 몰아넣었다.

이 사람들이 리사이의 걱정거리였다. 일전에 아문관에 다녀온
이래로 리사이 일행에게는 감시가 붙었다. 보아하니 관청과는
관련이 없었고 누가 보아도 풋내기인지라 추측건대 이문관 관계
자인 듯했다. 그래서 일부러 그대로 두고 있었지만 이 감시자들
이 기이쓰와 여인을 미행할지도 모른다.

대문을 나서자 본 적 없는 두 사람이 리사이 일행을 엿보고 있
었다. 근래에는 거처 주변에서 감시자들을 볼 수 없었지만 이는
감시를 멈춘 게 아니라 근처에 있는 민가에 자리를 잡았기 때문
일 것이다. 얼어붙은 길 위에서 감시하지 않더라도 건물 안에서
동태를 엿볼 수 있는 장소를 확보했다고 리사이는 추측했다.

감시자들은 손님이 온 것을 봤다. 아마도 그들은 기이쓰가 어
디의 누구인지 이미 파악했을 것이다. 하지만 여인은 감시자들
도 처음 본 사람이다. 감시자들이 흥미를 가지느냐에 따라 달라
지겠지만 경우에 따라서는 정체를 알아내기 위해 여인이 떠나기
를 기다렸다 뒤를 밟을지도 모른다. 이는 곧 여인의 거처가 들통
난다는 것을 의미한다. 감시자들이 여인의 정체를 알 방도가 없
다 하더라도 바람직하지 못한 사태인 점에는 차이가 없다. 그래
서 리사이는 기이쓰와 여인을 배웅하는 척 감시자들이 어떻게
나오는지 살펴본 것이다.

아니나 다를까, 감시자들은 일행을 미행했다. 아무렇지 않게 리사이 앞을 지나가려고 했으니 여인의 뒤를 쫓아가려 했음에 틀림없다. 그렇게 내버려둘 수 없다. 감시자들의 시선을 의식한 리사이는 검을 놓고 나왔지만 남겨두고 온 세이시는 검을 가지고 교시와 함께 시간 차를 둔 뒤 감시자들을 미행했을 것이다. 여인을 불안하게 하고 싶지 않아 미리 상의는 하지 않았지만 세이시라면 분명 의도를 파악해 행동해주리라 생각했다.

"누구에게 사주받았지?"

"무슨 소리냐."

뒷마당 구석으로 내몰린 두 남자는 서로 몸을 맞댔다.

"우리를 감시하고 있던 건 알고 있어. 백랑에서부터 미행해 온 것도."

리사이는 다시 물었다.

"아문관에서 보냈다고 해야 하나?"

두 남자는 가슴이 철렁한 듯 눈을 크게 떴다.

"아문관에서 보냈다면 호요의 지시일 텐데 목적을 모르겠군. 어째서 우리를 감시하는 거지?"

"그런 짓은……."

두 남자는 부정하려고 했지만 그럴싸한 핑계가 떠오르지 않았다.

"처음에는 우리 정체를 파악하려는 거겠지 싶었지만 그런 것 치고는 길더군. 우리가 부구원과 관계가 있고 사람을 찾고 있다는 것쯤은 진즉에 확인했을 거야. 그런데도 왜 이렇게 오랫동안 우리에게 집착하는 거지?"

"우리는 딱히⋯⋯."

"호요에게 말한 내용이 거짓이 아니라는 게 확인되면 떠날 것이라고 생각해서 이제껏 눈감아줬지만 솔직히 이제 질렸거든."

"그러니까 진즉에 처리하는 게 좋다고 말씀드리지 않았습니까."

세이시가 이때다 싶어 서늘한 주장을 하며 리사이의 검을 꺼냈다. 일부러 가져온 것 같다.

"목적을 알고 싶어서 말이지."

"어차피 입은 열지 않을 겁니다. 연다 한들 사실인지 확인할 수도 없습니다. 언제까지 이런 천박한 감시를 용납하실 겁니까."

"그도 그렇군."

리사이가 대답하자 한 남자가 소리쳤다.

"너희야말로 무슨 목적이냐."

긴장감이 서려 있는 목소리였지만 다른 한 사람처럼 당황한 기색은 아니다. 말을 꺼낸 사내가 좀더 배짱이 있는 듯했다.

"목적?"

"황민과 부민을 찾아 어쩌려는 거지? 홍기로 데려갈 속셈인가!"

리사이는 미간을 찌푸렸다.

"그게 무슨 말이지?"

"홍기로 데려가 병사로 만들려는 게 아니냔 말이다."

리사이는 잡고 있던 칼자루에서 손을 뗐다.

"그건 추측인가? 아니면 실제로 그런 일이 벌어지고 있는 건가?"

"뻔뻔하군."

또 다른 남자가 내뱉었다. 배짱 있는 쪽은 리사이를 쏘아보고 있다.

"너희들이야말로 뻔히 보이는 거짓말은 그만하지 그래. 방해가 될 것 같으면 지금처럼 검을 들이밀지. 우리를 죽일 셈인가 본데 그런 간악무도한 짓을 언제까지고 하늘이 눈감아줄 거라는 생각은 마."

리사이와 세이시는 서로를 쳐다봤다. 그때였다. 겁먹었던 사내가 땅을 박차더니 리사이의 가슴팍으로 뛰어들었다. 눈 깜짝할 사이에 몸을 비틀어 피하다 발을 구른 리사이를 대신해 세이시가 단숨에 남자를 꼼짝 못 하게 제압했다. 바닥으로 넘어뜨리고 등 위에 올라탔다.

"멈춰."

남아 있던 남자가 소리쳤다. 겁먹은 남자는 세이시에게 눌린 채 몸을 이리저리 움직이며 저항하고 있었다.

"어차피 죽을 거야! 하다못해 반격이라도 하게 해줘!"

"무리야. 그만둬."

리사이와 세이시는 또다시 얼굴을 마주 볼 수밖에 없었다. 어딘가 이상하다.

"풀어주지."

리사이는 세이시에게 말하고 배짱이 있는 남자에게 물었다.

"해를 끼치고 싶진 않네. 그대가 막아주지 않겠나."

남자는 받아들였고 세이시가 풀어준 남자 옆에 웅크렸다. 세이시를 대신해 남자의 어깨와 팔을 잡았다. 그 옆으로 리사이 또한 무릎을 꿇었다.

"너희들은 아문관 사람이 아닌가?"

"아문관에서 왔느냐는 질문이라면 아니다. 우리는 임우에 살고 있어."

"아문관과도 후가와도 관계가 없다고?"

남자는 대답하지 않았다.

"후가 사람이거나 관계자인 거로군?"

남자는 조금 주저하다 그렇다고 대답했다. 제압당한 남자가 저항하며 말했다.

"말하지 마! 그만둬!"

"진정해. 자네 기분은 알겠지만 우리 같은 사람들이 상대할 수 있는 사람이 아니야. 게다가…… 보아하니 오해가 있는 것 같아."

"오해?"

리사이가 물었다.

"왜 당신들이 황민을 쫓고 있는지 알려주지 않겠는가."

"쫓고 있는 게 아니야. 호요에게도 말했지만 우린 지인을 찾고 있어. 단서라도 될 만한 사실을 알고 있는 황민이 있지 않을까 싶어 황민을 잘 아는 사람을 소개받고 싶었지. 그게 어려우면 황민 사이에 떠도는 소문을 잘 아는 사람을 만나고 싶어. 어디 그런 인물을 모르는가?"

"그 말이…… 사실인가?"

"물론이다. 좀 전에 말한 홍기로 데려간다는 이야기는 무슨 소리지?"

"황민 사냥이 아니라는 건가?"

"황민 사냥? 황민을 사냥해 홍기로 데려가는 자가 있다는 건가? 누가 무엇을 위해?"

"시치미 떼지 마! 네놈들의 주인이잖아. 그 짐승이 억지로 병사로 만들기 위해 납치하고 있잖아!"

구속된 남자가 큰 소리로 외치고 그 자리에 엎드렸다.

"어째서 하늘은 이런 일을 용납하는 거지. 언제까지 이런 극악무도한 짓이 이어지는 거냐고……!"

리사이는 엎드린 남자에게 물었다.

"자네, 이름이 뭐지?"

리사이는 남자에게 몸을 일으키라고 했다.

"나는 리사이라고 하네. 자네는?"

"주인어른."

세이시가 저지하려고 소리를 높였지만 리사이는 개의치 않고 다른 남자를 쳐다봤다.

"자네 이름은?"

남자는 망설이며 리사이를 쳐다보았다. 리사이는 미소 지었다.

"이대로는 춥네. 괜찮다면 몸 좀 녹이고 가지 않겠나?"

리사이는 두 사람을 거처로 데리고 돌아왔다. 집을 지키고 있던 호토와 요타쿠에게 따뜻한 음료를 부탁하고 두 사람을 화로 옆에 앉혔다. 그제야 배짱 있는 쪽이 입을 열었다.

"리사이…… 류 장군……?"

리사이는 쓴웃음을 지었다.

"악명을 떨치고 있는 것 같군. 누명이라고만 말해두지."

"알고 있습니다."

남자는 대답하고 자세를 바로잡았다.

"저는 쇼시쓰詳悉라 하옵니다. 풍택豊澤이라는 마을에 배치되어 있던 사사였습니다."

"사사…… 그렇다면 문주사?"

쇼시쓰는 끄덕였다. 옆에서 눈을 크게 뜨고 있는 남자를 쳐다보며 말했다.

"이 녀석은 백랑으로 도망친 황민인데 단초쿠端直라고 하옵니다. 그 짐승이 마을을 불태워 가족을 잃고 홀로 떠돌고 있었지요."

쇼시쓰는 단초쿠를 바라보며 끄덕였다.

"이분은 주상의 휘하일세. 주상을 시해했다는 누명을 뒤집어쓰고 도망치고 계셨지."

단초쿠는 기가 막힌 듯 고개를 들었다.

"그럼…… 황민 사냥이…….."

쇼시쓰는 고개를 끄덕였다.

"좀 전에도 말했지. 황민 사냥이라는 게 무슨 말인가?"

리사이가 물었다.

"그 말 그대로입니다."

대답을 한 쇼시쓰의 표정이 굳었다.

"황민이나 부민을 몰래 모아 홍기로 데려갑니다. 병사로 만들기 위해서요."

"병사로…… 아센이?"

쇼시쓰는 고개를 끄덕였다.

"후하게 대우해주겠다며 데려가는 경우도 있습니다만 대부분은 강제로 데려갑니다. 억지로 긁어모아 병사로 만드는 거죠. 비밀리에 진행하고 있다는 것은 병사 수가 모자라다는 사실을 알리고 싶지 않아서일 겁니다. 급조한 징용 병사가 있다는 사실을 숨기고 싶은 겁니다."

리사이는 그럴 리가 없다고 말하려다 이내 그럴 수 있겠다고 납득했다. 왕사 육군 중 사군이 해체되었다. 아센은 습관처럼 병사를 모으고 있을 것이다. 다른 주에서 모으려고 해도 한계가 있다.

"그게 병사냐."

단초쿠가 외쳤다.

"그깟 훈련 좀 받았다고 해서 그게 무슨. 무기도 제대로 다룰 줄 모르는 초짜야. 화살을 막으려는 인간 방패라고."

"가능한 이야기다."

리사이는 신음했다.

병사가 모자랄 때에는 일반적으로 징용을 한다. 하지만 이 경우 백성은 적의를 품게 되고 무엇보다도 적에게 허술한 내실이 드러나고 만다. 그렇기 때문에 은밀히 황민을 모으고 있는 걸까.

"본인이 만들어낸 피해자를 이제는 방패 대용으로 쓰고 버리려는 건가."

리사이의 입가가 일그러졌다. 입안이 텁텁하다. 구역질이 난다.

"단초쿠가 말하는 대로야……. 어째서 하늘은 이런 무도한 짓을 용납하고 있는 건지……."

이것이 왕이 저지른 일이라면 하늘은 실도로써 벌할 것이다. 하지만 아센은 왕이 아니다. 그렇기 때문에 하늘은 아센에게 손을 댈 수 없다. 적어도 리사이는 '하늘'에 실체가 있다는 사실을 안다. 단초쿠가 '왜 하늘은' 하고 묻는 것과는 의미가 다르다. 단초쿠의 질문은 세상에 던지는 질문이지만 리사이는 '하늘'에 해당되는 사람들이 있다는 사실을 알고 있다. 어딘가에서 이 세상을 내려다보고 있는 사람들이 있다. 왕에게 도를 지키라 명하면서 아센의 무도한 짓을 외면하고 있는 자들이.

"어떻게 해서든 바로잡지 않으면 안 됩니다."

세이시의 말에 리사이는 고개를 끄덕였다.

"우리는 이 부도덕한 상황을 바로잡고 싶네. 그러기 위해 주상을 찾고 싶어."

쇼시쓰와 단초쿠가 일제히 리사이를 쳐다봤다.

"하오나…… 주상께서는……."

리사이가 단초쿠의 말을 가로막았다.

"돌아가시지 않았네. 하지만 어디에 계신지 알 수가 없어. 그래서 찾고 있지."

"그래서 황민을?"

쇼시쓰의 질문에 리사이는 고개를 끄덕였다.

"갖가지 사정을 모아 추측하건대 주상께서는 당시 함양산에 드나들고 있던 황민 또는 부민의 도움을 받았을 가능성이 높네. 소문이라도 좋아. 무언가 보거나 들은 사람이 없을까?"

쇼시쓰와 단초쿠는 서로를 바라봤다. 이윽고 쇼시쓰가 입을 열었다.

"저는 들은 적이 없습니다. 하지만 황민을 자주 만나는 게 아니라서요."

"나도 들은 적 없어. 주상을 구했다는 얘기가 있다면 소문이 안 돌 리가 없어."

"그렇군……."

"호요 님은 좀더 자세한 내용을 알고 계실지도 모릅니다."

쇼시쓰가 말했다.

"시간을 조금만 주십시오."

005

─또 한 명, 죽었다.

그는 한지에 새롭게 만든, 눈으로 뒤덮인 무덤을 내려다봤다. 무덤 앞에는 그의 소꿉친구가 거대한 몸을 둥글게 말고 엎드려 있다.

굳센 사내가 떨고 있는 것은 통곡을 하고 있어서일까 추위 때문일까. 그는 소꿉친구에게 자신의 외투를 입혔다.

"겐에이彦衛, 돌아가자. 이러다간 몸이 얼어버리고 말거야."

무덤에 묻혀 있는 사람은 겐에이의 모친이었다. 단순히 소꿉친구의 모친이라 부를 사이가 아니다. 부모님을 잃은 그에게 겐에이의 모친은 자신의 어머니와도 마찬가지인 존재였다. 그는 이가에 살고 있었고 겐에이의 모친이 이가를 드나들며 노인이나 아이를 돌보아주었다. 본인도 남편을 일찍 여의었지만 따뜻하고 서글서글하며 꿋꿋한 여성이었다.

─그리고 이 겨울이 시작되자 끌려갔다.

끌고 간 것은 근처 광산에 둥지를 튼 화적이다. 식모가 필요하다며 마을 여자들을 끌고 갔다. 물론 그들은 저항했지만 막지 못했다. 어떻게 해서든 막으려고 했던 청년이 한 명 죽었다. 머지 않아 난과에서 태어날 아이를 기다리고 있었는데. 그리고 끌려간 겐에이의 모친도 한창 추운 겨울에 시체가 되어 돌아왔다.

그는 떠나기 싫어하는 소꿉친구를 달래며 부둥켜안고 마을로 돌아왔다. 집 앞까지 와서 그의 손을 놓자 소꿉친구는 혼자 남은 민가로 비틀거리며 들어갔다. 죽은 여인은 그에게 어머니와 같은 존재였지만 소꿉친구에게는 친모였고 유일한 혈육이었다. 심정이 이해된다고 도저히 말할 수 없었다. 자신이 아무리 괴롭다 할지라도.

맥이 빠진 채 이가로 돌아갔다. 이가에서는 얇은 웃옷을 걸친 거대한 남자가 기다리고 있었다.

"아무도 대접을 해드리지 않은 건가요?"

남자는 아니라고 대답했다. 올려다봐야 할 정도의 거구에 힘이 세 보이는 체격이었지만 나이는 꽤 있는 것 같았다. 머리카락은 흰머리가 섞여 회색으로 변했고 햇볕에 그을린 피부에는 깊은 주름이 새겨져 있다. 왼쪽 뺨에서부터 입가로 난 크고 오래된 흉터가 있었다.

이 남자가 어제 시체를 옮겨다 주었다. 부족하지만 답례로 이가에서 하룻밤 잠자리를 내어주었지만 이가의 주인인 그는 소꿉친구 곁을 지키느라 말을 주고받을 틈이 거의 없었다.

"장례는 마쳤는가?"

남자는 낮고 울리는 목소리로 물었다. 그는 고개를 끄덕였고 다시금 깊게 고개를 숙였다.

"정말 감사합니다. 다시 인사드리겠습니다. 저는 여서인 데이세쓰定撮라고 합니다."

눈앞의 사내는 분명 하쿠규博牛라 했다. 이 근방에 사는 주민이 아니라 지나가던 여행객이다. 사람을 찾던 도중 광산에 갔다 거절당해 주변을 살펴보고 있던 참에 음산한 골짜기로 나오게 됐다는 모양이다. 그 골짜기를 데이세쓰와 근처 주민들은 귀문관鬼門關이라고 부른다. 귀문관에서 시신을 발견한 하쿠규는 그 시신을 안고 가장 가까운 마을까지 옮겼다고 한다. 그 마을에서 어느 마을 사람인지 알게 되어 일부러 시신을 인도하러 와준 것이다.

"한시라도 빨리 집으로 돌아가고 싶을 것 같았네."

하쿠규는 기수를 데리고 있었다. 확실히 하쿠규가 옮겨주는 것이 소식을 듣고 마을로 찾아가는 것보다 압도적으로 빠르다. 데이세쓰는 "돌아가고 싶었을 것 같았네" 하고 말해준 하쿠규의 마음씀씀이가 기뻤다.

"어제도 마을 사람에게 들었지만 꽤나 젊은 여서로구먼."

"네에."

데이세쓰는 짧게 대답했다.

"복잡한 사정이 있는 것 같군."

데이세쓰는 하쿠규의 말을 듣고 고개를 숙였다.

"……네."

"그 사정이라는 게 저 광산에 있는 화적과 관련이 있나?"

데이세쓰는 고개를 끄덕였다.

"그 여성은 경무庚戊의 화적에게 끌려갔었습니다. 놈들은 일손이 부족해지면 근처에 있는 마을로 찾아와 사람을 내어놓으라고 협박합니다."

그리고 가차 없이 혹사시킨다.

"이미 많은 사람이 끌려갔습니다. 저 같은 풋내기가 여서가 된 것도 그 때문입니다. 끌려간 사람들의 소식은 거의 들을 수 없지만 대부분이 그 여성처럼 귀문관에 버려졌겠지요."

주변에 있는 사람들이 정기적으로 순찰하고는 있지만 시기에 따라 얼굴을 분간할 수 없을 정도로 시신이 훼손되어 있었던 적도 있고 산야에 살고 있는 짐승에게 손상된 경우도 있었다. 그녀처럼 누구인지 알 수 있을 정도의 상태로 돌아온 적이 오히려 드물었다.

"놈들이 시신을 버리는 건가?"

"죽어 있든 살아 있든요."

일손이 필요하면 주변 마을을 협박해 바치게 하거나 강제로 데리고 간다. 돌아온 적은 없다. 운이 좋다면 귀문관에서 시신이 발견되지만 발견되지 않은 채 소식이 끊기기가 일쑤였다.

"그렇게 될 걸 알면서도 그들의 말대로 사람을 내어주고 있는 건가? 겁쟁이가 따로 없군."

데이세쓰는 대답할 수 없었다. 겁쟁이인 건 알고 있다. 그리고 외지인이 이해할 리 없다. 이렇게밖에 살 방도가 없는 것이다.

남자는 굳은 입가에 비꼬는 듯한 미소를 띠었다.

"하지만, 그게 바로 처세라는 거겠지. 쓸데없이 싸우는 것보다는 나아. 싸우면 자존심은 지킬 수 있겠지만 희생되는 것도 많겠지."

"결코 겁먹어서 희생을 꺼리는 게 아닙니다."

당황해하며 부정하는 데이세쓰에게 하쿠규가 말했다.

"꺼리게. 겁을 먹건 타산적이건 상관없어. 그게 여서의 의무지."

"그렇……습니까."

남자는 데이세쓰를 똑바로 응시하며 고개를 끄덕였다. 나이 때문인지 아니면 다른 이유가 있어서인지 남자는 어렴풋이 희뿌옇게 탁한 눈동자를 지니고 있었다. 갑자기 데이세쓰를 응시하는 바람에 알게 되었다.

"저는…… 용기가 없는 제 자신이 한심합니다."

"사실이니 그렇게 생각하는 게 당연해. 하지만 끙끙대며 걱정하는 것보다 마을 사람들을 지켜야지."

"그것만으로 충분할까요? ……화적에게 고개를 숙이고 복종하며 마을을 지기는 것만으로?"

마을을 제대로 지켜내지도 못했다. 하물며 주변 마을에도 피해가 번지고 있다. 그러한 지경인데도 그는 무엇 하나 할 수 없었다. 비참한 일을 멈추게 할 수 없다. 주변 사람들이 괴로워하는 것도, 나라가 기울고 있는 것도.

그가 우는소리를 하자 하쿠규는 살짝 웃었다. 따뜻한 미소였다.

"어쩔 수 없지. 그런 마음가짐이라면 언젠가는 무언가를 해낼 날이 올 걸세."

"그럴까요…….''

"그래. 그래도 양심에 가책이 느껴진다면 여행객만큼은 신경을 써주게."

"여행객요?"

남자는 고개를 끄덕였다.

"무인처럼 보이는 남자야. 본 적이 없는가? 백발에 눈이 심홍색이지."

데이세쓰는 본 적이 없다고 대답했다. 하쿠규는 사람을 찾고 있는 걸까.

백발의 남자는 드물지 않지만 심홍색 눈은 드물다. 만난 적이 있다면 잊었을 리가 없다. 타인의 눈동자가 어떤 색인지 판별하기는 어렵다. 빛이 많고 적음에 따라 달리 보일 때도 있고 정면으로 바라보지 않으면 눈동자 색을 의식할 일도 없다.

"확실하다고는 대답하긴 어렵습니다만 아마도 없을 겁니다."

하쿠규는 그러냐며 작게 말했다.

"위험한 인물인가요?"

이 남자의 원수인 걸까. 상당히 위험한 범죄자인 걸까. 데이세쓰는 불안했지만 남자는 조용히 고개를 저었다.

"아니. ……이 나라의 왕이지."

15
장

001

백규궁 서쪽 한구석을 차지하는 서침. 기린이자 재보가 지내는 영역인 이곳은 살풍경하고 황폐한 분위기에 휩싸여 있었다. 다이키가 돌아왔어도 거칠고 황폐한 모습은 여전하다. 그나마 어젯밤부터 내린 눈이 주변을 하얗게 물들여 주변에 재해가 일어났던 흔적을 가려주고 있었다.

그러한 서침에 목소리가 들려왔다.

"태보께서는 아직도 저에게 노하셨나이까!"

호들갑스러운 고함과 우는 소리가 들으라는 듯 안뜰에 울려 퍼지고 있었다.

고료는 질렸다는 듯 정원을 바라보았다. 맞은편에 보이는 대청 안쪽, 몸채 쪽을 향해 입구에서 웅크리고 있는 사람이 보인다. 옆에 서 있는 사람은 게이토우일까. 커다란 목소리로 울부짖는 사람은 시손이었다.

시손이 내재가 되었다. 내재는 궁중에서 귀인의 시중을 관장하는 사람이다. 여기서 귀인이라 함은 다이키를 일컫는다. 애당초 천관은 아센의 시중을 일임받지 않았다. 다이키의 의식주에 관련된 모든 것을 시손이 총괄하게 되었다. 시손을 내재로 임명한 천관장은 시손이 자신의 우매함을 맹성하며 부디 다이키의 힘이 되고 싶어 한다고 설명했다. 자신의 실점을 만회할 수 있는 기회를 달라며.

다이키는 천관장 직분을 침범하고 싶지 않아서 이를 받아들였을 것이다. 하지만 그날부터 시손의 민폐에 가까운 헌신이 시작되었다. 하루에 세 번은 안부를 여쭈러 찾아온다. 찾아와서는 그저 찬사만 쏟아내 의미 없이 시간만 착취했다. 그와 동시에 다이키의 주변을 정비한다는 명목하에 대량의 물품을 들였다. 다이키가 지금 이대로도 불편함이 없다며, 이 이상 국고를 낭비할 수 없다고 타일렀지만 시손은 개인 재산으로 사들인 것이니 국고에는 눈곱만큼도 부담을 끼치지 않았다고 했다. 두툼한 융단과 고가의 이부자리, 화려한 의복에 그림이나 도자기 같은 장식품. 입이 떡 벌어질 정도로 훌륭한 자개 병풍까지 들여오려고 하자 결국 다이키가 제지했다.

"이런 물건들은 필요 없습니다. 이 정도의 물건을 살 여유가 있다면 곤궁에 처한 백성에게 베푸시지요."

엄하게 나무라자 시손은 울먹이며 사죄를 하고 거짓 눈물이 마르자 다이키를 칭송했다.

"어떠한 상황에서도 곤경에 처한 백성을 우선으로 생각하시다니. 너무나도 훌륭하신 성품이옵니다."

끼어들 틈이 없을 정도로 빠르게 미사여구를 늘어놓더니 제안을 했다.

"그럼 이것들은 태보의 하사품으로서 황민에게 베풀겠습니다."

고료는 시손의 말을 듣고 소름이 돋았다. 이렇게 고가의 물건을 황민에게 준다면 쓸데없는 혼란을 야기할 뿐이다.

"시손."

다이키가 매서운 목소리로 말했다.

"황민이라고 간단히 말하는데 무얼 기준으로 베풀 상대를 고를 생각인 거죠? 황민은 수없이 많은데 한 사람에게 과하게 베풀면 그로 인해 무슨 일이 일어날지 상상이 안 되나요?"

다이키는 시손을 질책한 뒤 앞으로 물건을 들여오는 일을 금하라 했지만 그는 이대로는 재보가 지내기에는 부족함이 많으니 그저 사비를 털어서라도 구비하려고 했을 뿐이라며 우는소리를 계속 반복했다. 몸채로 물건을 들여오는 일을 금지시켰더니 이번에는 보초를 서는 병사와 소신, 종 들에게 다이키가 보냈다며 고가의 물건을 건넸다. 이들이 이에 기뻐하며 과할 정도로 본인의 업무에 힘을 쏟으려고 해 다이키의 주변은 졸지에 소란스러워졌다. 그뿐만이 아니라 시손은 수많은 하관下官을 이 작은 궁에 배치했다. 한산했던 궁은 순식간에 사람이 흘러넘쳤고 청소를 한다느니 손질을 한다느니 하며 여기저기 종들이 돌아다니는 바람에 해가 떠 있을 때는 물론이고 밤새도록 인적이 끊기는 일이 없었다. 필요 없다고 하면 애원했고 외려 방해가 된다고 하면 울었다. 결국 다이키가 시손에게 몸채 출입을 금지하자 이번에는 아침부터 밤까지 몇 번이고 대청으로 찾아와 지금처럼 다 들으라는 듯 앓는 소리를 해댔다. 이를 멈추게 하기 위해 궁 출입을 금지시킨다면 분명 문 앞에서 똑같이 울부짖을 것이다. 고료는 그 모습을 상상하는 것만으로도 신물이 났다.

"저 인간은 멍청이인가?"

야리가 질색하며 말했다.

"더 악질이지. 태보를 위해 한 거라고 둘러댄다면 책망하기가 어려워. 실제로 저렇게 온갖 사치와 수단을 다 부리면 기뻐하는 자들도 많겠지. 이를 사양하고 질책한다면 질책한 쪽이 매정하게 보이는 법이야."

고료의 대답에 야리는 살짝 고개를 갸웃거렸다.

"매정하게 보인다고? 기린이?"

고료는 풋 하고 웃었다.

"그렇긴 하군. 기린을 매정하다며 뭐라 할 자는 없겠지."

기린은 자비로운 생물이다. 모든 백성과 관리가 그리 인식하고 있다.

"어차피 조운이 꾸민 짓이겠지만 하는 짓이 비열하기 그지없군."

고료가 쓴웃음을 지으며 말하자 야리도 덧붙였다.

"참으로 허술하기 짝이 없다. 이런 걸 상대해야 하다니 태보에게도 이게 무슨 날벼락인지."

고료도 이에 동의할 수밖에 없었다. 시손은, 아니 조운은 전략을 잘못 짰다. 시손은 여기저기서 다이키를 다른 사람들과 비교하며 치켜세우기 급급했지만 과연 이렇게 해서 굴욕이나 질투를 느끼는 자가 있을까. 겨룰 여지도 없이 기린의 지위는 압도적으로 높다. 기린 위에 존재하는 자는 왕뿐이고 그보다 더 위에 존재하는 자는 천신天神뿐이다.

"말마따나 태보에게는 날벼락이 따로 없군. 꽤 피곤하실 테지."

고료조차도 궁이 하관으로 넘쳐났을 때는 정신적으로 피로했다. 다이키가 딱 잘라 게이토우에게 명령해 주천관만이 다이키의 시중을 들기로 했다. 국관은 앞으로 일절 관여할 수 없다. 이것이 잘 지켜져 궁은 겨우 안정을 되찾았다. 예전처럼 다시 한산해졌고 고료는 안도했다.

다이키는 그렇게 소란스러운 와중에도 담담했다. 전혀 동요하지 않았다. 고료는 그 굳센 모습을 보고 놀랐다.

―여느 기린과는 어딘가 다르다.

그런 생각을 하며 밝은 창가에서 서면을 보고 있는 다이키를 바라봤다. 조용히 서면을 훑어보며 때로는 어디 이해가 되지 않는 부분이라도 있는 건지 곁에 있는 준타쓰에게 가리키며 물었다. 다이키는 글씨를 읽을 수 없다고 했다. 어렴풋이 이해는 할 수 있고 구두로 설명해주면 파악할 수 있지만 문장만으로는 정확하게 와닿지 않는다고 했다.

다이키는 태과이다. 타국에서 태어나서 타국에서 자랐다. 당연히 언어도 다르다. 신선은 어느 나라 사람과도 말을 하고 이해할 수 있는 능력을 지녔지만 그 기적은 문자에는 미치지 않았다.

―타국에서 나고 자란 기린. 이것이 여느 기린과 다른 원인인 것일까.

고료는 생각에 잠겼다.

"쇼와가 보이지 않네요."

돌연 다이키가 목소리를 높이자 고료는 정신이 들었다.

듣고 보니 오늘 쇼와의 모습이 보이질 않는다. 어제 아침에 기운 없이 조식 시중을 들고 있는 모습을 보고 다이키가 "쉬는 게 어떤지" 하고 말을 꺼내자 그저 고개를 끄덕이고서는 자리에서 물러갔다. 요즘 들어 말수도 적어졌다. 전에는 번거로울 정도로 다이키 곁에 착 달라붙어서 마구 참견하고 싶어 했지만 최근에는 이런 행동을 보이지 않았다. 수많은 하관이 들어왔을 즈음부터 기본적인 일만 하고서는 쓱 물러갔다.

"게이토우에게 물어보겠습니다만 아마도 쇼와는……."

모습을 보아하니 쇼와도 병을 앓고 있다. 이미 지금쯤이면 황포관에는 없을 것이다.

다이키는 침통한 표정으로 고개를 끄덕였다.

"고료, 야리. 잠시 저와 함께 가시죠."

준타쓰에게 자리를 맡기고 정원으로 발걸음을 재촉한다. 정원은 추웠다. 수면이 얕은 연못 가장자리 곳곳에는 얼음이 얼어 있다. 그럼에도 다이키는 정자로 올라간다. 타인의 이목이 닿지 않는 장소이기 때문이다.

─또다시 터무니없는 말을 꺼내는 건 아닐까.

고료가 긴장을 하고 서 있자 아나나 다를까 다이키는 고료가 기겁할 말을 했다.

"저는 다시 한번 육침에 가보려고 합니다."

"태보, 터무니없는 짓이옵니다."

고료는 당황했다.

"일전의 일도 있어 육침의 경비는 누가 봐도 삼엄해졌습니다. 이번에는 쉬이 들어가실 수 없습니다."

"하지만 아직 잠입할 수 있다고 봅니다. 제가 있는 곳에서 내전으로 가는 길은 여러 개입니다."

고료는 당연하다는 듯 고개를 끄덕였다. 기린은 왕을 보좌한다. 국체의 일부다. 주후의 정무를 볼 때는 광덕전에서 지내지만 재보로서 지낼 때 거처는 내전 또는 외전이다.

"하오나, 그 길들은 모두 막혀 있는 게 아닙니까."

"다들 알고 있는 길은 막혔습니다. 제가 알고 있던 뒷길도 막혔을 가능성이 높지요. 하지만 그것 말고 다른 길도 있을 겁니다."

"있습니까?"

다이키는 고개를 끄덕였다.

"누가 왕궁을 만들었는지는 모르지만 흥미로운 점은 왕과 기린이 대적할 가능성까지 반영되어 있다는 겁니다. 그렇다면 기린이 내전으로 가는 은밀한 길이 있을 겁니다. 왕이 길을 잃고 독재를 하려고 기린을 내전에서 내쫓았을 때를 대비한 길이 분명 나 있을 겁니다."

다이키는 지금이 그에 가까운 상황이라고 말했다.

"아센은 저를 내전과 외전에서 내쫓은 적은 없지만 이는 정무를 돌보러 밖에 나오지 않기 때문입니다. 내전과 내란을 진압하기 위해 기린을 빼고 하는 조의가 분명 있을 겁니다. 그 경우, 기린이 내쫓긴 조정에 강제적으로 밀고 들어가는 수단도 마련되어 있지 않을까요."

"그럴지도 모르겠네요."

"그 길을 찾아주었으면 합니다. 가능하다면 아센을 다시 한번 만나기 위해 육침으로 가는 길을 찾고 싶습니다. ……그뿐만이 아니라."

다이키는 잠시 말을 멈췄다.

"신경 쓰이는 일이 있습니다."

"신경 쓰이는 일요?"

"전에 육침에 몰래 잠입했을 때, 내전 안쪽에 이상하게 경비가 견고한 곳이 있었습니다. 병졸들이 경비를 하고 있었어요. 병든 꼭두각시가 아닙니다. 아마도 하관夏官에서 배치한 병졸인 것 같아요."

고료는 눈썹을 찌푸렸다. 분명 신경 쓰이는 일이다.

"동궁으로 향하는 문궐 주변입니다. 그곳에 뭔가 있는 것 같아요."

"설마 주상께서……?"

다이키는 고개를 갸웃했다.

"그곳에 교소 님이 계시는 거라면 하관이 경비를 담당하고 있다는 건데 그렇다면 조운이 이렇게까지 난처해할 이유를 모르겠습니다. 하관이 관여하고 있다면 총재인 조운이 모를 리가 없다고 보거든요."

"그 말씀은…… 일리가 있습니다."

"교소 님은 아니지만 중대한 무언가를 지키고 있는 것 같아요. 그게 무엇인지 확인하고 싶습니다."

고료는 퍼뜩 생각이 들었다.

"설마 세이라이 님?"

"충분히 있을 수 있는 일이라 생각합니다."

세이라이는 국탕을 은닉했다는 죄로 잡혔다고 했다. 하지만 일반적인 감옥에 세이라이는 없었다. 분엔이 소식이 끊기기 전에 확인해준 사실이었다.

"그래서 두 사람이 육침으로 가는 길을 찾아봐주었으면 합니다."

다이키가 위험이 따른다는 건 알고 있다고 말했을 때였다.

"찾지 않아도 이미 알고 있어."

야리가 끼어들었다.

"후정침에서 인중전 북동쪽으로 나오는 지하도가 있어."

다이키는 감탄한 듯 야리를 쳐다봤다.

"고료가 야리는 내궁에 대해 자세히 안다고 말했었는데 정말로 내궁을 자유자재로 돌아다녔군요."

야리는 생긋 웃었다. 고료는 기가 막힌 듯 말했다.

"인중전 건물은 사라졌어."

건물은 무너졌고 기단만이 남아 그 위로 무너진 잔해들이 쌓여 있었다.

"인중전 북동쪽이라고 말했을 텐데? 옆에 있는 나무 정원보다 더 동쪽이야. 남동쪽이라고 말하는 게 더 정확하려나. 사당 같은 건물인데 건물 자체는 엉망이지만 아직 남아 있어."

다이키는 야리의 얼굴을 들여다보았다.

"혹시 야리는 경비가 삼엄한 그곳에 무엇이 있는지도 알고 있는 게 아닌가요?"

야리는 고개를 살짝 갸웃하며 말했다.

"뭐가 있는지까지는 몰라. 문루 한 구역에 지하로 향하는 입구가 있다는 사실과 그곳에 경비가 있다는 사실은 알고 있어. 아마도 지하에 뭔가 있겠지. 내전 한 구역에서 뻗어나가는 지하도가 그곳으로 이어지는 듯한데 중간에 경비가 삼엄한 곳이 있어서 도저히 다가가질 못했어."

"어느 쪽 경비가 더 삼엄한가요?"

"지상. 문루 쪽. 거길 돌파하려면 상당한 인원이 필요해."

"지하는요?"

"나 혼자서도 불가능할 것 같지는 않았지만 소동을 일으키고 싶지 않아서 물러났어. 나와 고료 둘이라면 그렇게 큰 수고가 들진 않을 거야."

고료는 어이없어하며 끼어들었다.

"당치도 않은 소리."

"당치도 않다고? 왜지?"

"경비와 문제라도 일으킨다면 아센을 적대시하고 있다는 사실이 드러나."

고료가 말하자 야리는 웃었다.

"적대시하고 있잖아. 설마 고료는 아센이 태보의 편이라고 믿고 있는 건가?"

"아니야, 하지만……."

"공격해 오지 않는다고 해서 적대시하는 게 아니라고 말할 수 없어. 아센이 분명 태보에게 적극적으로 수작을 걸어오지는 않았지만 태보는 포로 취급을 당하고 있다는 걸 이해하지 못했나?"

고료는 야리의 지적에 신음했다. 분명 허울 좋은 포로다. 그 이상도 그 이하도 아니다.

"태보는 연금되어 있는 거야. 감옥의 크기가 클 뿐이지. 태보에게는 어떠한 자유도 없고 생살여탈권은 아센이 쥐고 있어. 이게 적대시하는 게 아니면 뭐지?"

고료는 고개를 끄덕이려다 정신이 확 들었다.

"생살여탈권을 아센이 쥐고 있다고?"

야리는 그럴 거라며 당연하다는 듯 수긍했다.

"아센은 자신이 신왕이라고 지명받았다 해서 들뜬 것 같지는 않아. 아직 의심하고 있거나 진짜로 옥좌가 어떻게 되든 상관없다는 거겠지."

"의심한다고……?"

야리는 눈을 동그랗게 뜨고는 고개를 갸웃했다.

"뭐, 다소간은 의심하겠지. '신왕 아센'은 실효성 있는 계획이지만 틀림없는 묘책이기도 해. 곧이곧대로 받아들일 정도로 아센은 어수룩하지 않겠지. 조운조차도 완전히 의심을 버리지 않았으니까."

"무슨 말을…… 하는 거지?"

다이키 또한 의아하다는 듯 야리를 쳐다보고 있었다. 야리는 그런 반응이 오히려 당황스러웠다.

"태보는 백성을 구하고 싶은 거잖아? 그래서 일부러 저 흉적을 신왕이라고 지목했고 덕분에 별 탈 없이 태보의 지위로 돌아왔지."

고료가 아연실색해 있자 다이키가 말했다.

"야리의 눈에는 제가 그렇게 보이나요?"

"보이고 자시고, 그런 거잖아? 그래서 내가 태보를 지키기 위해 곁에 있는 건데."

아무리 다이키라고 해도 할 말을 잃었다. 그 모습을 야리는 희한하다는 듯 쳐다보고 말했다.

"나는 아센을 섬길 마음 따위 눈곱만큼도 없어. 사실을 말하자면……."

야리는 말꼬리를 흐리며 말을 잠시 끊었다.

"말해도 상관없을 것 같으니 그냥 털어놔버릴까. 나는 아센의 편을 들 마음도 없고 흥미도 없어. 교소 님은 만난 적이 없으니 어떤 인품을 지닌 분인지 모르지. 다만 나를 태보의 곁으로 보낸 분이 교소 님이야말로 왕이라고 생각하고 태보도 같은 생각을 하고 있다고 보고 계셔. 그래서 태보를 지킬 필요가 있다고 생각해 나를 여기로 보내셨지."

"야리는 가케이의 사병이 아닌가요?"

다이키의 질문에 야리는 피식 웃었다.

"그런 셈 쳐주시지요."

"그럼 가케이의 전 주공은?"

"그 질문에는 대답할 수 없습니다."

다이키는 가볍게 쓴웃음을 지었다.

"그분이 교소 님이 왕이라고?"

"아센이 왕이 되는 일 따위 있을 수 없다고 했지."

"그러니 저를 지키라고요?"

"맞아. 그래서 온다고 했어. 주공이 태보의 책략일 거라고 말했을 땐 솔직히 지나치게 파고든 게 아니었나 싶었는데 여기에 와보니 주공이 판단이 옳았다는 걸 납득했지."

"그런가요."

다이키는 짧게 말했다. 가벼운 쓴웃음을 짓고 있다.

"태보의 신변은 그다지 안전하다고 보지 않아. 아센은 표면상 태보를 적대시하고 있지 않지만, 태보를 믿고 본인처럼 지키겠다고 생각하고 있는지는 의문이야. 그리고 조운은 적이야. 명백히 태보를 적으로 여기고 있지."

"야리가 말한 대로입니다."

다이키는 쓴웃음 지으며 말했다.

"그러니 조운과 분쟁이 벌어져도 지금 상황과 별반 다를 게 없습니다."

"알겠습니다."

고료는 이렇게 대답할 수밖에 없었다.

002

밀담을 나누고 거실로 돌아오자 준타쓰가 걱정스러운 표정으로 기다리고 있었다.

"저녁 식사가 끝나면 오늘은 이만 물러가도 좋네. 도쿠유가 없어 힘들겠지. 푹 쉬도록."

고료가 말을 걸었지만 준타쓰는 굳은 표정으로 움직이지 않는다. 다이키와 야리, 고료를 한참 번갈아 쳐다보더니 이윽고 결심을 굳힌 듯 입을 열었다.

"그 말씀인즉슨 돌아가 집 안에 틀어박혀 있으라는 말씀이시옵니까."

고료는 놀라 준타쓰를 쳐다보았고 마찬가지로 다이키와 야리도 준타쓰를 의외라는 듯 바라보았다. 그 시선에 기가 죽은 듯 준타쓰는 고개를 푹 숙였지만 이내 단호하게 얼굴을 들었다.

"일전에, 지금처럼 쉬라 하셔서 침실로 돌아간 날 밤, 태보께서는 황포관을 몰래 빠져나가셔서 육침으로 가셨습니다. 태보께서는 혼자 저지른 일이라고 말씀하셨지만 저는 고료와 야리가 모를 리 없었다고 생각합니다."

"준타쓰."

다이키가 말을 걸었지만 준타쓰는 이를 막았다.

"그날도 추운 날씨에 세 분께서 함께 정자에서 이야기를 나누고 계셨습니다. 방금 전과 마찬가지로요."

"준타쓰, 그때 제가 멋대로 행동해서 죄송합니다. 준타쓰도 짐작하는 바가 있겠지만 모르는 게 좋은 경우도 있습니다. 그리 납득해주실 순 없을까요?"

다이키가 부드럽게 이야기했다.

"만약 제가 부족해서, 또는 제 됨됨이를 의심하셔서 저와 비밀을 나누시기가 불안하시다면 어쩔 수 없는 일이니 단념하겠습니다. 하오나, 지금 태보께서 말씀하신 것처럼 모르는 게 좋은 경우도 있다고 생각하고 계신 거라면 외람되오나 그런 경우는 없다고 말씀드리고 싶습니다."

"준타쓰."

"태보께서 하시는 행동 여부에 따라 저까지 역정을 삽니다. 처벌을 받을 수도 있겠죠. 물론 저는 태보께서 하시는 일에 의문을 품지 않습니다. 어떤 일을 하시더라도 그럴 만한 이유가 있어서일 거라고 생각합니다. 그로 인해 제 처지가 어찌되더라도 불만을 토로할 마음이 없을뿐더러 모든 걸 받아들일 작정입니다. 하오나 모른 채 받아들이는 것과 알고 받아들이는 것은 하늘과 땅 차이입니다. 알든 모르든 처벌받는 것은 마찬가지니 그렇다면 하다못해 사정이라도 알아두고 싶습니다."

고료는 곤혹스러워하며 다이키를 쳐다봤다.

"무엇보다도 제가 아무것도 모르고 있는 바람에 태보와 여러 분에게 방해가 되는 일을 저지르지 않을까 두렵습니다. 그저 단 한마디, 제가 잘 둘러대면 피할 수 있을 분쟁을 피하지 못하는 사태가 벌어지는 게 싫습니다."

긴장을 한 탓인지 몸을 떨며 호소하는 준타쓰를 보고 고료는 다이키에게 눈길을 보냈다. 다이키가 가볍게 숨을 내뱉으며 말했다.

"……그렇네요. 아무것도 알려주지 않았던 건 준타쓰에게 매우 실례되는 행동이었습니다."

"태보께서 저에게 그렇게 말씀하실 필요는 없습니다. 너는 부족하다고 말씀하셔도 상관없습니다. 그리 말씀하신다면 그걸로 납득하겠습니다. 하오나……."

말을 이어가려는 준타쓰를 야리가 막았다.

"준타쓰가 아센과 내통하고 있을 리는 없고, 그 기묘한 병은 차섬의 짓이야."

고료는 깜짝 놀라 뒤돌아 야리를 쳐다봤다.

"차섬…… 요마인가? 이 왕궁에?"

야리는 고개를 끄덕였다.

"비둘기와 비슷한 울음소리를 들은 적이 있지? 이 궁에도 둥지를 틀었더군. 제거하기는 했는데."

"제거했다니, 네가?"

"물론이지" 하고 야리가 웃었다.

"그다지 상대하기 힘겨운 요마도 아니고, 있다는 걸 알고 난 뒤엔 찾아내기만 하면 손쉬운 일이야. 주의하고 있긴 한데 그 뒤로 침입한 차섬은 없는 것 같아. 그러니 태보."

야리는 말을 자르고 다이키의 눈을 쳐다봤다.

"준타쓰를 의심할 필요는 없어."

다이키는 숨을 크게 쉬었다.

"그랬나요. 고마워요, 야리."

야리는 무뚝뚝하게 인사를 했다. 다이키는 고개를 끄덕인 뒤 준타쓰를 향하며 자세를 바로잡았다.

"준타쓰의 됨됨이를 믿지 못했던 게 아닙니다. 저는 병을 두려워했어요. 면목 없습니다."

다이키는 정중히 고개를 숙인 뒤 이어 말했다.

"저는 오늘 밤 다시 한번 이곳을 빠져나가려고 합니다. 준타쓰, 도와주세요."

"차섬이었나……."

고료는 야리와 함께 거실을 나오며 말했다.

"잘도 눈치챘군."

"태보를 쫓아 육침에 잠입했을 때 봤어. 울음소리가 신경 쓰이기도 했었고."

고료는 한숨을 쉬었다.

"난 틀림없이 비둘기일 거라고만 생각했다만."

"비슷하니 어쩔 수 없지."

"몇 마리나 있었지?"

"세 마리."

고료는 신음했다.

"헤이추와 도쿠유의 상태가 변한 것도 그 때문인가. 내가 눈치를 챘더라면……."

같은 말을 되풀이하는 셈이지만 후회가 된다.

"차섬 때문에 병이 든 자들은 나을 수 있을까?"

"낫지 않아. 차섬의 영향권에서 벗어난다면 나을 수도 있겠지만 어느 정도 병세가 진행됐다면 원래대로 돌아올 수 없어."

단언하는 모습이 감탄스럽기도 했지만 그와 동시에 헤이추와 도쿠유를 떠올리면 안타까운 마음이 들었다.

"그런가……."

"쇼와는 한발 늦은 듯해. 딱한 일이지."

"나도 위험했어. 앞으로도 다시 침입해 올 가능성이 있을 것 같나? 애초에 어째서 왕궁에 요마가 있는 거지?"

"아센의 짓이겠지."

"그런 말도 안 되는……."

고료가 작게 말했다.

"요마는 아센도 어떻게 할 수 없어. 요마를 부릴 수 있는 건 기린뿐이야."

"불가능한 일도 아니야. 요마에 관한 지식이 있다면."

설마 하며 고료는 야리를 거듭 쳐다봤다.

"요마를 마음대로 사역하는 건 기린밖에 할 수 없어. 하지만 요마의 습성만 안다면 이용할 수는 있지."

"……사실인가?"

야리는 끄덕였다.

"그럼 아센이 이용하고 있다는 소리인가? 그렇다면 앞으로도 방심할 수는 없겠군."

"방심하지 않는 편이 좋겠지. 하지만 기본적으로 요마는 기린의 기운을 꺼려해. 기린 곁에 있으면 기괴한 힘이 약해진다고 설

명하면 이해되려나. 불행인지 다행인지 도쿠유가 모습을 감추고

분엔 님과 연락이 안 되는 탓에 준타쓰가 홀로 태보의 시중을 들

고 있지. 낮이나 밤이고 태보 곁에서 떨어지지 않아. 이 상태라

면 그다지 걱정하지 않아도 되겠지."

"그래."

고료는 안도감도 들었지만 놀라기도 했다.

"너, 꽤나 자세히 아는군."

"당연하지."

야리는 태연하게 대답했다.

"나는 황주니까."

순간 고료는 야리가 무슨 말을 하고 있는지 이해할 수 없었다.

"……황주?"

"맞아. 나는 황해에서 자랐어. 어떤 사람이 나에게 장래성이

있다며 인간 세계에서 공부를 하라고 이곳에 처박아 넣었지."

"어째서 황주가, 어떤 사람이라니, 처넣었다고?"

혼란해하며 어떻게 말해야 할지 당혹스러워하는 고료를 보고

야리는 웃었다.

"이게 그렇게 놀랄 일인가? 주상께서는, 교소 님은 황주와 연

이 깊었어. 과거에 황주 사람들과 함께 요수를 사냥하신 적도 있

지. 그 시절 인연이 이어져온 거야. 교소 님은 나라를 위해 황주

의 지혜를 빌리셨고 황주가 식견을 넓힐 수 있도록 지원해주고 계셨지."

"지혜를 빌리셨다고? ……황주의?"

"실제로 그 예도 있어. 백성이 쉽게 겨울을 지냈으면 좋겠다고 교소 님은 황주에게 의견을 물으셨어. 그래서 황주가 황해에서 형백을 구해드렸지. 교소 님은 형백을 노목에 바치셨고 꽤 비슷한 식물을 얻으셨어."

"홍자로군……."

그랬느냐며 어안이 벙벙해진 고료를 보며 야리는 앗, 하고 작게 외쳤다.

"설마, 이거 말하면 안 되는 거였나?"

야리는 중얼거렸다.

"고료에게 말하는 거면 뭐 괜찮겠지."

"다른 사람들에게 알려지면 안 되는 이야기라면 발설하지 않겠네."

"그리 부탁해."

고료는 쓴웃음을 짓고 있는 야리에게 물었다.

"설마 너 말고도."

"나뿐만도 아니고, 교소 님만도 아니야."

의미를 모르겠다는 듯 고개를 갸웃거리는 고료를 보며 야리는 웃었다.

"왕궁에서 받아준 건 나뿐만이 아니고, 황주를 이용한 게 교소님만도 아니야. 간초와 가신 님도 황주와 연이 깊었지."

"그랬군."

고료는 이제야 납득이 갔다. 가신은 주정을 중용했다. 그건 황주와의 인연에서 말미암은 것이었다.

"몰랐네."

"그대로 몰랐던 걸로 해줘."

"역시 황주는 요마에 대해 자세히 아는군."

"황해에 사는 황주가 그렇지. 요마와 함께 살고 있거든. 싫든 좋든 많이 알게 되지."

사람이 가축에 대해 자세히 알고 있는 것처럼, 또는 가축을 해치는 짐승에 대해 속속들이 알고 있는 것처럼. 요마에 관해 자세히 알고 있지 않으면 살아갈 수 없다. 요마를 철저히 파악해 이용하고 그와 동시에 피해를 막는다.

"즉, 아센도 황주의 지식을 이용하고 있다는 건가?"

"그런 얘기겠지. 하지만 아센 본인의 지식이 아니야. 지식을 가진 자를 이용하고 있을 뿐이겠지. 정작 본인은 요마에 대해 모르는 것 같아. 사실 아센은 상당히 위험한 방법으로 요마를 다루고 있어."

"위험한……?"

야리는 고개를 끄덕였다.

"이곳에 차섬이 있는 까닭은 틀림없이 아센이 보냈기 때문일 거야. 하지만 육침에 있는 수많은 병든 관리는 아센이 원해서 모은 것 같지 않아. 아센은 차섬을 불러내 보낼 수는 있지만 제어는 못 하고 있어. 그래서 차섬이 제멋대로 피해를 양산하고 확대하고 있지. 그로 인해 생긴 희생자들을 방치했다가는 요마의 존재를 의심받을 수 있으니 육침에 모을 수밖에 없는 거야. 하지만 병든 자들이 모이면 장기瘴氣를 뿜어내지."

"장기……."

"우리는 그렇게 불러. 요마는 우리들이 사는 세계와는 다른 섭리 속에서 살아가고 있어. 인간이 지내는 섭리 속에서는 요마가 살아갈 수 없으니 주변의 섭리를 일그러뜨려서 요마의 섭리로 물들이지. 독기를 주변에 뿌려대고 있다고 생각하면 될 거야."

"차섬은 독기를 뿌려댄다. 차섬 때문에 병든 자들도 독기를 뿜는 건가?"

"그런 거지. 그런 자들이 모이면 독기가 진해져. 즉 장기를 뿜어내지. 이게 요마를 더 불러들여."

"아센 본인은 괜찮은 건가?"

고료가 물었다.

"장기를 피하는 주술이 있어. 게이토우도 지니고 있지. 이 정도만 한."

야리는 손으로 작은 사각형을 만들었다.

"나무로 된 패야. 관직을 인증하는 역할을 하는데 뒷면에 주술 낙인이 찍혀 있지. 즉 아센은 차섬을 풀어놓고 차섬을 피할 수 있는 패를 지닌 게이토우를 보냈다는 소리야. 당연히 아센 본인도 가지고 있겠지."

야리는 그 외에도 장기를 피할 수 있는 방법이 있다고 했다. 건물 통째로 지키는 방법도 있지만 장기가 뿜어져 나오면 나올수록 위험이 높아진다는 사실에는 변함이 없다.

"방법을 모르는 건가. 설사 알고 있다 하더라도 달리 방도가 없는 건가. 뭐, 위험한 수법이야."

고료는 팔짱을 꼈다.

"그래서 육침에 숨어 들어가도 괜찮은 건가? 우리도 장기의 영향을 받게 된다거나?"

"하룻밤 정도라면 큰일도 아니야. 게다가 태보와 함께 있으면 장기가 흩어져 사라지지."

"예상치 못한 요마가 들끓고 있을 가능성은?"

"아무리. 그런 일은 없겠지만, 아센이 새로운 요마를 불러냈을 가능성은 있지."

고료는 신음했다. 아센은 그런 식으로 요마를 이용해왔던 것인가. 황주의 지혜를 이용해 이런 짓을 가능케 했다. 아센이 주정과 황주와 친밀하게 지낸다는 이야기를 들은 적이 없다는 생각에 미치자 고료는 순간 정신이 번쩍 들었다.

"설마, 로산인가?"

야리는 고개를 갸웃거렸지만 고료는 본인이 의문을 입에 담고서도 묘하게 납득하는 것 같았다. 비슷하다. 로산과 야리는. 특히 왕과 기린을 대하는 태도가. 고료와 같은 절대적인 경외심이 느껴지지 않는다.

로산이 교소의 진영에 들어온 것이 언제였던가. 아마도 고료보다 고참일 것이다. 고료가 어느 정도의 지위에 올랐을 때 이미 로산은 막료로서 독자적인 지위를 쌓았다. 그때부터 로산은 박식하고 호기심이 왕성하며 자유분방한 태도로 유명했다.

"로산은 황주인가……."

야리가 고개를 끄덕였다.

"제일 처음으로 황주에서 교소 님께 맡긴 인물이라 들었어."

"그랬군."

고료는 생각에 잠겼다. 로산의 박식한 모습은 그야말로 파격적이었다. 동관부의 어느 공장과 이야기를 나누어도 말이 안 통한 적이 없다고 했다. 황해에서 익힌 지혜와 황해 밖에서 배운 지식, 천부적인 재능을 지닌 로산이 붙어 있으니 아셴이 요마를 이용하는 것은 희한한 일이 아니다.

"하지만 어째서지?"

로산에게 교소는 은인이 아니던가. 어째서 교소를 배반했는가. 고료가 의문스러운 점들을 입에 담자 야리는 글쎄, 하고 시선을 피했다.

"잘 모르겠지만…… 아마도 다르다고 봐."

"다르다고?"

"황주와 황해 바깥 사람은 일의 우선순위가 서로 달라. 간단히 말하자면 황주는 본인이 입은 은혜는 중하게 여기지만 왕이나 기린, 국가는 그다지 중요하게 여기지 않아."

"너도 마찬가지인가?"

고료가 묻자 야리는 수긍했다.

"나는 태보가 재밌어. 대단히 흥미로운 인물이라고는 생각하지만 고료처럼 조건 없이 존귀하다고 여기는 건 아니야."

고료는 야리의 이런 마음을 어떻게 평해야 할지 몰랐다. 야리는 씁쓸하게 웃었다.

"뭐, 걱정하지 않아도 태보의 존체는 지킬 거야. 부탁받은 일이기도 하고 나도 그렇게 하고 싶거든."

그날 밤, "조심하세요" 하고 배웅하는 준타쓰를 뒤로하고 고료
일행은 전과 마찬가지로 이웃해 있는 나무 정원의 쪽문을 통해
궁을 빠져나왔다. 다이키와 야리는 일전에 지나간 길이지만 고
료는 처음 지나는 길이다. 야리가 한 걸음 앞서가며 선두를 맡았
고 곳곳에서 발걸음을 멈춰가며 전방의 상태를 주시했다. 때로
나무나 담장에 가볍게 올라갔고, 어떤 때는 거기에 그치지 않고
눈이 쌓인 지붕 위로도 올라가 전방을 확인했다.

경비병들에게 들키기라도 하면 모든 것이 수포로 돌아간다.
고료와 야리가 발각됐다가는 더욱 위험하다. 원칙대로라면 다이
키는 안전을 최우선으로 고려해 그나마 안전한 황포관에 있어야
했지만, 지금 이렇게 야리와 고료와 함께하고 있는 상황이 기묘
하기만 했다.

별 탈 없이 정원을 나와 야리가 말한 사당으로 빠져나왔다. 과
거에 목상을 모셨을 단상은 텅 비어 있었다. 야리는 뒤편으로 돌
아가 단상 아래로 향하는 돌계단을 가리켰다. 예전에는 장식 선
반 같은 물건으로 가려져 있지 않았을까. 그 물건은 이제는 사라
졌고 입구가 노골적으로 입을 벌리고 있다. 돌로 된 좁은 계단을
내려가자 야리는 품속에서 무언가를 꺼냈다. 손에 든 얇고 짧은

막대기 끝에는 희미하지만 발밑을 확인하기에는 충분한 빛이 켜져 있다.

황포관에서 출발하기 전 횃불이 필요하다고 고료가 말했을 때 야리는 필요 없다고 대답했다. 이게 바로 그 이유일 것이다. 하지만 아무리 살펴보아도 불처럼 보이지 않는다. 그저 막대기 끝 자체가 빛나고 있는 것처럼 보인다. 어디든 있을 법한 나무 막대기다. 품속에 넣을 수 있을 정도의 길이였다.

신기하게 쳐다보는 고료에게 야리는 막대기를 내밀었다.

"너랑 태보 발치를 비춰. 나는 밤눈이 밝아."

"이건……."

"황해에서 채집할 수 있는 빛이야."

이런 물건이 있느냐며 고료가 막대기를 횃불처럼 잡아 들었다.

"끝을 아래로 내리는 거야. 발치 쪽으로. 안 그럼 눈에 띄어."

"아…… 아아."

불이 아니니 아래로 내려도 문제없다. 이 사실을 깨닫자 당혹스러웠다.

"숨기라고 말하면 품 안에 집어넣거나 빛나는 곳을 쥐거나 해. 밝은 빛은 아니니 그렇게만 해도 충분해."

고료는 고개를 끄덕였다. 황해에는 참으로 편리한 물건도 다 있다고 생각했지만 횃불 대용품이 될 수 있을 것 같지는 않았다. 발치를 밝히기 위해 아래로 내려도 겨우 어디를 디디고 있는지 확인할 수 있는 정도일 뿐 주변의 어둠을 밝힐 정도는 아니었다.

돌계단은 곧바로 땅속으로 이어져 있다. 완전한 어둠. 길이 얼마만큼 아래로 뻗어 있는지 도저히 감이 잡히지 않았다. 야리는 뒤에 있는 고료가 들고 있는 빛만으로도 충분한지 거침없이 돌계단을 내려갔다.

이 층 정도 되는 거리를 내려오자 샘물이 뚝뚝 떨어지고 있는 횡혈이 나타났다. 폭이 좁고 고료가 몸을 수그려야 지나갈 수 있는 정도의 높이인 이 동굴은 사방이 오래된 돌로 뒤덮여 있다. 동굴을 지나가자 위로 뻗은 사다리가 나타났다. 주철 사슬로 만들어진 사다리는 수혈에서 내려와 있었다. 야리는 기다리라고 손짓을 한 뒤 손쉽게 사다리를 올라갔다. 천장에 다다르는 높이까지 올라가더니 뭔가 들어 올리는 행동을 취하자 차가운 공기가 흘러 들어왔다. 보아하니 뚜껑을 들어 올린 것 같았다.

야리는 잠시 바깥 상태를 살펴보고는 이내 사다리 끝까지 올라 바깥으로 나갔다. 따라오라는 손짓에 올라가보니 비좁은 횡혈이 나왔다. 횡혈 가운데로 얕은 구렁이 있었고 그곳으로 가느다란 물줄기가 흐르는 걸 보니 수로인 것 같았다. 수로 옆에 자그마하게 파인 곳이 있었는데 사다리가 이 구덩이와 연결되어 있었다. 야리가 들어 올린 커다란 마름돌로 된 뚜껑은 벽에 기대어 있다. 이렇게 큰 돌이 들릴 리가 없다. 돌처럼 보이지만 좀더 가벼운 인조 바위일 것이다.

한 명씩 겨우 기어갈 수 있는 수로를 야리를 뒤따라 더듬으며 나아갔다. 중간중간에 올라왔던 구덩이와 비슷한 곳이 두 군데 있었다. 좁은 수로에서 따돌리기 위해 만들어놓았을 것이다. 이런 곳이 있었느냐며 감탄하고 있자니 얼마 가지 않아 출구가 보였다. 야리는 또다시 기다리라 손짓을 했다. 홀로 출구를 통해 밖으로 나가더니 모습이 사라졌다. 다이키의 상태를 확인하며 고료가 뒤를 따랐다. 수로는 꽤 크고 네모난 수혈에 나 있었다. 주변을 마름돌로 쌓아 올린 상당히 깊은 굴이다. 머리만 내밀어 위를 올려다보니 네모난 구멍이 나 있었고 그곳을 향해 계단 형태로 자그마한 마름돌들이 석벽에서 튀어나와 있었다. 손잡이 대신 쇠사슬이 석벽 계단을 따라 둘러 쳐져 있다. 아래로는 네모나고 어두운 수면이 보였다. 계단 모양의 디딤돌은 주변을 빙 둘러가며 수면으로 내려가고 있었다.

—우물인가.

평상시에 사용하는 우물이 아닌 화재가 났을 때처럼 비상시에 사용하는 우물이다. 석벽 곳곳에 지금 고료가 사용한 것 같은 물을 끌어오기 위한 수로가 나 있다. 머리 위에 있는 출구에는 커다란 격자 모양의 발판이 있었고 그 위로 도르래를 내리는 지지대가 보였다.

출구로 향하는 계단 형식의 디딤돌은 쇠사슬을 붙잡고 옆으로 걸으면 편하게 올라갈 수 있는 정도의 크기였다. 야리의 손짓을 따라 계단을 오른 뒤 제일 마지막에 있는 아주 짧은 철 사다리를 오르자 바깥으로 나왔다. 아주 가까운 곳에 등불이 켜지지 않은 건물이 보인다. 세 군데는 건물로 둘러싸여 있고 남은 한 군데에만 건물을 따라 굽어지는 돌바닥이 깔려 있었다.

고료는 여기가 어딘지 알 수 없었다. 이를 눈치챈 듯 야리가 작은 목소리로 말했다.

"후정침 남서쪽 구석이야."

고료는 아무렇지 않은 듯 고개를 끄덕였지만 속으로는 몹시 긴장을 하고 있었다. 이렇게 육침 안쪽까지 발을 들여놓은 적이 없기 때문이다.

야리는 출발하자며 손짓했다. 돌바닥이 깔려 있는 곳이 아닌 안쪽에 있는 건물 통로 아래로 숨어들었다. 몸을 수그려 통로를 빠져나가자 어둡고 아담한 안뜰이 나왔다. 주변에 인기척은 느껴지지 않았다. 야리는 겁 없이 가까이 있는 건물로 들어간다. 건물 안은 아마도 소신의 대기소일 것이다. 아무도 없는 당내의 벽에는 다양한 종류의 무기가 걸려 있었다. 야리는 무기에 손을

201
—
15장

뻗어 고료에게 평범한 대도 하나를 던졌고 자신도 같은 검을 쥐었다.

고료가 야리에게 눈길을 보내자 야리가 설명했다.

"한바탕 소동이 벌어졌을 때 사용했던 무기의 흔적 때문에 정체가 들켜서는 곤란하잖아."

"그렇군."

고료는 쓴웃음을 지으며 그 자리에 있는 단검 두 자루를 쥐어 한 자루는 다이키에게 건넸다.

"저는……."

"옮기는 걸 도와주십시오."

말을 하며 대도도 건넨다. 대도 한 자루를 더 야리에게 던져 넘기고 자신은 창을 뽑아 들었다. 야리는 쿡 웃었다.

"이렇게 하면 몇 명이었는지도 불확실해지겠네. 하지만 좀 귀찮군."

"적당한 장소에서 연못이나 덤불에 던지면 돼."

야리는 고개를 끄덕인 뒤 건물을 나왔다. 안뜰 두 곳을 지나고 건물 하나를 우회해 아무도 없는 문루로 들어갔다. 위로 오르는 계단 뒤편으로 지하로 이어지는 돌계단이 비밀스럽게 뻗어 있었다.

"……이건가?"

"문제의 장소가 나오는 통로와 이어져 있어. 여기서부터는 사람이 있을 수 있지. 조심해야 해."

고료는 고개를 끄덕였다. 필요 없는 무기는 여기까지 오는 동안 적당한 장소에 버렸다. 남은 건 대도와 단검뿐이다. 야리 또한 대도 한 자루만 남겼다. 고료도 야리도 자신에게 익숙한 무기를 지니고 있긴 했지만 어지간한 상황이 아닌 이상 뽑을 수 없다.

신중하게 지하로 내려갔다. 돌계단은 어두웠고 꽤 깊었다. 다 내려가보니 복도 같은 길이었다. 마름돌과 깎아낸 암벽으로 둘러싸인 이 길은 꽤 오래됐는지 세세한 부분들이 풍화되어 이끼가 끼어 있었다.

눈에 띄지 않도록 발밑 뒤쪽을 비추며 벽을 따라 길을 나아갔다. 여러 번 방향을 꺾고 짧은 돌계단을 오르내리자 어렴풋한 빛이 보였다. 꺾인 길 앞에 불빛이 있다. 그 말인즉슨 누군가 있다는 증거이다. 고료는 발소리를 죽이며 나아갔다. 모퉁이에서 상황을 살펴보니 길 앞쪽이 문으로 가로막혀 있다. 문 바로 앞에 길을 확장해 만든, 등불이 켜진 대기소가 있었고 병졸 세 명 정도가 지루하게 서 있었다.

셋이라고 고료가 손가락으로 알리자 야리는 고료의 손가락을 하나 더 폈다. 자세히 보니 그늘에 가려져 모습은 보이지 않지만 바닥에 그림자가 져 있었다. 이에 고료는 손가락을 하나 더 세웠다. 추측건대 일오 다섯 명이다.

야리는 고개를 끄덕였다. 고료는 등 뒤에 있는 다이키를 돌아
보고 빛나는 봉을 건네며 뒤로 물러나 있으라 손짓했다. 고개를
끄덕인 다이키가 뒤로 물러나는 걸 확인한다. 충분히 거리를 벌
리고 나서 야리가 느닷없이 모퉁이 앞으로 뛰어나갔다. 그러고
는 황급히 다시 이쪽으로 돌아왔다. 그와 동시에 누군가 목소리
를 높였다.

"거기 누구냐."

"왜 그래?"

"지금 누군가 있었어."

"여기에?"

웃음기 가득한 태평한 목소리가 들렸다.

"분명 까만 그림자 같은 게."

"잘못 봤겠지."

"박쥐 아냐?"

"아니야, 사람 같았어."

아웅대는 목소리가 가까워진다. 상황을 살펴보러 오는 것이리
라. 발소리로 보아 세 명.

목소리가 멈췄다. 모퉁이 쪽을 경계하고 있다. 충분한 거리에
이르렀다고 감지한 고료는 야리를 보고 고개를 끄덕였다. 야리

도 끄덕였고 단숨에 모퉁이를 뛰쳐나갔다.

창을 지닌 병졸이 세 명. 두 명은 야리가 무서우리만큼 빠른 속도로 베어 쓰러뜨렸다. 남은 한 사람은 달려들지도 못한 채 고료의 비도에 제거되었다. 그 자리를 제압한 뒤 등 뒤에 있는 다이키에게 따라오라고 손짓했다. 그러면서 대기소를 향해 뛰어갔다. 경악하는 목소리가 들린다. 당황해하며 창을 쥐어 잡는 병졸의 가슴을 야리가 재빨리 베어냈다. 고료가 남은 한 사람을 쫓아갔지만 비도를 사용하기에는 조금 거리가 있었다.

길 한복판에 세워진 작은 방 정도 되는 공간. 소박한 의자와 탁자가 놓여 있고 침상이 마련되어 있으며 주변에는 선반과 항아리가 있다. 누가 봐도 오랜 시간 머무르며 감시하기 위해 마련된 장소다. 출입구는 두 군데. 앞으로 뻗어 있는 길 바로 앞에 앞길을 가로막는 문이 있다. 방 안쪽에 나 있는 길에는 문이 없다. 소리를 지르며 도망친 병졸이 그 길로 나가기 전에 비도로 후두부를 정확하게 노려 처리했다. 하지만 소리를 들었는지 길 안쪽에서 "무슨 일이야?" 하는 목소리가 들린다. 고료는 비도를 뽑으며 길을 쳐다본다. 길은 바로 앞에서 꺾이며 오르막으로 되어 있었다. 돌계단을 따라 사람들이 뛰어 내려오는 소리가 들렸다.

야리가 문으로 달려들었다. 문 윗부분에 감시 구멍이 있다. 그곳을 통해 안을 들여다보고는 문을 열며 다이키를 향해 손을 크게 흔들었다.

"서둘러" 하고 작은 목소리로 말하자 다이키가 달리기 시작했다. 그와 동시에 야리는 고료를 쳐다보고 사람이 막 뛰어 내려오는 통로 쪽을 가리키며 여기서 대기하고 있자고 했다. 고료는 비도의 흔적을 지우기 위해 시신을 한 번씩 더 베어낸 뒤 끄덕였다. 발소리와 경비 상식으로 미루어 짐작건대 달려 내려오는 인원은 대기하고 있었을 일오 다섯 명이다.

다이키의 모습이 문 저편으로 사라지자 야리가 문을 닫았다. 고료는 입구 옆에 몸을 숨겼다. 야리 또한 문 앞 구덩이에 몸을 숨겼다. 그와 동시에 병졸들이 대기소로 뛰어 들어왔다.

대기소 바닥에 쓰러진 동료를 보고 병졸이 무슨 일이냐며 소리쳤다. 한 사람, 두 사람, 세 사람이 지나가자 고료는 자리를 박차고 나왔다.

004

다이키는 홀로 문 저편으로 뛰어들었다. 그 앞으로 길이 펼쳐졌고 막다른 곳에는 좀 전에 지나온 것과 비슷한 문이 닫혀 있었다. 길 한쪽에도 오래돼 보이지만 견고한 여러 개의 문이 있었다. 문 윗부분에는 쇠창살을 끼운 감시구가 있었고 아랫부분에는 물건을 주고받을 것 같은 작은 문이 나 있었다.

등 뒤로 끔찍한 소리가 들린다. 피 냄새가 났다. 현기증을 느끼며 다이키는 첫 번째 문에 다가갔다. 감시구를 통해 안을 들여다봤지만 누가 있는 것 같지는 않았다. 확인을 마치자마자 다른 문도 살펴봤다. 다이키와 가까운 곳에 있던 세 곳은 텅 비어 있었다. 마지막 제일 안쪽에 있던 한 곳에서만 안쪽에서 어두운 불빛이 새어 나오고 있었다.

들여다보니 안은 작은 토굴이었다. 정면에 벽이 있고 아래쪽으로 사람이 웅크리고 있었다. 다이키는 문으로 다가가 안을 자세히 들여다봤다. 시선을 느꼈는지 안에 있던 사람이 고개를 들었다. 등불은 어두웠고 얼굴에 그림자가 드리워져 있다. 그럼에도 다이키는 그곳에 있는 사람이 누군지 알아봤다.

"세이라이."

숨을 삼키고, 곧바로 감옥 문을 열려고 했지만 빗장이 걸려 있었다. 문 경첩에 철로 된 봉을 끼워놓은 구조라 봉을 잡아 빼면 그만이지만 봉 끝에 자물쇠가 걸려 있다. 자물쇠를 열지 않으면 철봉을 뺄 수 없다. 열쇠를 찾아야 한다. 주변을 둘러보아도 어두컴컴한 길뿐, 열쇠는 보이지 않았다. 막다른 곳에 있던 문을 들여다보니 짧은 길이 이어졌고 그 끝에는 짧은 돌계단이 있었다. 숨을 죽이고 문을 나섰다. 길을 지나 몸을 숙여 계단을 올랐다. 계단 끝에는 대기소로 보이는 작은 방이 있었다. 등불이 켜졌고 상체를 일으켜 들여다보니 감시하고 있는 듯한 병사가 있다. 잠시 동안 상황을 살펴본 결과 이곳에는 의지에 앉아 따분하다는 듯 목패를 만지작거리는 병사 한 명뿐인 것 같았다.

병사 주변에 열쇠는 없는 것 같다. 그렇다면 경비병이 가지고 있는 걸까.

— 열쇠를 손에 넣어야만 한다. 어떻게 해서든.

— 하지만 어떻게?

계단에 몸을 숨기고 자문자답을 해보았지만 답은 한 가지뿐이었다.

다이키는 숨을 깊이 들이마셨다. 떨리는 손으로 가슴을 누르며 우물우물 중얼거렸다.

"······부디······."

여기서 물러설 수 없다.

눈으로 뒤덮인 산야, 곤궁에 처해 웅크리고 있는 백성, 그리고.

아마도 아직 눈이 내리지 않았을 아득히 머나먼 바닷마을. 두 번 다시 돌아갈 일 없는 다이키의 고향. 그곳에서 일어난 수많은 죽음. 그 목숨들이 무의미하게 희생되는 것만큼은 안 된다.

그저 자신이 돌아간다는 사실만으로 벌어진 거대한 참사. 그 해안가에 남겨두고 왔다.

"……세요……."

그럼에도 그 해안가를 고향이라고 부를 수 있는 것은 단 한 사람, 여기 있어도 된다고 말해준 사람이 있었기 때문이다. 앞으로 그가 버텨야만 하는 고난과 슬픔, 살아가기 위해 참고 견뎌야만 하는 싸움, 그 모든 것을 알고서도 내버려두고 떠난 것은 지금 다이키가 딛고 있는 대지 어디에도 그가 돌아가야 할 장소가 없다는 걸 알고 있었기 때문이다.

"……선생님."

돌아가야 할 장소. 그 환상, 그저 그것만을 지키기 위한 싸움. 그 천진하리만큼 강한 의지의 힘을 부디.

목소리를 죽이고 숨을 크게 내쉰 다이키는 천천히 몸을 일으켰다. 계단을 오르는 발소리를 눈치챘는지 경비병이 고개를 들어 뒤돌아보았다.

"웬 놈이냐."

"다이키입니다."

남자는 수상쩍게 바라보다 바로 그 자리에서 자세를 바로잡았다. 그래도 여전히 의아하다는 표정을 짓고 있다. 다이키의 얼굴과 머리카락을 몇 번이고 번갈아 보며 다이키가 온 방향을 들여다봤다.

"저…… 태보께서 어찌 이런 곳에……."

"감옥 안에 있는 포로를 만나게 해주세요."

다이키의 말에 순식간에 남자의 낯빛이 바뀌었다.

"그건 아니되옵니다. 감옥에는 아무도 접근하지 못하도록 되어 있습니다. 물러가주십시오."

"그럴 수는 없습니다. 안을 확인하겠습니다. 문을 열어주세요."

"그럴 수 없습니다."

남자는 다이키의 걸음을 막으려는 듯 일어나 검집에 손을 가져다 댔다.

"기어코 보고 싶으시다면 주상이나 총재와 함께 오십시오. 그러지 않으면 열어드릴 수 없습니다."

"저의 명령으로도 안 되나요?"

"안 됩니다. 이곳에 접근했던 자들은 여하를 막론하고 죽여도 된다 하였습니다. 태보시니 그렇게까지는 하지 않습니다만."

다이키는 신경 쓰지 않고 발걸음을 뗐다. 남자는 검을 빼려고 했다. 망설이는 듯하더니 울화통이 터지는지 칼집에 다시 넣고 양팔을 벌려 전방을 가로막았다.

"열쇠는 어디에 있죠?"

"드릴 수 없습니다. 이만 돌아가시죠."

남자는 다이키의 몸에 손을 대고 길 저편을 살피려는 듯 고개를 들었다.

"이보……."

아마도 사람을 부르려고 했으리라. 하지만 그 목소리가 마지막 음절까지 말할 일은 없었다. 다이키가 몸으로 힘껏 부딪친 것이다. 남자의 목소리는 중간에 끊겼고 중심을 잃고 자세를 바로잡으려다 앞으로 고꾸라져 돌계단으로 굴러떨어졌다. 다이키가 그 뒤를 쫓는다. 정신이 몽롱한지 고개를 들어 기겁한 듯 다이키를 쳐다보는 남자를 쫓아 계단을 뛰어 내려간 뒤 남자를 다리 사이에 두고 검을 빼앗았다. 남자가 몸을 뒤집는다. 바닥에 손을 짚어 엎드려 도망가려고 한다. 그와 동시에 소리를 지르려고 했다. 남자의 뒤통수. 겨냥할 곳을 조준한 뒤 검을 내리쳤다.

무겁다. 꺼림칙한 소리가 났다.

남자의 움직임이 그쳤다. 손발은 움직이고 있으니 죽지는 않았다. 도저히 벨 수는 없었다. 도신으로 내리치는 게 고작이었다.

—사람을 부르게 해서는 안 된다.

어떻게 해야 할까. 다이키의 머릿속에서는 온갖 생각이 다투고 있었다. 기린으로서의 본성, 어린 시절 고향에서 주입받았던 규범, 남자가 지원을 요청하면 생기는 위험, 교소, 리사이, 동가 사람들, 백성들.

―죽이지 않으면 위험하다.

―할 수 없다.

―할 수 있다.

기린은 사령을 부리지 않았던가. 경국 금파궁에서도 그러했다. 엔키가 다이키의 곁에 둔 사령은 주저하지 않고 적을 제거했다. 기린은 사령에게 지키라 명한다. 그 말은 결국 적을 쓰러뜨리라는, 경우에 따라서는 죽여도 좋다는 명령과 다름없다. 모든 기린은 사람을 살해한 경험이 있다. 다만 자각이 없을 뿐이다.

손을 피로 더럽힌 경험이 없는 왕은 있을지 모른다. 하지만 기린은 없을 것이다. 더러워진 손이 사령이라는 형태로 몸에서 분리되어 있으니 잊을 수 있을 뿐이다. 사령에게는 의지가 있고 죽이라고 말로 하거나 생각하지 않아도 심중을 헤아려 행동한다. 그래서 다이키는 스스로가 죽이고 싶다는 마음이 들었는지조차 모른 채 지낼 수 있는 것이라고 생각한다.

다이키는 사람을 살해할 수 있다. 할 수 없다고 주변 사람들도 본인도 믿고 있을 뿐이다. 기린의 살의는 특수하게 만들어지기 때문에 언뜻 그렇게 보일 뿐이다.

봉산에서 나고 자란 기린이라면 어린 시절부터 온갖 폭력으로

부터 단절된다. 폭력을 두려워하여 피를 겁내는 일을 받아들인다. 받아들일 뿐만 아니라 본디 그런 것이라고 강하게 인정하며 자란다. 하지만 봉래에서 나고 자란 기린은 그렇지 않다.

— 다이키는 폭력을 안다.

죄송합니다, 라는 말은 기만이다. 용서해달라는 말도 자기만족에 지나지 않는다. 결과가 똑같다면 어떠한 말에도 의미는 없다.

— 하지만 이자에게는 위해를 가할 수 없어 검을 거두었다.

손이 발작이라도 일어난 듯 부들부들 떨렸다. 할 수 없다, 할 수 없다, 하지만 해야만 한다.

몸을 움직이지 않고 있던 다이키의 눈앞에서 발밑에 있던 남자가 갑자기 몸을 빼냈다. 뒤로 사라진 남자의 모습을 좇아 반사적으로 뒤돌아보니 엎드려 있던 남자의 등에는 단검이 꽂혀 있었다. 남자는 소리 없이 동작을 멈췄다. 단검이 쓱 빠졌다. 빠진 검을 쥐고 있는 것은 고료였다.

"너무 무릅니다. 주저하지 마세요."

"고료……."

처음으로 고료가 정면에서 무서운 눈빛으로 바라봤다.

"이자가 사람을 불렀다간 모든 게 끝입니다. 살려뒀다 증언을 해도 마찬가지입니다. 칼을 뽑았으면 끝을 보세요. 그게 칼을 뽑은 자의 의무입니다."

다이키는 검을 떨어뜨렸다. 고료는 떨어진 검을 주워 시체가 지니고 있는 칼집에 집어넣었다. 그리고 몸을 뒤져 열쇠를 찾아냈다. 열쇠를 다이키에게 건네며 숨을 한번 내쉬고는 말했다.

"여기서 동정을 베푸셔도 태보가 포로를 구하면 이 사람은 처분받습니다. 태보의 시선이 닿지 않는 곳에서 태보가 아닌 누군가의 손에 죽습니다. 칼을 뽑는다는 건 그런 겁니다."

다이키는 아무 말도 하지 못하고 그저 고개를 숙인 채 열쇠를 받았다.

"늦어서 송구합니다. 이 일은 제가 했어야 하는 일이었습니다."

그저 고개를 저을 수밖에 없는 다이키의 등을 고료가 살며시 밀었다.

"어서 가시지요. 여기서 지키고 있겠습니다."

005

다이키는 떨리는 손으로 자물쇠에 열쇠를 넣었다. 밀어 넣자 열쇠는 딱 들어맞아 자물쇠가 풀리는 소리가 났다. 자물쇠를 빼내어 경첩에 끼여 있던 철봉을 뺀다. 포로가 다시금 고개를 드는 모습이 감시구를 통해 보였다.

문에 손을 대어 당겨 열었다. 주뼛주뼛 발걸음을 옮긴 감옥 안
에는 어슴푸레한 등불뿐, 오히려 감옥 밖에 있는 길에서 들어오는
빛에 벽 앞에 웅크리고 있던 포로의 얼굴이 희미하게 드러났다.

포로는 의아하다는 듯 다이키 쪽을 바라봤다. 역광 때문에 자
세한 모습은 알아볼 수 없었다.

"세이라이……."

다이키가 말을 걸자 깜짝 놀란 듯 몸이 흔들리며 상체를 앞으
로 내밀어 다이키를 쳐다본다.

세이라이의 움직임을 보고 그의 손이 뒤로 묶인 채 벽과 이어
져 있다는 사실을 알 수 있었다.

"세이라이."

다이키는 무릎을 꿇었다. 포로는 기겁한 듯 물었다.

"태보…… 태보십니까?"

"네."

대답하는 다이키의 목소리가 심하게 갈라졌다. 너무나도 참혹
한 광경에 목이 메었다.

"그런 표정 짓지 마세요. 그것보다 이 포로에게 얼굴을 자세히
보여주십시오."

세이라이는 몸을 비틀어 다이키의 얼굴을 들여다보았다.

"아아, 정말 태보가 맞으시군요……."

마음 깊이 기뻐하며 말하는 세이라이의 왼쪽 눈은 검게 패어 있었다. 한쪽 귀는 귓바퀴가 없었고 더러워지고 기름으로 굳은 듯한 머리카락 사이로는 상처 자국이 엿보였다.

"어떻게…… 이런 끔찍한 짓을."

다이키가 떨리는 손가락으로 얼굴을 만졌다.

"그렇게 대단한 일도 아닙니다. 지금은 완전히 익숙해졌는걸요. 그보다도 피 냄새가 납니다. 존체가 상하시기 전에 돌아가시지요."

"죄송합니다……."

다이키는 세이라이를 껴안았다. 세이라이의 몸은 뼈와 가죽만 남았을 정도로 비쩍 말라 있었다. 변변히 갈아입을 옷도 주지 않았는지 기름에 찌든 옷은 이루 말할 수 없을 만큼 더러우며 군데군데 찢겨 있었고, 찢긴 틈 사이로 보이는 피부는 상처 자국과 피부병처럼 보이는 흉터로 가득했다.

"태보, 마주에 심부름꾼을……."

다이키는 고개를 저으며 세이라이 손목에 채워진 수갑을 풀었다. 세이라이의 양손은 두 손가락이 없었고 반은 말도 안 되는 형태로 구부러져 있었다.

"일부러 와주신 것만으로도 충분합니다. 그보다도 마주에."

다이키는 잔인한 손을 부여잡고 고개를 저을 수밖에 없었다.

"태보."

다이키는 고개를 저으며 힘껏 손을 끌어 세이라이를 감옥에서 바깥으로 빼냈다. 하지만 세이라이는 계단 아래서 기다리고 있던 고료와 시체를 보고는 발걸음을 멈췄다.

"저는 도망칠 수 없습니다. 도망치면 큰 소동이 벌어질 테니까요. 그 병졸은 제가 쓰러뜨렸지만 저는 도망치지 못한 걸로 하시지요."

세이라이는 고료를 쳐다봤다. 고료는 아연실색했지만 바로 표정을 가다듬고 고개를 끄덕였다.

"태보."

고료는 다이키를 재촉했다.

"안 됩니다. 두고 도망칠 수 없습니다. 여기에 세이라이를 두고 간다면 이후에 어떤 일을 당하게 될지."

"큰일은 일어나지 않습니다. 이미 익숙해졌는걸요."

세이라이는 고료를 쳐다봤다.

"이자를 쓰러뜨린 무기는?"

고료가 단검을 내밀었다. 세이라이는 고개를 끄덕이며 받아들었다.

"안 됩니다."

다이키가 거듭 소리를 높였다.

"도저히 두고 갈 수가 없습니다."

세이라이에게 매달리는 다이키를 고료가 떼어냈다. 세이라이의 모습은 너무나도 무참했다. 원래 고문은 이렇지 않다. 어디까지나 진술을 받아내는 게 목적이지 학대하는 게 목적이 아니기 때문이다. 죽게 해서는 의미가 없다. 돌이킬 수 없는 결과로 이어진다면 의미가 없다. 죽을지도 모른다, 돌이킬 수 없게 될지도 모른다는 공포를 이용해서 자백을 받아낸다. 하지만 세이라이의 상태는 명백히 이를 벗어나 있었다. 목적이 자백을 받아내는 것에서 학대로 바뀌었다는 증거이다. 도망치려다 실패했다고 하면 어떤 일을 당할지 모른다는 다이키의 말은 틀리지 않을 것이다. 익숙해졌다고 본인은 말하지만 익숙해질 리 없다. 하지만 그럼에도 고료는 세이라이의 태도에서 굽히지 않을 결의를 보았다.

본인의 뜻이 통했다는 걸 알아챈 듯 세이라이는 남은 한쪽 눈으로 고료를 쳐다본다.

"마주에 소 고헤이蘇治平라는 인물이 있습니다. 제가 알고 있는 마지막 소재지는 위룽에서 가까운 의홍宜興입니다. 지금쯤이면 어디론가 이동했을지도 모르지만 그랬다면 반드시 발자취를 찾을 수 있도록 되어 있을 겁니다. 아마도 고헤이가 에이쇼의 행방을 알고 있을 겁니다."

"에이쇼 님의……."

깜짝 놀라며 중얼거리는 고료를 보고 세이라이는 고개를 끄덕였다.

"마주 의흥……."

"소 고헤이입니다. 에이쇼를 찾아 불휘不諱로 가라고 전해주십시오. 그렇게 말하면 이해할 겁니다. 교소 님께 힘이 되겠지요."

"불휘라. 알겠네."

"세이라이…… 고료, 부탁해요."

세이라이로부터 떨어진 다이키는 몸을 비틀었다.

"부탁은 제가 드려야 합니다."

세이라이는 딱 잘라 말했다.

"저는 그것을 주상께 전해드리기 위해 고집을 부리고 있었으니까요. 부디 반드시 부탁드립니다."

울며 거부하는 다이키를 끌어내며 그 자리를 떠났다. 세이라이는 어두운 길목에서 조용히 다이키를 배웅했다.

"대단한 분이군."

그늘에서 나타난 야리는 반은 감탄했다는 듯, 반은 어이없다는 듯한 표정이었다.

"하지만…… 저자는 죽을지도 몰라."

다이키가 흠칫 놀라 고개를 들었다.

고료는 속으로 끄덕였다. 알아내고자 하는 정보가 있는 이상 죽일 것 같지는 않지만 보복 폭행으로 결국 그렇게 될 가능성이 높다.

"야리, 도와주세요."

"무리입니다."

야리의 대답에는 일말의 주저함도 없었다.

"방치해놓은 포로라면 탈출시키는 것도 가능했겠죠. 하지만 저 포로는 방치되어 있지 않았습니다. 지금도 자주 문초를 하고 있어요. 탈출시킨다면 곧바로 구출한 범인이 누군지 알아내려고 하겠죠."

야리는 설명을 하고 다이키의 얼굴을 들여다보았다.

"제일 먼저 의심받는 건 태보입니다. 태보는 과거에도 후궁에 몰래 들어갔었죠. 몰래 들어갈 능력이 있고 포로에 대한 집착도 있습니다. 들켜도 괜찮으신가요?"

"상관없습니다."

야리는 희한한 일이라고 생각했다. 이 냉정한 기린이 앞뒤 가리지 않고 있다.

"당신이 폭력을 휘두를 수 있다는 사실도 드러납니다."

깜짝 놀란 다이키는 고개를 들어 야리를 쳐다봤다.

220
—
백은의 언덕 검은 달

"뭐, 당신께서 했다는 사실이 들통날 가능성은 적지만요. 다만 저와 고료는 의심받습니다. 여차하면 황포관에 있는 모든 사람에게 연좌제가 적용될지도 모르죠."

다이키는 고개를 떨궜다.

"그보다 저 결연한 분의 유언을 어찌할지가 문제입니다."

"야리, 그런 표현은……."

야리는 어깨를 으쓱했다.

"틀린 말은 아니잖아. 이대로라면 유언이 될 가능성이 높아. 그를 구할 수 있을지 없을지는 태보가 어떻게 행동하고 무엇을 할지에 달려 있지."

다이키는 야리를 뚫어지게 쳐다봤다. 야리는 고개를 끄덕였다.

"우선 고료는 여기서 떠나야 해."

고료는 깜짝 놀라 두 눈을 휘둥그레 떴다.

"그건……."

"태보의 안전은 내가 맡지. 누군가가 마주로 가야 하는데 그렇다면 고료가 가는 게 옳아. 분명 고료는 에이쇼 님의 휘하였지? 나는 내가 누군지 신용할 만한 사람인지 증명하는 데에만 쓸모없이 시간을 소비해야 해."

"그건…… 맞는 말이다."

고료라면 에이쇼와의 연결 고리를 잡기만 한다면 바로 이야기를 할 수 있다.

"간다면 지금 바로 떠나는 게 좋아. 모처럼 황포관에서 빠져나왔어. 이대로 궁성을 빠져나가는 게 제일이야."

"간단히도 말하는군."

"어려운 일은 아니야. 간초 님을 찾아가. 분명 도망치도록 도와주실 거야."

"그럴 순 없어."

다이키를 홀로 둘 수 없다. 고료는 거절했다. 하지만.

"도망쳐주세요."

목소리가 들렸다. 뒤를 돌아보니 강인한 표정으로 돌아온 다이키가 있었다.

"틀림없이 이 사태는 곧 들통날 겁니다. 세이라이는 모든 걸 뒤집어쓸 작정이지만 수갑을 차고 감옥에 갇혀 있는 포로가 감시병을 쓰러뜨리고 도망치려고 했다는 걸 믿을 사람은 아무도 없을 겁니다. 누군가가 도망치게 하려고 했다는 건 일목요연한 일인데, 그렇다면 그건 과연 누구냐는 이야기로 이어질 겁니다."

다이키의 말에 야리는 수긍했다. 만족스러워 보였다.

"이대로 고료의 모습이 사라진다면 고료가 구하려고 했다 실패했다고 믿을 겁니다. 당연히 제가 지시한 일이 아니냐고 의심을 사겠지만 앞장서서 규탄할 수 있는 사람은 없을 테고 끝까지 모른다고 잡아떼면 그 이상으로 추궁할 사람도 없습니다. 제가 지시했다는 증거가 없다면 주변 사람들을 끌어들일 일도 없습니다."

"태보……."

"마주로 가세요. 반드시, 무조건 무사히 도착하세요."

고료는 망설이다 이윽고 고개를 끄덕였다. 야리가 간초가 있는 곳을 자세히 알려주었다. 끄덕거리며 이야기를 다 듣고 난 뒤 고료가 입을 열었다.

"그럼."

말을 끝내자마자 제일 먼저 그 자리를 뛰쳐나갔다. 도망치겠다고 결심한 이상 조금의 유예도 용납할 수 없다. 사태가 발각되어 경비가 삼엄해지기 전에 궁성에서 나가야만 한다.

야리는 바람처럼 뛰어가는 고료를 바라봤다.

— 저 사람은 저 사람대로 보통 사람이 아니군.

마찬가지로 고료를 바라보고 있는 다이키를 돌아봤다.

— 제일 심상치 않은 자는 이 기린이야.

야리는 피식 웃었다. 이를 눈치챘는지 이상하다는 듯 시선을 보내는 다이키에게 야리가 말했다.

"돌아가시죠. 가능한 한 멀어지는 편이 좋아요. 아마도 세이라이가 한바탕 소동을 일으킬 겁니다. 그 호의를 받아들이죠."

다이키는 고개를 끄덕였다. 고료를 뒤쫓듯 달려나갔다.

야리는 주인을 바꿔도 좋겠다는 생각이 들었다.

목표로 삼는 곳이 똑같다면 그걸로 문제는 없을 것이다.

야리는 다이키를 데리고 재빨리 왔던 길을 되돌아갔다. 아무에게도 들키지 않고 황포관에 다다랐다. 후원을 빠져나갔을 때 북동쪽 어딘가에서 수많은 사람이 내는 소란스러운 소리가 들렸다. 아마도 세이라이가 발견된 듯했다.

— 죽지 않고 끝나면 좋으련만.

야리는 아센이 세이라이를 죽일 거라 생각하지 않는다. 아직까지 고문을 하고 있는 것 같은 정황이 보였다. 아센은 지금도 국탕의 행방을 찾고 있을 것이다. 그렇다면 죽이지 않을 것이다. 다만 지나친 고문에 죽을 수도 있다. 그렇게 되지 않도록 바랄 수밖에 없다.

몸채로 들어가자 준타쓰가 불안해하며 기다리고 있었다. 야리와 다이키의 얼굴을 보고는 안심한 듯 한숨을 쉬었다.

"무사히……."

다이키의 모습을 보고 심상치 않다는 걸 느꼈는지 도중에 말을 끊었다. 고개를 갸웃거리며 야리의 뒤를 살피더니 혈색이 바꿰었다.

"고료 님은······."

"도망쳤어."

야리의 대답에 준타쓰는 몸이 굳었다.

"도망치게 했어. 필요한 일이었어. 고료는 돌아오지 않을 거야. 모르는 사이에 모습이 사라졌다고 하지. 알아들었지?"

야리가 말하자 준타쓰는 눈을 희번덕거리며 끄덕였다. 그리고 의자에 기대듯 주저앉은 다이키에게 눈길을 보냈다.

"태보······ 어디 불편하신가요."

"태보는 여러모로 근심이 많으시다. 아마도 피의 부정도 있을 거야. 처치를 부탁해."

말로 채 나오지 못한 소리를 지르며 준타쓰는 당황한 듯 다이키의 곁으로 달려갔다. 그 모습을 보고 야리는 몸채를 나왔다. 안뜰은 매우 고요하다. 우선 황포관 내부는 조용하다.

세이라이가 발각된다면 조운은 반드시 다이키가 관여했는지 의심할 것이다. 머지않아 누군가가 달려올 것이다. 고료에게 간초의 저택까지 가는 길을 알려두었으니 잡히는 사태만은 어떻게든 면하겠지만.

간초가 있는 곳까지 다다를 수 있다면 고료는 왕궁을 빠져나갈 수 있다. 간초는 이전에도 이렇게 관리 몇 명을 도망치게 해주었다. 고료에게 암호를 알려주었다. 간초가 잘 처리해줄 것이다.

— 고료는 아마도 문제없겠지만.

왕궁에서 나간 뒤가 관건이지만 그걸 지금 야리가 걱정한다 한들 어찌할 수 없다. 문제는 남겨진 다이키다. 누군가가 달려온다면 고료가 사라졌다는 사실이 금방 발각된다. 전에는 소신의 눈을 피해 빠져나갈 수 있었지만 과연 이번에도 그걸로 넘어갈 수 있을지. 일전의 일로 경비가 삼엄해졌으니 자칫하다가 이번에는 샛길이 들통날 수 있다. 들통나버리면 더이상 건물을 빠져나갈 수 없게 된다. 야리와 다이키는 끝까지 모른 척할 작정이지만 이를 믿을 정도로 조운은 호인이 아니다. 당연히 의심할 것이고 모든 일이 다이키가 지시한 일이라고 확신할 것이다. 그렇게 되고 나면, 무슨 일이 일어날 것인가. 그 이후의 일은 야리도 관여할 수 없다. 어떻게든 할 수 있는 것은 다이키뿐이다.

과연…… 일이 어떻게 굴러갈 것인가.

16
장

001

게이토우가 굳은 표정으로 달려온 것은 정오가 지나고 나서였
다.

야리는 예상보다 늦게 왔다고 생각했다. 틀림없이 날이 밝자
마자 찾아올 것이라고 여겼기 때문이다.

고관들끼리 무슨 분쟁이라도 일어나 늦은 걸까. 우선 게이토
우를 몸채로 들여보냈다. 그의 곁에는 마른 남자가 함께 있었다.

"소란스럽게 해드려 송구하옵니다. 대사마가 꼭 태보께 여쭈
고 싶은 게 있다고 하옵니다."

"뭐죠?"

대답하는 다이키의 목소리는 지극히 평온했다. 안색은 그다지

좋지 않았지만 행동에는 기백이 돌아왔다.

"송구하옵니다" 하고 무릎으로 걸어 나온 남자가 고두했다.

"하관장 대사마인 슈쿠요라고 합니다. 실은 어젯밤 내전에 반역자가 침입했습니다."

"반역자요?"

다이키가 고개를 갸우뚱한다.

"반역자가 어디로 갔는지 행방을 쫓고 있습니다. 외람된 말씀이오나 대복을 만나도록 허락해주십시오."

다이키는 잠시 생각에 빠진 듯 가만히 있다 입을 열었다.

"반역자와 대복이 무슨 연관이 있는지 잘 모르겠습니다."

"잠시 이야기를 묻고 싶을 뿐이옵니다. 모쪼록 허락을."

다이키는 이보다 냉정할 수 없는 태도로 대답했다.

"그러니까 내전에 반역자가 침입한 것과 저의 대복이 어떤 관련이 있는지 이해가 가지 않습니다. 도대체 내전에서 무슨 일이 있었던 거지요?"

슈쿠요는 한동안 망설이듯 머뭇거리다 대답했다.

"실은 어젯밤, 내전에 누군가가 침입해 경비병 수 명을 살해한 뒤 종적을 감췄습니다."

"아센 님 옥체에 변고는 없나요?"

"없습니다. 반역자의 목적은 주상이 아니었던 것 같습니다."

"그런가요" 하고 다이키는 숨을 가볍게 내쉬었다.

"그럼 뭐가 목적이었죠?"

이 질문에도 긴 침묵이 이어졌다. 슈쿠요는 한동안 망설인 끝에 대답했다.

"내전에 구속되어 있던 죄인을 빼돌리려고 한 것 같습니다."

"어떤 죄인이죠?"

"제 마음대로 고할 수 없습니다. 용서해주십시오."

다이키는 잠시 입을 다물었다.

"정말로 죄인이 맞나요?"

슈쿠요가 깜짝 놀라 고개를 들었다.

"무슨 의미이신지요."

"이제껏 나라에 방해되는 인물은 죄를 날조해 상당한 기간 동안 구속하고 있다 들었습니다. 제 영윤도 아직 구속되어 있지요. 수없이 풀어달라 말씀드리기도 하고 아니면 만나게라도 해달라고 요청해왔지만 전혀 들어주지 않고 있습니다."

슈쿠요가 가볍게 숨을 삼키는 걸 옆에서도 알 수 있었다. 다이키 본인이 세이라이에 관해 언급할 줄은 전혀 생각지도 못했던 것이다. 하지만 다이키가 세이라이 탈옥에 아무 관계가 없다면 여기서 이에 관해 언급하지 않는 게 더 부자연스럽다. 다이키가 이런 부분은 빈틈이 없다고 야리는 지켜보며 속으로 쿡 웃었다.

"날조라니요, 가당치 않습니다. 죄인들은 모두 죄를 저지른 명백한 증거가 있기에 구속했습니다. 확실한 증거도 없이 구속하는 일은 용납받지 못합니다."

"그런가요? 이 조정에서는 사람들이 자주 이유 없이 사라지는 것 같던데요? 제 곁에 있던 헤이추도 도쿠유도 쇼와도 모습을 감췄습니다. 황의와 또 다른 대복도."

"대복이……."

"오늘 아침부터 고료의 모습이 보이질 않습니다. 찾고 있던 중이었죠. 하지만 고료는 최근 들어 상태가 이상했습니다. 헤이추와 도쿠유도 모습이 사라지기 전 그와 상태가 비슷했죠. 하나같이 내전에서 일하게 되었다고는 하는데 만나게 해달라고 해도 허락해주지 않습니다. 제가 만나러 가는 것도 안 되고 만나러 오라고 하지도 못합니다. 저는 그 두 사람이 구속되어 있다고 봅니다."

"그런 일은……."

다이키는 반박을 하려는 슈쿠요를 몰아붙였다.

"로산과 간초, 옛 지인이나 신하들과 만나게 해달라고 해도 못 만나게 합니다. 이는 그들이 포로가 되었기 때문인가요? 아니면 저에게는 만날 권리도 자유도 없다는 건가요?"

슈쿠요는 대답할 수 없었다.

"저는 오랜 시간 동안 나라를 떠나 있었습니다. 게다가 태과니 만만하게 여기는 건 어쩔 수 없다고 받아들이겠습니다. 하지만 불합리하게 구속하는 일은 납득할 수 없습니다. 만약 구속한 게 아니라 그들의 신변에 무슨 일이라도 있는 거라면 하늘은 결코 용서하시지 않을 겁니다."

"그건, 물론……."

슈쿠요는 말끝을 흐리다 결국 도망치듯 물러갔다. 고료가 없다는 사실을 알았으니 그걸로 된 셈 치려는 것이다. 슈쿠요는 조운에게 돌아가 고료가 없다고 보고할 것이다. 조운은 틀림없이 어젯밤 침입자가 고료라고 판단할 것이다. 다이키의 지시라고 말하고 싶어도 문초는 할 수 없을 것이다. 문초를 하려고 한다면 헤이추, 도쿠유, 세이라이, 간초를 다이키와 만나게 할 수 없는 이모저모에 대해 엄중히 추궁당할 게 눈에 보일 듯 뻔했다. 애초에 총재는 태보가 추궁하면 이를 거부할 수 있는 입장이 아니다. 재보의 지위를 업신여기고 있다는 사실을 공공연하게 인정할지 아니면 더러운 일은 덮어두고 문초를 포기할지 둘 중에 하나다. 조운은 후자를 택할 것이다. 조무래기들의 모임인 이 조정에서는 조운이 빈틈을 보이면 바로 송곳니를 드러낼 자들이 산처럼 쌓여 있다.

슈쿠요가 물러간 뒤 곤혹스러운 표정을 짓고 있는 게이토우가 자리에 남았다.

"태보, 고료가 사라졌다는 말씀은……."

게이토우가 묻자 다이키가 고개를 끄덕였다.

"아침부터 모습이 보이질 않습니다. 야리와 교대할 시간이 되어노 오질 않았습니다. 방으로 가보라 심부름을 시켰습니다만 고료는 없었습니다. 보아하니 어젯밤부터 방에 돌아오지 않은 듯합니다."

다이키는 근심에 빠진 듯 한숨을 쉬었다.

"……고료의 상태가 이상했습니다. 게이토우도 느끼지 않았나요?"

"네. 솔직히 말씀드리자면…… 피로가 쌓였겠거니 생각했습니다만……."

예의 그 병이 아닌가 하고 게이토우도 걱정하고 있었다. 요즘에는 전보다 조금 나은 듯 보였지만.

"저도 그렇게 생각하려고 했습니다. 고료는 줄곧 제 곁에서 떨어지지 않았습니다. 당연히 피로가 쌓였겠지요. 하지만 헤이추도 도쿠유도 모습을 감추기 전 그와 비슷한 모습이었습니다. 두 사람과 같은 일이 벌어진 게 아닌지 걱정입니다."

"네."

게이토우는 고개를 끄덕였다.

"더 걱정인 것은 따로 있습니다. 누군가의 지시로 고료가 모습을 감추게 되었다고 한다면 과연 그게 누구인지입니다. 고료와 다른 사람들이 그저 어딘가 구속되어 있는 거라면 다행입니다만 만약 그들의 신변과 목숨에 큰 변고가 있다면 하늘이 아센 님께 내린 천명을 철회하지 않는다는 보장이 없습니다. 아센 님의 지시라면 막아야 하고 다른 사람의 짓이라면 나라를 기울게 하는 범인을 찾아 제거하지 않으면 안 됩니다."

"조운 님과 상의하고 오겠습니다."

"그리해주세요" 하고 다이키가 고개를 끄덕이자 야리의 안색이 돌연 바뀌었다. 한순간에 긴장하는 그 표정을 보고 드문 일도 다 있다며 야리가 바라보는 시선을 따라 후원 쪽을 돌아보자마자 게이토우는 경악했다. 후원 쪽으로 열린 문 유리 너머로 사람이 보였다. 다이키가 벌떡 일어섰다.

그곳에는 아센이 서 있었다.

002

"그렇군, 여기와 연결되어 있던 건가."

남자는 말을 하며 거실로 들어왔다. 제일 먼저 움직인 것은 다이키였다.

다이키는 공손히 인사를 한 뒤 아센에게 앉도록 권했다. 아센이 긴 의자에 앉자 그 앞에 온화한 얼굴로 무릎을 꿇었다.

"이렇게 갑자기 오시다니 깜짝 놀랐습니다."

"네가 잠입할 수 있다면 나도 잠입할 수 있다는 거지."

아센은 입 끝을 살짝 올려 웃었다.

"가능한지 불가능한지는 제쳐두고 주상께서 인중전에 해당되는 장소를 허락 없이 발걸음 하시는 것은 도리에 어긋납니다. 예의에서 벗어났다고 생각하옵니다만."

아센은 쿡쿡거리며 웃었다.

"어젯밤 내 영역에 반역자가 침범했다."

"전해 들었습니다."

"반역자가 영윤을 구하려고 했다는군."

아센은 감추지 않고 말했다.

"경비병을 무력으로 쓰러뜨리고 영윤을 풀어주려고 한 것 같다만 실패했지. 반역자의 발자취를 쫓아오다 보니 이곳이 나왔는데, 어찌된 영문이지?"

"농담이 지나치십니다."

다이키의 대답은 무뚝뚝했다. 발자취를 쫓아올 수 있을 리가 없다는 확신이 있는 듯하다.

아센은 피식 웃었다.

"그렇군. ……쉽게 걸려들지는 않는군."

"그보다 지금 주상께서 영윤이라 말씀하셨습니다. 누군가가 세이라이를 구하려고 했다는 말씀이십니까?"

"그런 것 같더군."

"실패했나요?"

"그렇다고도 할 수 있고 그렇지 않다고도 할 수 있지."

다이키는 의아하다는 표정으로 아센의 얼굴을 쳐다봤다.

"세이라이를 구하는 건 실패한 것 같더군. 하지만 문제는 어째서 세이라이를 구하지 못했느냐다."

"그 말씀은."

"반역자는 세이라이와 접촉했다. 주변을 견고히 지키고 있던 경비병은 쓰러뜨렸지. 세이라이는 본인이 했다고 주장하지만 불가능한 일이야. 반역자가 경비병을 쓰러뜨리고 접촉한 건 틀림없어. 하지만 세이라이는 남겨졌지. 남겨두고 가지 않으면 안 되는 특별한 이유가 있었다고도 볼 수 없다. 지상에 있던 경비병들은 침입자가 있는지도 몰랐지."

다이키는 말없이 아센을 지켜봤다.

"반역자가 도망친 이상 세이라이를 데리고 도망칠 수도 있었을 거야. 하지만 반역자는 그렇게 하지 않았지. 왜일까?"

"자세한 사정을 모르니 대답을 할 수가 없습니다."

"신중하군."

아센이 웃었다.

"적이 세이라이를 데리고는 도저히 도망칠 수 없다고 판단한 걸까? 아니면 목적은 달성했으니 데리고 달아날 필요를 못 느낀 걸까? 어느 쪽이라고 생각하느냐?"

"목적을 달성했다는 건 무슨 말씀이시죠?"

"국탕이지. 영윤은 도둑이야. 국가의 재산을 훔쳤지. 훔친 국탕을 어떻게 했을까. 난 줄곧 이미 교소 휘하의 손에 넘어가지 않았을까 의심해왔지만 이제 와 반역자가 침입해서 접촉한 이상 그럴 리 없겠지. 세이라이가 휘하에게 넘겨줄 여유가 있었다고도 생각하기 어려워. 즉 세이라이는 국탕을 은닉하기는 했지만 넘겨주지는 못했다. 휘하는 세이라이와 접촉하고 결국 국탕의 소재를 들었다. 목적은 세이라이가 아니라 국탕이지. 그러니 걸리적거리기만 하는 세이라이는 남겨뒀고 세이라이도 스스로 남는 쪽을 택했어. 세이라이는 국탕이 자신의 휘하의 손에 넘어간다면 그걸로 만족스럽겠지. 어떻게 생각하지?"

다이키는 미간을 찌푸렸다. 아센의 해석은 미묘하게 진상과 틀어졌다. 그 틀어짐을 어떻게 평가해야 좋을지 바로 판단이 서질 않았다.

"그나저나 호위하던 자의 모습이 보이지 않는군."

"고료 말씀이신가요? 말씀하신 것처럼 모습이 보이질 않습니다. 저도 찾던 참이었습니다."

다이키는 헤이추, 도쿠유 등 가까이 있던 시관이 사라진 것을 콕 집어 이야기했다.

"이 왕궁에는 기묘한 병이 유행하고 있는 듯합니다. 고료도 마찬가지로 그 병에 걸린 게 아닌지 걱정됩니다."

"그게 아니라면 도망친 거겠지."

아센은 계속해서 이야기했다.

"반역자는 고료겠지. 애초에 국탕의 행방을 찾기 위해 백규궁에 돌아온 거야. 네가 도와준 거지."

"제가요……?"

다이키는 가볍게 고개를 저었다.

"세이라이의 휘하를 위해 고료에게 협력을 했다는 말씀이신가요? 그렇다면 지금쯤 저는 이곳에 없어야 하지 않을까요?"

"아직 뭔가 목적이 있는 거겠지."

"즉, 제가 휘하와 내통하고 있다고 말씀하시고 싶으신 건가요?"

"틀린 말이냐?"

다이키는 피식 웃었다. 빈정거리는 듯한 웃음이었다.

"설령 제가 교소 님의 휘하와 내통하고 그를 위해 왕궁으로 돌아왔다면 이리 남아 있지 않습니다. 세이라이를 내버려두는 것도 있을 수 없죠. 고료와 함께 세이라이를 데리고 왕궁에서 모습을 감췄을 겁니다. 그렇게 할 수 있었다면 꽤나 통쾌했겠지요."

"할 수 없었던 건 어째서지?"

다이키는 한숨을 내쉬었다.

"그러려고 돌아온 것도 아니고 고료가 반역자라고도 생각하지 않습니다. 만에 하나 고료가 반역자라고 해도 제가 협력하는 건 있을 수 없습니다. 애초에 국탕은 대국 백성들의 것이기 때문이지요."

다이키는 아셴의 얼굴을 정면에서 바라보았다.

"세이라이와 만나게 해주십시오. 제가 국탕의 소재를 실토하도록 설득하겠습니다. 대국은 점점 추위가 심해질 겁니다. 나라가 백성을 지원해야 하고 그를 위해서는 국탕이 필요합니다. 교소 님을 위해 세이라이가 은닉해도 좋을 그런 것이 아닙니다."

"논할 가치도 없다."

"어째서지요?"

"녀석이 설득당할 거라 생각하느냐?"

"세이라이는 도리를 아는 사람입니다. 잘 타이르면 백성을 위해 필요한 일임을 이해할 것입니다. 아셴 님께 넘길 수 없다고만 생각하고 있다면 이는 백성을 위해 사용되지 않을 거라 여기기 때문이겠지요. 저에게 맡겨달라고 부탁한다면 이해해줄 수도 있고 나아가 저의 곁에서 세이라이가 직접 백성을 위해 사용해달라고 부탁하면 소재를 알려줄 가능성도 높다고 봅니다."

아센은 비아냥거리듯 웃었다.

"이 몸이 지배하고 있는 조정에서?"

"복잡한 기분이시겠지만 아센 님이 왕이시기에 제가 아센 님을 모시는 건 당연한 일입니다. 그리고 영윤인 이상 아센 님을 섬기게 되는 것도 어쩔 수 없지요. 도저히 싫다고 한다면 경질할 수밖에 없겠지만 국탕의 소재에 대해서는 어떻게 해서든 설득해보겠습니다."

아센은 아무 말 없이 눈을 가늘게 떴다. 한동안 다이키의 얼굴을 바라보았다.

"……내가 왕이라고?"

"몇 번이고 말씀드렸습니다. 당신께서 왕이십니다. 납득하신 게 아니었나요?"

아센은 대답하지 않았다. 진의를 살피는 듯 다이키의 얼굴을 지그시 바라보고 있다. 이윽고 입을 열었다.

"아직 서약을 하지 않았다."

다이키가 서늘하게 대답했다.

"아직 양위를 받지 못했습니다."

"그 말은?"

아센은 조소를 띠었다.

"서약도 없이 그저 네놈 말을 믿고 교소를 연행해 오라? 교소
가 양위를 거부한다면 어떻게 되지?"

"그 결과가 어떻게 될지는 하늘의 의사에 달렸겠지요. 이는 제
소관이 아닙니다."

돌연 아센이 일어섰다. 그와 함께 다이키의 팔을 붙잡아 당겼
다.

"네 녀석에게만 유리하게 움직일 거라 생각하느냐?"

내뱉듯 말하고 다이키의 머리를 잡아 바닥으로 내리눌렀다.

"서약하거라. 그게 첫걸음이다."

다이키는 순간 고개를 들어 아센을 쳐다봤다. 아센의 얼굴에
는 서늘한 기운이 감돌고 있다. 서약할 수 없을 거라고 말하고
있는 듯한 기분이 들었다.

아센은 다이키를 완전히 믿지 않는다. 그렇기에 전혀 미동도
하지 않는다. 아센이 움직이지 않으면 백성은 겨울을 넘길 수 없
다. 아센이 직접 구제하지 않더라도 조운을 견제하기 위해 밖으
로 나와주지 않으면 다이키가 백성을 구제하는 것조차 마음대로
할 수 없다.

"고정하시옵소서."

준타쓰가 비통한 목소리를 높이며 끼어들었다.

"천계가 있어도 두 명의 왕이 존재하는 이 상황에서 서약을 할 수 있을 리가 없습니다."

아센은 대답하지 않는다. 아무 말 없이 쌀쌀한 시선으로 준타쓰를 바라볼 뿐이다. 그러한 준타쓰를 감싸듯 게이토우가 앞으로 나왔다.

"천의를 시험에 들게 할 수 없습니다. 이는 하늘에 대한 불경입니다."

게이토우가 말했을 때 다이키가 조용한 목소리로 말했다.

"게이토우, 괜찮습니다."

게이토우는 경악하며 다이키를 다시금 쳐다봤다. 의연한 표정을 짓고 있었다.

"서약도 하지 않고 그저 믿으라고만 한다면 아센 님께서는 분명 납득하기 어려우시겠죠. 즉위를 주저하신 것은 그 때문이신가요?"

다이키는 질문을 한 뒤 아센의 대답을 기다리지 않고 자세를 바로잡았다.

—아센을 움직이게 해야만 한다.

다이키는 생각했다. 예전에 한번 시도한 적은 있지만 기린은

243
—
16장

왕 외의 자에게 평복할 수 없다. 마음의 문제가 아니라 물리적으로 할 수 없다고밖에 표현할 길이 없었다. 이것도 살상 문제와 마찬가지로 의지로 돌파할 수 있을까.

다이키는 아센을 향해 양손을 짚고 엎드렸다.

"어전에서 떠나지 않고, 소명을 거스르지 않으며, 충성을 맹세할 것을……."

이마가 차가운 암흑에 닿고 멈췄다.

"……서약드립니다."

"허락한다."

예전에는 불가능하다고 생각했다. 손을 짚은, 그저 그것밖에 안 되는 거리.

—그저 그것밖에.

눈앞에 떠오른 것은 생기 없는 회색빛 지면이었다. 살벌한 색으로 깔려 있는 콘크리트, 옥상에서 바닥에 이르기까지의 거리, 그것과 비교하자면 겨우 요만큼의 거리밖에 되지 않는다. 희생자의 발치에는 커다란 심연이 죽음을 향해 입을 벌리고 있었다. 명백한 죽음을 바로 앞에 두고 공포에 움츠러든 그들을 옥상에서 밀어 떨어뜨린 것은 곰곰이 생각해보면 다이키 자신이었다. 그랬던 자신이 고작 이 정도의 거리를 극복하지 못한다는 것이 용납될까?

의지라는 힘으로 살생을 할 수 있다면 이 거리 또한 극복할 수 있다.

다이키는 고개를 숙였다. 저항하는 힘을 강제로 굴복시켜 암흑 속으로 두개골을 밀어 넣는다. 아픔이 느껴졌다. 이마에 말뚝이라도 박히는 기분이었다. 이마에서부터 후두부에 걸쳐 맥박이 뛰는 것처럼 통증이 느껴졌고 박동 때문에 안에서부터 혈관이 터질 것만 같다. 하지만 마찬가지로 그들의 몸 또한 파괴되었다.

전신을 두들겨 맞은 듯한 고통은 이에 비할 바가 못 된다. 지금 다이키는 고통으로 가득 찬 그릇에 지나지 않지만 그럼에도 동급생들의 발에 짓눌린 그의 고통에 필적한다고는 생각하지 않는다. 사령에게 갈가리 찢긴 사람들. 무너진 산문山門, 붕괴된 학교 건물, 불합리한 죽음과 공포, 이를 여기저기 흩뿌리고 온 자신에게 고통을 논할 자격이 있을 리가 없다.

암흑의 바닥에 다다랐다. 맥박이 치는 고통과 이명 속에서 아센이 뭔가를 중얼거리는 게 들렸다. 움직이지 못하는 다이키의 어깨에 누군가가 손을 올려 상체를 일으켜 세웠다. 올려다보니 준타쓰의 얼굴이 붉게 일그러져 있었다.

—태보.

목소리가 멀리서 들린다. 시야가 빨갛게 흐려졌다.

"태보, 눈이 왜 그러십니까."

─눈?

눈을 깜빡이자 시야가 조금은 맑아졌다. 그와 함께 미지근한 것이 눈에서 흘러넘쳐 볼을 타고 흘렀다. 이를 닦아준 준타쓰의 손끝에 빨갛게 피가 묻었다.

"괜찮으십니까."

아센은 고개를 끄덕이는 다이키의 눈앞에서 등을 돌렸다.

"괜찮습니다. 어차피 저는 천제께서 만드신 몸. 어디가 아픈 게 아니니 분명 길조겠지요."

003

보슈쿠는 저택 안쪽에서 나타난 사람을 발견하고는 놀랐다.

이날은 윤번이라 아침부터 입구에서 보초를 서고 있었다. 그럼에도 보슈쿠는 그 인물이 안으로 들어가는 걸 보지 못했다. 손님이 있었다는 전달도 받지 못했던지라 아무리 생각해도 없던 사람이 나타났다고밖에 생각할 수 없었다. 기겁할 만한 실수지만 배웅하러 따라 나가는 게이토우의 모습을 보니 수상한 사람인 것 같지는 않다. 오히려 신분이 상당히 높은 인물처럼 보였다. 보슈쿠가 기겁하며 소리치자 깜짝 놀란 듯 고게쓰의 입에서 비명이 새어 나왔다. 그저 놀라기만 한 것이 아니다. 보슈쿠의 눈에 고게쓰는 전율에 휩싸인 것처럼 보였다.

—고게쓰는 그 사람이 누구인지 알고 있는 걸까.

머릿속에 의문이 들었을 때 감복이라도 한 듯 고게쓰가 평복했다. 주상이라고 작게 말하는 것을 듣고 보슈쿠는 경악을 금치 못했다. 서둘러 고게쓰를 따라 그 자리에 몸을 엎드려가며 저 사람이 아센인가 생각했다. 내전에 있을 적에도 한 번도 모습을 보지 못했던 이 나라의 왕.

긴장한 나머지 몸이 떨렸다. 그와 동시에 언제 어디에서 황포관으로 들어왔는지 궁금했다. 기적이라도 벌어진 듯한 기분이었다. 왕은 게이토우의 배웅을 받으며 와들와들 떨고 있는 보슈쿠의 앞을 지나갔다. 당황한 고게쓰가 호위를 하라고 소리친다. 달려온 후쿠쇼가 그 자리에서 고게쓰를 포함해 대기소에 있던 소신들을 모아 호위를 꾸린 뒤 아센과 함께 내보냈다.

평복하고 있는 보슈쿠의 앞을 그저 지나갔을 뿐이었다. 말을 나누지도 않았고 시선을 마주치는 일조차 없었던 해후였지만 보슈쿠는 감격스러웠다. 왕의 모습을 드디어 본 것도 기뻤고 그 이상으로 아센이 다이키를 찾아왔다는 사실이 기뻤다. 아센이 다이키의 존재를 묵살하고 있는 것처럼 일컬어졌지만 그런 게 아니었던 것이다.

용건이 있던 걸까 아니면 병문안일까. 일부러 육침에서 이곳까지 발걸음을 옮겨 재보를 만나러 왔다고 생각하니 안심되면서 기쁘기도 했다.

보슈쿠는 저도 모르게 다행이라고 내뱉었지만 후쿠쇼의 표정은 착잡했다.

고게쓰는 오랜만에 마주한 주공 곁을 걸으며 난감했다. 과거에는 서로 가볍게 말을 주고받던 주공이었지만 오랜 기간 동안 단절된 주종 사이의 거리는 터무니없이 벌어져 있었다. 더군다나 아센은 곤란한 듯한 표정을 짓고 있었다. 주공은 고게쓰가 알고 있는 한 적어도 쉬이 표정을 바꾸지 않았을뿐더러 표정에서 속마음을 읽을 수 있는 분도 아니었는데 지금은 아센이 동요하고 있으며 고뇌하고 있다는 걸 알 수 있었다.

— 어찌되신 걸까.

묻고 싶은 마음은 굴뚝같았지만 물어볼 수 없었다. 고개를 숙이고 있는 아센의 옆모습을 바라보고 있자 갑자기 아센이 시선을 의식한 듯 고개를 들어 고게쓰를 쳐다봤다.

"고게쓰였군."

아센은 이제야 고게쓰가 있다는 걸 알아차린 듯했다.

"태보 곁에 있었군. 몰랐다."

고게쓰가 알고 있던 주인의 모습이었다. 기쁘면서도 안타까웠다.

— 얼마 전까지는 당신 곁에 있었습니다.

가까이 다가갈 수 없었지만 소신으로서 섬기고 있었다고 속으로 말하며 묵묵히 인사를 했다. 아센은 "고게쓰" 하고 부르며 고개를 살짝 끄덕였다. 이 몸짓이 가까이 다가오라는 신호라는 것은 아센의 휘하라면 누구든 안다. 예전처럼 고게쓰는 성큼성큼 걷는 아센의 곁으로 다가갔다.

"오랜만이로구나. 잘 지냈느냐."

네, 하고 고게쓰는 짧게 대답했다. 예전처럼 가볍게 대답해도 되는지 망설여졌다. 아센은 고게쓰를 쳐다보고 있다. "왜 그러느냐" 하며 다음 말을 기다리는 듯 보여 고게쓰는 덧붙여 말했다.

"주상께서 건강해 보이시니 기쁘기 그지없습니다."

"주상……."

아센이 중얼거렸다.

"너는 내가 왕이라고 생각하느냐?"

"물론입니다."

고게쓰는 바로 대답했다. 스스로도 놀랄 정도로 강한 어조였다.

"저에게는 아센 님이야말로 왕이십니다. 줄곧 그래왔습니다."

교왕보다도 교소보다도 아센이 위대하다. 그 확신만큼은 흔들리지 않는다.

그래, 하고 짧게 대답한 아센은 복잡한 표정이었다. 고게쓰는 이러한 표정을 본 적이 있다. 동료인 보슈쿠가 천진난만하게 이센이 즉위한다고 기뻐하고 있을 때 후쿠쇼가 지었던 표정이다. 그리고 아마 자신도 비슷한 표정을 짓고 있었을 것이다.

어쩌면 아센은 이제껏 죄의식을 품고 있었던 것일까 하고 고게쓰는 생각했다. 교소를 친 것에 대해 죄의식을 품고 후회하며 자책하고 있었던 걸까. 그래서 왕궁 깊숙한 곳에 처박혀 외부 세계와의 접촉을 끊은 것이 아닐까.

"즉위하시게 되어 진심으로 기쁩니다."

"그래."

아센은 다시 짧게 대답했다. 여전히 착잡한 표정이었다.

황포관 소신들에게 배웅을 받으며 아센은 내전으로 돌아갔다. 내전에는 멍한 눈을 한 꼭두각시들만이 기다리고 있었다. 허무함에 가까운 무표정한 얼굴들의 마중을 받으며 뒤돌아봤을 때 고게쓰가 정중하게 인사하는 모습이 눈에 들어왔다.

—아센 님이야말로 왕이십니다.

고게쓰가 한 말이 무거웠다. 휘하들이 이제껏 복잡한 마음을 품고 왔을 거라는 생각이 들어 자못 측은했다.

갈등하게 만든 휘하들의 얼굴을 떠올리며 육침으로 돌아가자 불쾌한 얼굴이 기다리고 있었다. 그자는 아센을 보자마자 꽤나 비아냥거리는 미소를 지었다.

"욱했지?"

아센은 발걸음을 멈췄다.

"무슨 이야기를 하는 거지?"

로산은 모멸감을 담아 한층 더 웃었다.

"태보에게 서약을 강요했다고 하던데?"

"서약도 없이 말만으로 믿는 것도 무리지."

"지당하신 말씀이야."

로산은 장의자가 제 것인 양 제멋대로 앉아 있다. 로산은 항상 불손하고 아센에 대한 모멸감을 감추려 하지 않는다. 그렇기 때문에 조운이나 꼭두각시보다 탐탁할 수 밖에 없는 것이다. 그러한 자신이 역겨웠다.

"하지만 천의는 아직 교소 님 위에 있어. 하늘이 너를 새로운 왕으로 골랐다 한들 그건 교소 님이 양위하신다는 게 전제 조건이야. 원칙대로라면 기린이 너한테 서약을 할 수 있을 리가 없어."

"하지만 다이키는 서약했다."

"그 기린은 괴물이야."

예사롭지 않다고 로산은 말했다.

"그렇다고는 하지만 너의 요구는 무리난제였어. 알고 그런 거지? 순간 욱해서."

"무슨 이야기인지 물었다."

"세이라이 말이야."

로산은 비꼬며 웃었다.

"세이라이는 너한테 무릎 꿇지 않아. 고료는 보기 좋게 세이라이가 있는 곳까지 몰래 들어가 포로와 접촉했지."

로산은 쿡쿡거리며 웃었다.

"넌 왕좌를 훔쳤지만 세이라이는 그걸 받아들이지 않았어. 널 왕으로 인정하지도 않은데다가 국탕도 훔쳐서 은닉했지. 넌 나라의 주인임에도 국탕을 손에 넣지 못했고 국탕이 어디에 있는지 불도록 세이라이를 설득하지도 못해. 붙잡아두고 고문밖에 할 수 없었지. 그런데도 세이라이는 항복하지 않았어. 지금도 그렇지. 그런데 이제 고문은 그저 단순한 학대로 전락하려고 하고 있어. 세이라이는 너의 치부야."

아셴은 순간적으로 로산을 노려봤다.

"눈빛으로 사람을 잡아먹을 기세네. 아픈 데를 찌른 건가?"

로산은 큰 소리로 웃었다.

"그 치부를 하필이면 교소 님의 휘하에게 보이고 말았어. 태보도 알게 되었지. 그래서 욱했겠지. 그게 아니면 질투한 거야. 본인 주변에는 꼭두각시와 조운 같은 잔챙이들뿐이지. 널 위해 그 정도로 행동할 사람은 없어. 교소 님을 질투해서 태보에게 화풀이한 거지."

아센은 가볍게 어금니를 악물며 고개를 돌렸다.

"……서약은 했다. 그걸 어떻게 해석해야 할까?"

"태보가 괴물 같은 의지력으로 불가능을 가능케 했다는 거지. 하지만 의지의 힘으로 할 수 있는 일이 아냐. 그 말인즉 하늘이 허락했다는 거겠지."

로산은 재미없다는 듯 어깨를 으쓱했다.

"불만스러워 보이는군."

"당연히 불만스러워. 넌 도둑이고 이 나라의 왕은 교소 님이야. 하늘도 그 사실은 알고 있을 텐데. 그런데……."

"화가 치밀어." 로산이 쏘아붙었다. 아센은 그런 모습을 보고 질색했다.

로산은 교소의 휘하다. 아센을 깔보며 인정하지 않는다. 그럼에도 로산은 아센이 옥좌를 찬탈하는 일에 손을 빌려줬다. 아센은 속으로 반감이 들긴 했지만 행동에 불을 붙인 건 분명 로산이었다.

─무슨 생각을 하고 있는지 알 수 없는 놈이다.

하지만 이는 로산도 마찬가지였다.

—배가 아픈 것이겠지.

과거 운명의 날에도 그런 말을 들었다. 교소를 질투하고 있다고. 아니라고 대답했지만 로산은 믿지 않았다. 진심이 뭔지 알고 있다는 듯 웃었다.

진심은 뭐였을까 하고 아센 스스로도 생각할 때가 있다.

오늘 세이라이와 접촉한 자가 있다고, 아마도 다이키의 대복일 것이라는 이야기를 듣고 격분한 것은 사실이었다. 욱해서 서약을 독촉했다. 로산의 표현은 틀리지 않았다. 하지만 질투하고 있다는 자각은 없었다. 그저 화가 났을 뿐이다. 대복이 저지른 범행이라면 그것을 지시한 것은 틀림없이 다이키다. 묵사발로 만들어주겠다고 생각한 것은 분명 로산이 말한 것처럼 자신이 세이라이를 치부라고 여기고 있는데 이를 하필이면 다이키에게 들킨 것으로 인한 분노일지도 모른다고 생각한다.

하지만 질투하지는 않는다. 대복 수준으로 일할 수 있는 휘하는 있다. 충성심 있는 휘하 또한 다이키처럼 수없이 많다. 예를 들면 좀 전에 만난 고게쓰라면 대복에 버금가게 잘해낼 것이다. 그러므로 교소를 샘낼 필요는 없다.

아센은 생각에 잠겨 노대에서 해상을 바라보았다. 운해는 회색빛으로 탁해져 있다. 하늘 아래가 구름으로 뒤덮여 있다는 증

좌다.

과거, 아센이 아무리 발버둥 쳐도 교소를 대신할 수 없다고 로산이 단언했던 그 운명의 날, 아센이 느낀 감정은 질투심 따위가 아니었다.

─굳이 말하자면 암흑이다.

앞으로도 모조품이라고 불릴 것이라는 절망과 결코 이를 넘을 수 없다는 허무함. 숨이 탁 막혀 견딜 수 없지만 아무리 발버둥 쳐도 여기에서 벗어날 수 없다.

그래서 아센은 들고일어난 것이다.

교소와 다이키를 떨어뜨려놓는다. 다이키의 사령을 교소에게 보낸다. 발가벗겨진 다이키를 베어내고 움직이지 못하게 해 유폐한다. 그리고 교소도 유폐해버리는 것이다. 그걸로 옥좌는 아센의 손에 넘어올 것이다.

로산은 열심히 조언을 했고 아센을 위해 대량의 요마를 제공하기도 했다. 원칙대로라면 기린만이 부릴 수 있는 요마를 어째서 로산이 자유자재로 다룰 수 있었는지 아센은 몰랐고 로산도 결코 말하려고 하지 않았다. 주부呪符와 주구呪具로 로산은 그 일을 가능케 했다. 아센은 그 기술을 전수받아 로산에게 대량의 요마를 빌렸다. 단 하나 계산에 없던 것은 다이키가 명식을 일으켜 봉래로 도망친 것이었다. 하지만 결과적으로는 유폐와 마찬가지인 상황이라고 로산이 딱 잘라 말했다. 뿔을 부러뜨린 이상 다이키는 돌아올 수 없다.

아센은 옥좌에 앉았다. 하지만 아센의 등극은 누가 봐도 이상했다. 신하와 백성이 아센을 가왕이라고 믿고 우러러 본 것은 처음뿐이었고 모두가 점차 의구심을 내비치기 시작했다. 물론 이는 아센도 알고 있는 일이었지만 예정대로라면 아센의 뒤에는 뿔을 봉인한 다이키가 있을 터였다. 그랬어야 할 다이키가 없다. 아센은 하늘의 권세라는 후광을 잃었다. 의구심은 차단할 수밖에 없었다. 교소의 휘하를 모두 밀어내고 적대 세력을 와해시켜 자신의 체제를 만들려고 하는 동안 아센이 찬탈자라는 사실은 두말할 것도 없이 명백해졌다. 그와 함께 그 과정을 통해 명백해진 또 하나의 사실. 설령 교소가 눈앞에서 사라져도 아센은 교소의 모조품에 지나지 않는다는 사실이었다.

아센이 무슨 행동을 해도 교소라면 분명 더 빨리 더 잘했을 거라고들 했다. 별거 아닌 우책인데도 교소라면 하지 않았을 거라고들 했다. 아센은 초조해졌고 이로 인해 교소의 편을 드는 자를 숙청하는 수법은 더욱 잔인해졌다. 아센은 어느새인가 교소를 말소하는 일에 사로잡히고 말았다. 어딘가 교소의 모습이 남아 있다면 자신은 비교당한다. 교소의 휘하, 교소의 편을 드는 자, 모든 이가 반드시 교소와 자신을 비교할 것이다. 그게 두려워,

너무 두려운 나머지 아센은 선을 넘고 말았다. 덤으로 자신이 부렸던 요마가 동족을 불러들인 탓에 요마가 배회하게 되었고 나라는 기울었다. 신하도 백성도 교소를 그리워했다. 추억 속에만 존재하는 단명한 왕은 아센에 비해 너무나도 무고했다.

아센은 스스로 자신의 목을 졸랐다. 예전에 교소가 하계로 내려갔을 때도 그랬다. 눈앞에 없는데도 "교소라면" 하고 다른 사람들이 말했다. 짧은 재위 기간 끝에 내쫓긴 교소는 더이상 실패할 일이 없다. '신왕 즉위'라는 기대감을 간직한 채 실망시킬 일도 없이 오히려 긴 세월 미화되며 영원히 그 지위에 계속 머무를 것이다. 그렇게 될 것은 충분히 알고 있었을 텐데, 그럼에도 예견하지 못한 자신의 실수.

옥좌를 훔쳤기에 아센은 교소의 그림자가 된 것이다. 기억에만 존재하는 광휘의 왕의 더러워진 그림자 신세가 되었다. 무슨 일을 하더라도 제아무리 발버둥을 치더라도 자신은 교소를 뛰어넘을 수 없다. 이 절망감을 질투라고 하는 걸까.

"교소가 이 자리에 있다면 웃겠군……."

아센은 혼잣말을 했다.

"웃는다고? 어째서지?"

"본인은 전혀 상대로도 생각하지 않는데 제멋대로 적개심을 품고 제멋대로 겨루다 자멸의 길로 빠졌지……. 그런 녀석들이라면 수없이 봐왔어. 솔직히 우스꽝스러워서 웃음밖에 나지 않더군."

로산은 고개를 갸웃했다.

"전혀 상대로도 생각하지 않았다고? 교소 님이 너를? 그런 말을 누가 했지?"

아셴은 의아해하며 로산을 뒤돌아봤다.

"교소 님은 당연히 널 의식하고 계셨어. 공적을 겨루셨지. 너한테 뒤처지기 싫다고 생각하고 계시지 않았을까?"

"그럴 리가 없어. 교소는 공을 버리고 하계로 내려간 적도 있어."

"겨루고 있었기에 그러셨겠지."

로산은 질렸다는 듯 말한다.

"교소 님은 목적과 수단을 착각하는 짓은 하지 않으셔."

무슨 의미냐고 물을 것까지도 없이 로산은 설명했다.

"너와 교소 님의 어디가 다를까? 결국 교왕의 총애를 얼마만큼 많이 받았는지가 문제야. 너는 말이야, 교소 님께 뒤지고 싶지 않았지. 교왕의 총애를 겨뤘던 거잖아? 그러니 때로는 불합리한 명령에도 따랐어. 그 결과가 교왕에게 중용된 거야. 하지만 교소 님은 그러지 않으셨지."

"나와 공을 겨루는 것보다 도의가 우선이었다는 소리인가."

"아니야."

로산은 손가락을 세웠다.

"교소 님이 너와 겨루고 있던 건 따지자면 누가 더 나은 인간 인가였어. 교왕의 총애나 지위, 명성은 이를 눈에 보이는 형태로 분명하게 하기 위해 필요한 게 아니었을까? 왕에게 중용되면 그건 곧 더 나은 인간이라는 소리지. 너는 그러다 뭘 겨루고 있었는지 잊어버리고 만 거야. 누가 뭐래도 교왕의 관심을 원했던 거야. 더 중용되고 더 높은 지위를 원했던 거겠지. 하지만 교소 님은 너와 무엇을 겨루고 있었는지 잊지 않으셨던 거야."

아센은 우두커니 로산을 쳐다봤다.

"그래서 넌 도둑으로 끝날 거야. 실체도 없는 것에 휘둘렸으니 당연한 일이지."

004

문주에는 내내 눈이 내리고 있다.

임우도 예외는 아니었다. 가는 눈송이가 끝없이 흩날린다. 구름 사이로 햇빛이 보이는 날이면 눈이 녹아내리긴 하지만 전부 녹지는 않는다. 그렇게 조금씩 눈은 쌓여갔다. 그 표면을 얼리겠다는 듯 바람이 분다. 길을 떠났을 때에는 아직 가을이었다. 어느새 겨울이 찾아와 눈이 내리더니 해가 바뀌었다.

— 실로 문주는 춥다.

리사이는 하얗게 칠해진 산들을 바라보았다. 산에는 상록수의 녹음이 보인다. 눈이 쌓여 있었지만 산을 뒤덮을 만큼은 아니다. 예전에 리사이가 있던 승주에서는 순식간에 허리만큼 올 정도로 눈이 내리기도 했지만 문주는 그런 날이 없었다. 그저 한결같이 추위가 스며들 정도로 춥다. 그런 와중이었다.

쇼시쓰 일행이 떠나고 불과 엿새 뒤, 쇼시쓰가 다시 거처로 찾아왔다.

"일전에는 죄송했습니다. 호요 님께서 여러분을 만나고 싶다고 괜찮으시다면 한 번 더 아문관으로 와달라고 말씀하십니다."

"찾아가지."

아문관에는 리사이와 세이시, 교시 이렇게 세 명이 가기로 했다. 호토와 겐추는 임우에 남아 거처를 이동하기 위한 준비를 한다. 호요는 리사이를 위해 기수를 두 마리 준비해주었다.

"괜찮을까요?"

교시가 불안해하며 물었다. 교시는 기수를 타본 적이 없다.

"괜찮네."

쇼시쓰가 대답했다. 말과 비슷하게 생긴 푸른 기수의 고삐를 건네주며 설명했다.

"보는 바와 같이 말을 타는 것과 크게 다르지 않아. 오히려 기수가 잘 태워주니 말보다 편하기까지 해."

듣자하니 쇼시쓰가 호요에게서 빌려 백랑을 오고 갈 때 사용하던 기수라고 한다.

"아문관으로 가는 길도 외우고 있으니 졸고 있어도 태워다 줄 거야."

"네에……."

불안한 듯 대답하는 교시를 미소를 지으며 쳐다본 뒤 리사이는 호토와 겐추에게 부탁했다.

"거처 옮기는 일 잘 부탁하네. 규산에게 말은 해놓았어."

알겠다는 두 사람을 남겨두고 리사이 일행은 임우를 떠났다. 기수를 재촉해서 몰면 아문관까지는 사흘 걸리는 길이다. 그리고 그들은 예정대로 사흘째 낮에 아문관 문을 넘었다.

리사이 일행은 아문관 본관에서 다시 호요를 만났다.

"황음을 찾고 계신다고……."

호요는 화려하기 그지없는 대청에서 느닷없이 말했다. 리사이가 고개를 갸웃거리자 호요가 덧붙여 말했다.

"함양산에서 잃어버린 나라에서 가장 중요한 것 말이오."

— 교소의 이야기다.

"그렇소. 찾고 있소."

"홍기에서는 탁해진 옥을 황음이라고 하는 듯하던데."

리사이는 고개를 끄덕였다. 하지만 그 이야기에는 무언가 착오가 있는 것 같다고 전했다.

"식림관의 모쿠유 님께서 그렇게 말씀하셨소."

"모쿠유가 그리 말한다면 그렇겠지. 모쿠유는 홍기의 사정에는 밝으니까."

호요는 미간을 찌푸렸다.

"만에 하나, 그분이 돌아가셨을 가능성은 없는 건가?"

"없다."

호요는 숨을 내뱉었다.

"……그래서? 황민이 그 행방을 알고 있다는 얘기인가?"

"확실하지는 않소. 그분이 함양산에서 예기치 못한 재난을 당하고 그후 어딘가로 이동한 건 확실한 것 같네. 다만 도저히 혼자서는 이동했다고 생각할 수 없소. 당시에 함양산에는 돌을 주우러 황민과 부민이 드나들었다는 것 같으니."

"황민이나 부민이 구했을지도 모른다는 소리로군. ……하지만 그들 사이에서 그런 소문을 들은 적은 없어. 갱도 안쪽에서 귀중한 옥, 진짜 돌이 발견돼서 운반했다는 소문이라면 들은 적이 있네만."

"황음을 발견했다는 이야기 말인가?"

호요는 고개를 끄덕였다.

"하지만 아마도 황음이 아닐 거야. 운반했다는 옥이라고 하는 물건을 취급한 적이 있어. 투명한 낭간이었는데 소문의 황음 정도 되는 투명도가 아니었어. 색도 밝은 비취색보다 좀더 희었지."

얼굴을 가린 남자들이 몇 번에 나눠서 부서진 낭간을 가져왔다고 한다.

"원래 꽤 컸던 것 같더군. 아마도 전해 들은 황음보다도 훨씬 클 거야. 함양산에서는 때때로 그런 돌이 발견되거든. 낙반에 묻힌 것, 핵심이 되는 옥천으로 가는 길이 막혀서 사람 손에서 떠나 자란 돌이 발견되는 일도 있지. 하지만 그것도 최근에는 줄어든 것 같아. 반입되는 돌 중에 질 좋은 건 거의 없어."

"그대는 황민 사이에 떠도는 소문에 관해 얼마만큼 자세히 알고 있지?"

"꽤 많이?"

호요는 웃었다.

"드나드는 황민과 부민도 많기도 하고 것보다 여기에 황민이 많이 있어서 말이지."

"고용이라도 한 건가?"

리사이가 묻자 호요는 생긋 미소를 지었다.

"좀더 나은 곳에 사용한다고 말했지?"

"하지만 뭘 위해 고용을 했지?"

리사이가 묻자 호요는 침묵했다.

"설마 금속 제련을 하고 있는 게 아닌가?"

리사이는 묻고 나서 문득 생각이 떠올랐다.

"……또는 무기를 만들고 있다던가?"

거듭 묻자 호요는 이내 고개를 끄덕였다.

"무기는 필요하겠지. 언젠가는……."

"호요 님……."

물론 호요는 무기를 만들고 있었다. 호요는 "좀더 나은 곳에 사용한다"라고 말했던 자신의 말 그대로 부를 자신의 뜻대로 써왔다. 폐허가 된 아문관을 사들여 별장으로 삼고 그곳에 부민과 주변에 있는 마을이 불타 내몰린 황민, 아센을 거역한 자들 중 생존자 등, 아센에게 반의를 품은 자들을 모아왔다.

"일반 무기와 동기."

지상에 현포를 짓겠다며 수많은 장인을 모았지만 동기를 만드는 공장工匠이 대부분이었다.

"백치는 말성을 울지 않았다고 들었어. 그렇다면 언젠가는 무기가 필요하겠지. 그 무기를 써줄 사람이 모일지가 문제이지만,

아무튼 여기에 있는 사람들은 황민과 반민이 대부분이고 병사가 있다고 해도 잔챙이들뿐이지. 홍기를 목표로 준비할 수 있을 정도로 군사에 밝은 자는 거의 없으니 말이야. ……하지만 준비는 해둬야지."

호요는 말을 하고 웃었다.

"리사이가 힘을 빌려주겠지?"

리사이는 잠시 동안 말이 나오지 않았다.

"그 때문에 장군께서 주상을 찾고 있는 게 아닌가?"

"……때가 온다면 감사히 사용하겠네."

호요는 끄덕였다.

"그렇다면 그때까지 우리를 맘대로 이용해보시게."

리사이 일행은 아문관 안쪽으로 안내를 받았다. 짧고 깊게 파인 골짜기에 몇 채 늘어선 정자와 건물이 지난날 나무 정원의 풍치를 슬쩍 보여주긴 했지만 어울리지 않는 것들이 꽤 있었다. 그것은 투박한 공방과 견고한 창고였고 자못 협객처럼 보이는 사람들의 모습이었다.

모인 사람들과 대량의 물자. 병기 창고에는 동기인지 아닌지를 떠나 무기가 산더미처럼 쌓여 있었다.

"무기가 이만큼이나……."

리사이는 감격스러워 말문이 막혔다.

"무기와 군량."

호요가 입을 열었다.

"그리고 기수. 기수는 딱히 좋은 것들은 아니라서 말이야. 하지만 나름대로 마리 수는 꽤 되지. 리사이의 동료들도 마음에 드는 기수를 적당히 골라 데려가도 좋아. 이동수단이 없으면 불편하겠지."

"그래도 되겠는가?"

"그러려고 모은 거니 상관없어. 태우는 사람을 가리지 않는, 잘 길들여진 걸로 모아뒀어."

"어째서 그렇게까지."

리사이의 목소리가 떨렸다.

"글쎄에."

호요가 웃었다.

"리사이에게는 신기하게 보이겠지. 교왕 곁에서 폭리를 취해 재산을 쌓아 올린 상인이 이제 와 거병을 준비한다는 게."

"폭리를 취했는지 아닌지는 모르오만⋯⋯."

"폭리였어. 교왕은 부르는 대로 사줬으니까. 과감하게 불렀지."

호요가 팔지 않더라도 교왕은 다른 상인에게서 사면 그만이

266
—

다. 설령 옥이 손에 들어오지 않더라도 백성에게서 착취하는 건 그만두지 않았을 것이다. 교왕의 혹정에는 분노를 느꼈지만 거래를 거절한다 해도 백성의 수익이 늘어나는 것도 아니다. 그렇다고 적선도 싫었다. 그래서 본인이 휘황찬란하게 사용했다. 사치스러운 의복을 한 벌 사면 그와 관련된 사람들이 풍족해진다. 그걸로 충분하다고 생각했다. 그랬던 것이 언제부터 위험을 무릅쓰고 무기를 모으고 반민을 모으게 되었던 건가.

직접적인 계기는 왕의 소식이 끊겼을 때였다. 누군가가 정당한 왕을 옥좌에서 끌어내렸다. 그렇다면 왕은 언젠가 옥좌를 되찾으려고 할 것이다. 위왕과의 싸움이 벌어진다면 정당한 왕 편에 붙고 싶었다.

하지만 호요는 본인 스스로가 선량한 사람이라고 생각하지는 않는다. 정의로운 사람도 아니다. 교왕의 방탕함과 위왕의 압정에 분노했지만 의분에 떨어 들고일어날 정도로 고매한 인간도 아니다. 정말로 호요가 덕이 높은 정의로운 사람이라면 모아둔 부를 곤궁에 처한 백성에게 나누어주었을 것이다. 하지만 그런 자선을 베풀 마음은 털끝만큼도 없었다. 그런데 어째서 이렇게까지 하는지 스스로도 이해가 되지 않는다. 굳이 말하자면 자신의 재산이니 마음대로 사용하는 것뿐이라고밖에 말할 도리가 없다.

"글쎄, 위왕의 방식이 맘이 안 들었다고나 할까. 그런 인간이 날뛰는 세상은 사절이야. 맘에 들지 않으니 한 대 차주고 싶지만 나로서는 발끝에도 미치지 못해서 말이지. 나 대신 걷어차줄 사람이 있다면 지원하고픈 마음이랄까?"

리사이는 고개를 끄덕이긴 했지만 아문관에 있는 것들은 지원의 영역을 뛰어넘었다. 이 정도로 규모가 커지면 위험도 클 것이다.

"사람이 얼마나 있는 건가?"

"여기에 있는 사람들은 이 동네 협객이 대부분이야. 백랑에 잠복하고 있는 반민과 협객, 합쳐서 이천 명 정도 있지."

"그렇게나 많이……."

그만큼의 세력이 주후의 슬하에 있으면서 어째서 윗선의 주목을 끌지 않는 걸까.

리사이가 이에 대해 물었다.

"주후의 슬하이기 때문이지."

호요는 짓궂은 미소를 지었다.

"문주성은 말이야, 병들었어."

"……그렇다는 이야기는 들었네. 문주후가 제일 먼저 병에 걸렸다고."

"주후뿐만이 아니야. 주요 관리들 대부분이 병에 걸렸지."

그렇다면 더욱 위험한 게 아닌가. 병을 앓고 있는 자들은 아센을 향한 반의를 잃었을 뿐만 아니라 아센을 지지하기까지 한다. 시키는 대로 한다고도 들었다.

리사이가 이렇게 말하자 호요가 대답했다.

"조금 달라. 분명 병든 자들은 아센에게 무조건 복종하지. 하지만 아센의 지시대로 기계적으로 움직인다는 의미야. 그런 의미의 복종이지 본인이 아센에게 아첨하려고 움직이거나 하지는 않아. 뭐 목각 인형 같은 거지."

"목각 인형……."

"문주후에게는 반란을 경계하라고 말해둔 모양이야. 그래서 경계는 하고 있는 것 같아. 어딘가에서 반란이 일어나지는 않는지 감시하고 있어. 어딘가에서 한차례 사건이 일어나면 곧바로 홍기에 보고하는 동시에 공격해 올 거야. 아센이 잘하는 섬멸전이지. 반민도, 반민이 아닌 백성도 상관없어. 주변 마을 통째로 묻지도 따지지도 않고 공격해서 멸망시키지."

호요는 입가를 일그러뜨리며 말했다.

"애초에 그 섬멸전도 그런 게 아닐까 반란이 일어나면 철저하게 쳐서 뿌리를 뽑아버리라는 명령을 받아서 그대로 행동하고 있는 게 아닐까 난 생각해. 백랑에서 역모가 일어났다는 소리를 들으면 백랑을 송두리째 잡겠지."

설마 하고 리사이는 중얼거렸지만 묘하게 납득이 갔다. 분명 아센의 수법은 냉혹하고 잔학하다기보다는 기계적이라는 인상이 강하다. 비정한 게 아니라 무정하고 날림식이다.

"명령받은 건 성실하게 이행하는 것 같아. 하지만 그 이상의 일은 하지 않지. 반란이 일어나지는 않을지 경계하긴 하지만 자발적으로 반의가 도사리고 있는지 찾으려는 것 같지는 않아. 내가 반란을 경계하라는 명령을 받는다면 사람과 짐이 어떻게 흘러가고 있는지 감시할 거야. 어딘가에 사람이 모이고 있지는 않은지, 짐이 과도하게 모이고 있지는 않은지. 그리고 소문. 마을에 첩자를 심어놓고 소문에 귀를 기울일 거야. 하지만 주후는 그런 일을 일절 하고 있지 않아. 할 맘이 털끝만큼도 없는 것 같아."

"그런……."

"뭐, 나한텐 감사한 일이지. 덕분에 살짝 손을 쓰면 손쉽게 몸을 숨길 수 있으니까. 오히려 지방이 더 위험해. 지방 관리는 윗선에 잘 보이고 싶어서 적극적으로 반민을 찾으니까."

"손을 쓴다고?"

"제정신인 고관의 보호를 받는 거야. 모든 주관이 병이 든 게 아니야. 그리고 병에 걸리지 않은 주관 대부분은 어쩔 수 없이 윗선을 따르고 있지만 결코 아센과 아센을 따르는 주후를 달가워하지 않지. 그래서 나 같은 인간이 제멋대로 굴고 있다는 걸 알아도 모른 척하는 거야. 개중에는 수상쩍다고 보고를 하는 녀석도 있는 것 같지만 그럴 때 날 옹호해줄 고관이 있으면 흐지부지 넘어갈 수 있지."

"고관……."

호요는 끄덕였다.

"리사이가 만나줬으면 하는 인물이 있어. 이제 곧 찾아올 거야. 만나보지 않겠어?"

기꺼이 만나겠다고 리사이는 대답했다.

005

그날 저녁, 호요는 리사이에게 예순 언저리로 보이는 풍채 좋은 남자를 소개시켜주었다.

"사공대부司空大夫 돈코敦厚라고 하오."

이 남자가 뒤에서 호요를 지원해왔다는 게 리사이는 내심 의문스러웠다. 사공대부는 동관장, 국부로 따지자면 대사공에 해당한다. 육관장 중 한 명이니 고관이긴 하지만 정치적인 영향력을 따지자면 말직에 해당한다. 조정에서 발언권이 크지 않다. 그대신 확실히 조정의 간섭과 영향을 받기 어렵다. 그렇다고 해도 그런 동관장의 비호를 받으며 호요의 움직임이 계속해서 간과돼 온 건 조금 의외였다.

"돈코는 말이야, 공장 출신이야. 동관 한길만을 걸어온 능구렁 이지."

호요가 웃는 걸 보니 대단한 벼슬을 역임해온 중신이 때마침 동관장 자리에 있었던 건 아닌 것 같았다.

"그럼 교왕 시대부터?"

리사이가 질문하자 돈코가 "그전부터" 하고 묵직한 목소리로 대답했다. 리사이는 깜짝 놀랐다. 동관부의 공장은 정치 투쟁과 는 인연이 없어 놀랄 만큼 오랜 기간 그 지위에 머무르는 자가 있다는 이야기는 알고 있었지만 교왕 치세 이전부터 조정에 있 던 자를 만난 건 처음이었다. 리사이가 솔직하게 말했다.

"나는 동관 공장 중에서는 고참 축에도 못 끼네. 삼대 전 왕을 알고 있는 자도 있지."

돈코가 웃으며 말했다.

"동관은 조정에서도 특수한 편이지. 조정 안에 있으면서도 울 타리 밖에 있는 것 같은 관리니까. 그러니 뭐, 마음대로 할 수 있 는 거지만."

"주성의 내부 상황은 어떻습니까."

주후와 고관이 갑자기 병든다는 사실은 리사이 일행에게 상식이었지만 그렇다고 해도 구체적으로 어떤 일이 벌어지고 그후 상태가 어떻게 되는지에 관해서는 전혀 모르는 것이나 다름없었다. 문주는 병들었다고 한다. 실제로 문주후가 제일 먼저 편을 바꿨다.

교왕 시절 문주는 악랄한 주후가 통치하고 있었다. 해당 문주후는 교소가 제일 먼저 경질했다. 그후 문주후가 된 사람은 교왕 시절부터 고관에 있던, 하관장도 역임한 적이 있고 교소와도 교소 휘하와도 친분이 꽤 있던 인물이었다. 리사이는 혁명이 일어나기 전에는 승주사에 소속되어 있었으니 자세히는 모르지만 그에 대한 휘하들의 평이 괜찮았고 사람 됨됨이도 능력도 뛰어나 하관보다도 오히려 지관에 어울린다고들 했었다. 하지만 새로운 문주후는 난을 계기로 갑자기 전향했다. 난이 일어나기 전부터 병든 게 아니냐는 이야기가 돌았다. 문주의 난이 일어났던 당시 주사의 움직임이 이미 수상했기 때문이다.

문주후는 병들었다. 하지만 문주에는 주재를 비롯해 무수한 관료들이 있다. 설마 전부가 병들지는 않았겠지. 병든 것은 문주후니 권력으로 관료를 압박하고 있다고 볼 수도 없다. 그렇다면 이에 저항하는 세력이 당연히 있을 테고 분명 역모나 숙청과 같은 소동으로 이어질 것이다. 그럼에도 일반적으로 병든 세력은 조용하다. 대규모 숙청이 있었다는 소식도 없고 역모와 압정으로 혼란스러워지지도 않았다. 그저 존재감을 잃고 침묵하고 있는 것이 일상이었다.

도대체 병든 세력의 내부에서는 어떤 일이 일어나고 있는 것일까. 리사이가 의문을 던지자 돈코는 다부진 턱을 당기며 대답했다.

"특별히 아무 일도……."

"아무 일도 없을 리가 없지."

"아무 일도 없어. 밖에 있는 리사이가 그들이 존재감을 잃고 침묵하고 있다고 느끼는 것과 똑같네. 주후는 그저 침묵하고 있지. 주성 안 깊숙한 곳에 처박혀서 나오지도 않고 가끔 나와 명령을 내릴 뿐이야. 틀어박힌 곳에서 뭘 하고 있는지, 주후의 일신에 무슨 일이 일어났는지는 모르네. 계속 틀어박혀만 있으니 존재감도 없지."

보다 못해 충언하는 자도 있었다. 또는 저항하려는 자도 있었다. 특히 이따금 나타나서 내리는 명령은 완전히 아센의 뜻을 따르는 것이라 아센에 대한 반발심 때문에 또는 주의 독립성을 보장받으려는 관점에서 저항하는 자들이 끊이지 않았다.

"하지만 그다음 벌어지는 일도 리사이가 늘 보고 있는 것과 매한가지야. 어제까지 주후에게 저항하고 경우에 따라서는 역모도 가리지 않겠다던 자가 오늘 갑자기 고분고분 주후의 말을 따르지. 그리고 주후처럼 침묵해. 고관은 주후의 명령에 따라 움직이지만 하관은 뭘 하지도 않네. 자택에 틀어박혀 있거나 유령처럼 흐느적거리며 성내를 배회할 뿐이지."

주후에게 반항한 자는 병들거나 숙청당한다. 숙청 방식은 밖에서 행해지고 있는 것과 별반 다르지 않다. 자택과 관청에 병사가 들이닥치고 내부에 있는 자도 마찬가지로 죽임을 당하고 끝난다. 때마침 와 있던 손님도 예외는 아니었다.

"병이 들었던 당시에 그런 일이 몇 건 이어졌지. 그러자 큰 소리로 주후를 비판하는 자들이 없어졌어. 입을 다물고 사퇴하는 자들은 있어도 소리를 높이며 반항하는 자들은 끊겼어. 남아 있는 건 병든 유령 같은 놈들과 모든 걸 가슴속에 묻어두고 복종하는 자들 그리고 이 정황을 이용해 사리사욕을 챙기려고 하는 잔챙이들뿐이지."

"함양산도 그런 맥락이었던 건가……?"

리사이가 물어봤다.

"함양산 일대는 화적이 점거했지. 어째서 주가 방치하고 있는지 희한했어."

돈코는 "호오" 하고 소리를 높이며 잠시 동안 생각에 잠겼다.

"악착스러운 말단 관리가 방치한다고는 볼 수 없군. 거기에 사람이 있다면 세금만큼은 걷고 싶을 거야. 그조차 안 하고 있다면 아마도 이유는 한 가지밖에 없지."

"그게 뭐지?"

"주상이 모습을 감춘 그 시기, 주에 함양산 부근은 손을 대지 말라는 명이 내려왔다고 하더군. 보지 않아도, 신경 쓰지 않아도 된다, 오히려 신경 쓰지 말라고 했지. 아마도 그 명령이 지금도 이어지고 있는 거겠지. 주후가 그 방침을 철회하지 않은 거야."

"……당시의 방침이 아직도 계속되고 있다고?"

"아마도." 돈코는 대답했다.

"희한한 일도 아니야. 함양산에 신경 쓰지 말라는 건 아센의 명령이었겠지. 그래서 주후는 인형처럼 그 말에 복종했어. 철회하라는 지령이 내려오질 않았으니 그대로 방치하고 있는 거지. 신경 쓰지 말라는 명을 받은 이상 잔챙이들도 거역할 수 없어."

일단 주후를 비판하지 않고 그가 내리는 명령도 표면상 거역하지 않으면 문책받을 일도 없다. 양심 있는 관리에게는 복종하기 어려운 명령도 있지만 이의를 제기하지 않고 그저 게으름 피우는 정도라면 문책당하는 일은 없었다.

"그러니……."

돈코는 쓴웃음을 지었다.

"알겠습니다 하고 대답은 하지. 그리고 마음에 들지 않는 명령이었다면 명령을 받들기 위해 움직이고 있다는 정도의 태세를 갖추고는 방치하는 거야. 어떻게 진척되고 있느냐고 물으면 이러니저러니 하며 어물어물 넘기면 돼. 지시에 따라 움직이는 건 결국에는 움직여야 할 필요가 생겨서 그런 거야. 이게 그 실태지."

"그게 먹히는가?"

"병든 자들에게는 먹히네. 이번 기회를 틈타 세력을 쌓은 잔챙이 놈들을 어떻게 따돌릴지가 어려운 부분이지. 녀석들은 적극적으로 방해하려 드니 말이야. 뭐, 사공은 그것도 영향을 받지 않지만서도. 사공은 나라에서도 주에서도 견고하게 보호받고 있으니까 말이야."

"보호?"

돈코가 고개를 끄덕였다.

"그런 것 같아. 적극적으로 뭘 해주지는 않지만 사공이 하는 일에는 신경 쓰지 말라는 분위기가 성내에 흐르고 있지. 이는 국부에서도 마찬가지라더군. 아마도 대사공이 아센의 보호를 받고 있기 때문일 거야."

"……로산?"

"그래. 로산 님은 대사공에서 물러났지만 지금도 사실상 사공을 장악하고 계시지. 나라에서 주사공에게 무리한 지시를 내리는 일도 없으니 주후가 사공에게 말도 안 되는 소리를 할 일도 없어. 거역하지 않는 선에서 제 맘대로 하면 그만인 상태야. 노골적으로 반의를 내비치지 않는 이상 신변은 안전하고 자금과 견본이 되는 동기, 지도할 동장만큼은 원하면 원하는 만큼 얼마든지 내려오지."

"로산도 병이 든 건가……?"

"병이 들지는 않았을 거야. 침묵하고 있지 않거든."

"그럼…… 설마 아셴에게 붙은 건가? 로산이?"

돈코는 고개를 갸웃했다.

"그렇게 생각하는 편이 좋을 것 같군. 병에 걸린 녀석들의 가장 큰 특징은 존재감이 사라진다는 거야. 로산 님은 그렇지 않지. 로산 님은 무엇보다도 지식, 기술이 산화되는 걸 꺼려해. 동관 숙청은 좋든 싫든 산화를 초래하지. 그러니 숙청만큼은 당하지 않게 하겠다는 강한 의지가 지금도 엿보이거든. 로산 님의 뜻에 따라 동관은 보호받고 있어. 즉 로산 님은 병에 걸리지 않았다는 거지."

말이 없는 한 동관부는 불가침 영역, 잔쟁이들도 동관만큼은 손을 대지 못하고 방관하고 있다.

호요가 빈정대듯 웃었다.

"덕분에 동관부 공장이라면 마음껏 고용할 수 있지. 이러이러한 능력을 지닌 공장이 필요하다고 돈코에게 말하면 돈코가 기술 지도라는 명목하에 보내주거든. 그래서 꽤나 많은 동기를 비축할 수 있었지."

돈코가 덧붙였다.

"게다가 주후는 무기력해. 주후성은 통제도 안 되고. 병력을 모을 수만 있다면 문주성을 함락시키는 건 불가능한 일이 아니야."

리사이는 놀라 숨을 삼켰다.

"지금 내부에서는 움직일 수가 없어. 하지만 외부에서 돌파구가 마련된다면 입을 다물고 버티고 있던 녀석들이 호응해주겠지. 병에 걸린 녀석들은 기본적으로 무기력하니 무슨 일이 일어나더라도 대응이 뒤처질 거야. 한 번에 성을 함락할 수 있어."

리사이는 주먹을 쥐었다. 그렇게 하면 바라고 바랐던 성이 손에 들어온다.

"문주성을 뚫기 위한 일군……."

리사이가 저도 모르게 중얼거리자 세이시가 고개를 끄덕였다.

"돌파구를 뚫기만 하는 거라면 일군으로 충분합니다. 주사는 어느 정도 저희 쪽에 붙겠지요."

돈코는 잠시 생각을 하다 말했다.

"지금 확신할 수 있는 건 일군에 상당하는 정도려나. 실제로 움직인다면 더 늘어나더라도 줄어들 일은 없을 거야."

"안팎으로 이군이 힘을 합친다면 확실히 성을 함락하는 건 불가능하지 않습니다."

리사이는 수긍했다. 남은 건 문주성에서 홍기까지의 보급을 유지하기 위해 추가로 필요한 최소한의 일군. 그만큼의 규모가 손에 들어오기만 한다면……

같은 생각을 하고 있었는지 세이시가 입을 열었다.

"최소한으로 삼군에 상당하는 인원이 필요하려나요. 실은 사군이 필요합니다. 문주성을 지키기 위한 일군, 보급선을 유지하기 위한 일군, 홍기를 공격하기 위한 이군."

그렇게 말하자 돈코가 쿡 웃었다.

"그때쯤엔 주상이 진영에 계시지 않을까."

아, 하고 세이시가 작게 외치며 돈코를 쳐다보고 리사이를 쳐다봤다. 리사이는 고개를 끄덕였다.

"그래야만 하네. 하지만 주상이 계신다면 전국에서 잠복하고 있던 세력이 모이겠지. 삼군 정도가 아닐 거야. 오히려 보급을 어떻게 해야 할지를 걱정해야 할 정도겠지."

호요가 소리 높여 웃었다.

"그런 걱정은 하지 않아도 돼. 식량이라면 비축해놨어. 다만 곡물이 오래돼서 다소 쾨쾨할지도 모르지만."

리사이는 미소로 대답했다. 더군다나 병사와 물자는 당분간 버틸 수 있는 만큼만 있으면 충분하다. 교소만 찾는다면 타국의 지원을 받을 수 있을 테니 말이다.

이윽고 한 줄기의 빛이 보이는 것 같았다. 현실은 그리 쉽지 않을 것이다. 애초에 리사이 일행이 일군에 상당하는 병력을 모으는 것만으로도 원대한 일이라 아득하기만 하다. 그러니 지금은 아직 가능성이 있다는 정도의 반쯤 꿈같은 이야기지만, 가능성이 있고 없고는 천지 차이다. 거미줄같이 가느다란 길이지만 교소가 옥좌를 탈환하기까지의 길이 처음으로 트였다. 분명 그 길은 현재의 리사이 일행에게서 미래의 옥좌로 이어져 있다.

하늘은 대국을 버리지 않았다.

문제는 교소다.

"부민에게서 그럴듯한 소문을 듣지 못했어."

호요가 말하자 돈코도 동의했다.

"그해로부터 거의 삼 년 동안은 주상의 편을 드는 세력을 맹렬하게 소탕했어. 홍기에서 아센 측 사람이 파견되었고 주사도 혈안이 돼서 찾았어. 그럼에도 주상으로 보이는 인물이 있다는 소문조차 없지. 작은 마을로 도망친 병사까지 잡으러 다녔는데 과연 주상을 놓쳤을까?"

실제로 아센은 반민이 있다고 판단하면 그 마을을 통째로 불태우는 수법을 취해왔다. 백성 입장에서 보면 반민으로 낙인찍히는 일만큼은 피해야 하기 때문에 어딘가에 도망친 병사가 있다는 소식을 들으면 자발적으로 주사에게 신고하는 일이 많았다고 한다. 병사를 감싼 건 어디까지나 개인이 벌인 짓이고 마을의 의사와는 상관없는 일이라고 말하기 위해. 그럼에도 대부분이 마을 통째로 주벌을 받는 결과로 이어졌지만 자진해서 신고하면 목숨은 건질 수 있을 거라는, 희망에 지나지 않는 소문이 떠들썩하게 돌고 있었다.

"실제로 주벌이 내려진 임우 주변보다도 오히려 조금 떨어진 이 부근에서 그런 소문을 굳게 믿고 있었어."

호요가 말했다.

"그 상황에서 주상이 숨어 계시기는 불가능하다고 봐. 임우 주변이 그나마 낫겠지."

돈코도 동의했다.

"당시에는 아직 아센과 문주후의 뜻을 받아들이려는 풍조가 강했어. 화적의 난 이후 무인으로 보이는 낯선 사람이 지나갔다는 둥, 부상자를 데리고 있던 무리가 있었다는 둥의 이야기는 철저히 파헤쳐졌지. 만약 부상을 입은 주상이 백랑 주변을 지나가셨다면 분명 주사의 귀에 들어갔을 거야."

"만일을 위해 우리 쪽에 드나드는 자들에게 주상처럼 보이는 분을 목격한 사람에 대한 정보를 주면 보상하겠다며 찾게 했는데, 꽤 많은 정보를 얻긴 했지만 그 결과 흩어진 병사와 반민만 늘어났을 뿐이야. 그 무리들은 내가 거의 받아들였지만."

호요가 소유한 별장은 문주 전역에 도합 여섯 채, 나아가 마주, 승주에도 두세 채가 더 있다. 모든 곳에서 병사와 반민을 수용해왔지만 이는 대개 그렇게 모인 정보를 확인하던 과정에서 일어난 일이라고 한다.

"병사도 있다고?"

"있어. 모두 삼천 명 정도려나. 다만 여기에는 거의 없어. 아무렴 왕사 잔당을 무더기로 문주에 두는 건 너무 위험해서 말이야. 승주에도 둘 수 없으니 마주에 있는 나무 정원과 별장에 사용인이라는 명목으로 잡아두고 있지."

전포에서 고용한 사람도 있지만 그 수는 많지 않다. 그 외에도 마주의 호요와 친분이 있는 사원에서 다수의 병사가 수행승으로 위장해 몸을 숨기고 있다고 했다.

"그중에 교소 님의 휘하는 없는가?"

"없어. 적어도 왕사의 사수, 여수였던 녀석들은 깨끗하게 자취를 감췄던가 아니면 반민과 함께 처형당했지."

수하는 있어도 이를 군으로 만들 만큼의 역량과 배경을 지닌 자가 지금까지는 없었다.

"제아무리 유능해 보여도 졸장 오장이어서는 다른 병사들이 따르질 않으니 말이야."

그도 그럴 것이라고 리사이는 고개를 끄덕였다. 군에서는 계급이 모든 걸 말한다. 바꿔 말하자면 어느 정도의 계급이 따라오지 않으면 병사를 효율적으로 움직일 수 없다.

"그래서 이렇게 리사이를 만났다는 사실이 감사해. 이제야 드디어 모아온 수하들을 여차 싶을 때 움직일 수 있겠지."

호요는 말을 마치고 깊은 한숨을 쉬었다.

"하지만…… 주상이 계시질 않아. 적어도 함양산에서 서쪽으로 도망치시지는 않았을 거야. 주사의 수사와 나의 수색, 그 어느 쪽도 빠져나갈 수 없어."

돈코도 씁쓸한 표정으로 고개를 끄덕였다.

기뻐해야 할지 낙담해야 할지 복잡한 심정으로 리사이 일행은 다음 날 아문관을 떠났다. 돌아가기 전 호요는 약속대로 세이시와 교시에게 기수를 내주었다. 호토에게도 내주겠다고 했지만 호토 본인이 거절할 테니 대신 두 사람이 탈 수 있는 기수를 교시가 골랐다. 세이시는 가지고 있던 기수를 난리중에 잃었던 터라 같은 종의 기수를 발견해 기쁨을 주체할 수 없는 모양이었다.

"다시 독곡獨谷을 가질 수 있으리라고는 생각지도 못했습니다."

독곡은 하얀 호랑이와 닮은 동물로 추우보다 작다. 호랑이와 똑같은 무늬가 있지만 머리는 오히려 개와 닮았고 후두부에서부터 등에 걸쳐 거친 털이 갈기처럼 자라 있다. 흔히 볼 수 있는 기수는 아니지만 용맹하고 영리하다고 한다.

"리사이 님에게는 실례되는 말이지만 독곡은 민첩하고 쾌활해서 실로 좋은 기수입니다."

리사이는 쓴웃음을 지었다. 기수를 모는 사람은 모두 자신의 기수가 제일이라고 생각한다.

"군에 들어온 뒤로 줄곧 제 기수가 있었으면 했습니다. 가신 님을 따라 황해에 간 것도 사실 기수를 빌려주신다고 해서 그랬던 거였죠."

그때 빌린 것이 가신이 소유하고 있던 독곡이었는데 본인이 기수를 가질 수 있게 되었을 때부터 한결같이 독곡을 찾았다고 한다.

이름을 붙여줘야 한다고 중얼거리며 안장을 올리는 세이시를 보고 호요는 웃었다.

"기뻐하는 것 같아 다행이군."

리사이는 고개를 깊숙이 숙여 인사했다.

"후의를 베풀어주어 정말 감사하네."

호요는 고개를 끄덕인 뒤 등 뒤를 돌아봤다.

"세키레이夕麗."

부름을 듣고 무인처럼 보이는 젊은 여성이 다가왔다.

"이자는 세키레이라고 하네. 예전에 금군 사졸이었지. 중군이었다고 했나?"

여자는 정중히 인사했다.

"중군 졸장입니다."

여자는 자세를 바로잡고 리사이에게 인사를 했다.

"리사이 님, 만나 뵙게 되어 기쁩니다. 멀리서나마 무사하시길 바라고 있었습니다."

"중군이라고 하면…… 에이쇼의?"

리사이는 다시금 여자의 얼굴을 쳐다봤지만 유감스럽게도 기억에는 없었다.

"네. 말석이었지요."

군이 흩어지고 난 뒤 갈 곳을 잃고 호요의 보호를 받았다고 했다.

"앞으로 리사이에게 연락할 때에는 세키레이에게 부탁하겠네. 미리 정해두지 않으면 어떤 착오가 생길지 알 수 없으니까. 차츰 인원은 늘려가겠지만 당분간은 세키레이에게 일임하겠어. 오늘은 우선 함께 보낼 테니 거처가 어딘지 알려줘."

"미력하지만 최선을 다하겠습니다. 잘 부탁드립니다."

깊숙이 인사를 하는 세키레이를 보고 리사이는 미소를 지었다.

"든든하군. 우리야말로 잘 부탁하네."

006

홍기에도 새해가 찾아왔다. 원칙대로라면 신년을 맞이해 몇몇 행사가 열려야 하지만 아센 왕조는 여태까지 한 번도 연 적이 없었다. 아센이 신왕으로 지명되었으니 행사들이 부활하지 않을까 하고 기대했지만 동지에 열리는 교사도 열리지 않았고 신년에도 아무것도 열리지 않았다.

— 여전히 무엇 하나 바뀌지 않았다.

그런 생각을 하며 육조의에 출석한 조운이었지만 이날은 기겁할 만한 일이 기다리고 있었다. 조운을 기다리며 육관장이 죽 늘어앉아 있는 건 늘 있는 일, 조운이 외전에 들어가면 전원이 고두하며 맞이할 터였다. 그런데 자신에게 날아온 것은 겸손한 인사와 난처하다는 시선이었다. 그 이유를 옥좌로 보고 깨달았다. 늘 텅 비어 있던 옥좌에 주렴이 내려와 있다. 즉 아센이 모습을 드러냈다는 이야기다.

조운은 허둥대며 자신의 자리로 향했다. 또다시 육침에 침입

자가 발생했다. 슈쿠요는 조사 결과 아마도 다이키의 대복인 고료의 짓일 것이라고 결론 내렸다. 보고를 받은 조운은 오늘 육조의에서 다이키의 처우를 어떻게 할지 제안할 셈이었다. 다이키가 멋대로 구는 게 눈에 거슬린다. 조정을 업신여기는 것은 곧 아센을 얕잡아 보는 것. 제아무리 재보라 할지라도 눈감고 넘어갈 수 없다. 다이키가 본인의 우매함을 반성하는 동안 근신하도록 육관장을 설득할 작정이었다. 실제로 육침에 침입자가 발생했고 죄인과 접촉했을 뿐만 아니라 경비병을 살해했으니 설득할 수 있으리라 생각했다. 요즘 육관장은 꽤 자주 조운을 비난하는 태도로 오히려 다이키 뜻을 헤아리려는 듯한 행동을 취했는데 이런 울화통 터지는 상황을 뒤집을 수 있을 것이라고 단단히 벼르고 있었다.

그때 징이 울리고 주렴 안쪽에서 움직임이 느껴졌다. 누군가 그곳으로 나오는 기척이 느껴진다. 두 번째 징이 울리자 전원이 고두했다. 주렴이 들어 올려지고 손을 바닥에 댄 채 고개를 들자 조운은 한층 더 놀랐다. 그 자리에는 아센만이 아니라 재보도 있었다. 옥좌에 앉은 아센의 곁에 재보가 있었다. 이제껏 한 번도 없었지만 원래 그랬어야 하는 광경이 그 자리에 펼쳐져 있었다.

어찌되었든 관례에 따라 무슨 말이라도 해야 한다고 초조해하며 입을 열려는 조운을 아센이 막았다.

"자네들도 알고 있듯이 태보가 돌아왔다. 부상을 입기도 해서 여태껏 태보에게는 요양에 전념하라고 일러두었지만 이제 슬슬 즉위에 대해서 생각해야겠지."

오오, 하고 모여 있는 신하들 사이에서 함성이 일었다.

"내가 국정을 너무 소홀히 한 것 같군. 유능한 관리에게 맡겨 두면 큰일은 없겠지 하고 생각했다만 생각만큼 유능한 관리들만 있는 건 아닌 것 같다."

아셴의 말투는 서늘했고 일순간 환희로 일렁거렸던 신하들은 일제히 차가운 침묵에 휩싸였다.

"다시 일으켜야 해. ……우선은 게이토우."

단상 아래 조운 맞은편에 게이토우가 있었다. 게이토우는 호명을 받고 아셴을 향해 인사를 했다.

"태보의 임명으로 서주 주재를 맡기겠다. 서주의 피폐한 정치 상황이 눈에 거슬린다. 태보를 잘 도와 명예를 회복하라."

"명 받들겠나이다."

"조운."

호명을 받은 조운은 긴장한 등줄기를 꼿꼿이 세웠다. 불쾌한 땀이 흐른다.

"조운 외 육관장에게는 다시 한번 기회를 주지. 나는 너희들이 유능하다고 판단해 권한을 맡겼다. 이번에야말로 그 믿음에 부응해줬으면 하는군."

네, 하고 고개를 숙이며 조운은 올 게 왔다며 오장육부가 얼어버릴 듯한 생각을 곱씹고 있었다. 무능하다는 말을 듣게 될지는 몰랐지만 되받아칠 말이 없다. 옥좌의 권위가 눈앞에 있으면 반론과 핑계 같은 게 용납될 리 없다.

—잘릴 것이다.

어떻게든 하지 않으면 안 된다. 아센이 무능하다며 조운을 단념하지 않을 거란 보장이 없다. "다시 한번"이라고 입에 담은 이상 다음에 실책을 저지른다면 정말로 경질될 위험이 있었다. 이것도 저것도 다 다이키가 돌아온 탓이다. 아니, 애초에 육관이 무능한 탓이다.

"이놈이고 저놈이고 죄다."

총재부로 돌아온 조운은 난폭하게 굴었다.

"자기 이익만 생각할 줄 알지. 무능한 녀석들에게 발목 잡힌 내 처지가 되어보라고."

실로 그러하다며 안사쿠는 정중하게 대응했다.

"아무리 총재라 할지라도 중요한 육관이 일하지 않으면 제대로 된 통치를 할 수 없습니다."

"그렇지."

조운은 의자를 걷어차 방향을 바꾼 뒤 그 의자에 털썩 앉았다.

"그 멍청이들을 어떻게 하지 않으면 내 평판까지 떨어지겠어. 차라리 전원을 잘라내서 바꿔버릴까."

"그게 득책일까요. 총재께서도 알고 계시듯 그래서는 필요 없는 반감을 살 뿐이 아닐는지요."

안사쿠는 가볍게 충고한 뒤 아첨하듯 말했다.

"주상께서는 다시 한번이라고 말씀하셨으니까요. 육관장도 이번 일로 간담이 서늘해졌겠지요. 정신 차리고 정사를 돌본다면 총재의 공로에 공헌할지도 모릅니다."

"공헌할 정도의 능력이 있을지, 과연."

이제껏 육관장에게 명령한 게 조운이라고 안사쿠는 생각했지만 속에 담아두었다.

"다음 인선을 시작하시는 게 좋을지도 모릅니다. 여차 싶을 때 바꿀 요인을 미리 골라두는 것은 정치에 혼란을 막는 의미로서도 유효하다고 봅니다."

"분명 육관장은 복종하지 않겠지."

"진짜 수완이 어떤 건지 한번 보여주라고 말씀하시면 됩니다. 한 수 가르쳐주라고."

"한 수 가르쳐주라……."

조운은 히죽 웃었다.

"과연 그렇군."

"우수한 보관輔官을 육성해두는 것은 왕조를 위한 일입니다. 후보를 미리 골라둔다면 장래 대비도 되고 육관장에게는 이렇게 손을 놓고 있으면 안 되겠다고 생각하게 만들 누름돌이 되겠지요."

"협박이겠지."

조운은 웃었다. 기분이 좋아진 것 같다.

"미흡한 부분이 있으면 이 자식과 바꾸겠다는 협박이지."

"어떻게 받아들여져도 상관없겠지요. 육관이 조운 님의 요구에 따라 움직여준다면 그만입니다."

말을 마친 안사쿠는 공손히 고개를 숙였다.

"육관은 총재를 위해 지금이야말로 분골쇄신할 때입니다."

그렇지, 하고 조운은 만족스럽게 고개를 끄덕였다.

007

그날 오후. 갑자기 문 앞에서 큰 소리가 울려 퍼지는 바람에 대기소에 있던 보슈쿠는 깜짝 놀라 엉거주춤 일어났다.

"태보께서 계시옵니까!"

고함 소리에 제일 먼저 고게쓰가 문으로 달려 나갔다. 보슈쿠가 뒤를 쫓았고 그 자리에서 발걸음을 멈췄다.

눈이 쌓인 문 앞에 바위 같은 거구가 서 있었다. 갑옷을 입은 남자는 한 손에 대도를 쥐고 있다.

보슈쿠는 다리가 미세하게 떨리기 시작했다. 틀림없이 태보를 습격하러 온 것이다. 저 거대한 몸집에 체구에 걸맞은 거대한 대도, 그것을 휘둘렀을 때 날 소리가 상상되었다. 긴장감에 손과 발에서 체온이 빠져나가는 것을 느끼며 떨리는 손으로 창을 쥐었다. 이 정도의 창은 저 대도 공격 한 방에 부러져나갈 것이다.

전투 태세에 돌입하려는 보슈쿠를 고게쓰가 제지했다.

"간초 님?"

고게쓰가 소리를 높이자 상대는 눈을 가늘게 뜨고 이쪽을 쳐다봤다.

"내가 누군지 안다면 태보께 왔다고 아뢰어주시게."

보슈쿠가 아무 말도 못 하고 있는데 한발 늦게 후쿠쇼가 달려왔다.

"간초 님 아니십니까. 어인 일이십니까."

"태보께서 그간 여러 번 찾으셔서 찾아왔네. 아뢰어주시게."

간초가 말을 마치기도 전에 게이토우가 달려왔다. 게이토우는 간초를 알아보고는 자세를 가다듬어 공손하게 인사를 했다.

"드디어 왕림해주셨군요. 지금 바로 태보께 아뢰겠습니다."

말을 마치자마자 뒤에 있던 시관에게 말한 뒤 안쪽을 가리켰다.

"안으로 들어가서 기다리시지요."

보슈쿠는 주변을 둘러보았다. 이 무장은 누구인가. 이렇게 쉽게 재보를 만나게 해도 괜찮은 것인가. 애초에 외부인은 재보를 만나지 못한다고 하지 않았던가. 적어도 보슈쿠는 예전에 허락받은 자 외에는 절대로 재보에게 가까이 가게 해서는 안 된다고 명령받았다.

"보슈쿠, 괜찮네."

고게쓰가 쥐고 있던 창을 살며시 눌러 내렸다. 보슈쿠는 당혹스러웠다.

"하지만……."

"예전에 금군 좌군 장군이셨다. 교소 님의 휘하시지."

네에, 하고 보슈쿠는 고개를 끄덕일 수밖에 없었다. 교소 휘하의 장군은 대부분이 도주했다고 들었다. 유일하게 남아 있는 사람이 좌군 장군이고, 지금은 직책을 잃고 칩거하고 있다는 소문만 들었다. 칩거라고는 하지만 실제로는 구속되어 있는 것이라고.

보슈쿠가 당혹스러워하는 것을 아랑곳하지 않고 게이토우는 간초를 전원으로 공손히 안내했다. 앞뜰을 지나고 계단을 올라

입구에 발을 내디뎠을 때 앞에서 사람이 여럿 달려 나왔다.

하나같이 보슈쿠가 알지 못하는 사람들이었다. 쌍검을 두르고 있던 소녀는 대복인 것 같았지만 그 뒤에 있는 청년은 처음 보는 얼굴이었다. 어딘가 허약해 보였는데 그가 놀란 표정으로 뛰어오더니 이내 멈췄다.

간초 또한 그를 알아보고는 발걸음을 멈췄다. 목 깊숙이 낮은 목소리를 내며 그 자리에 무릎을 꿇었다. 옆에 대도를 놓고 깊이 숙여 고두를 했다.

"……태보, 격조하였습니다."

그렇다면 저 사람이 태보라는 걸까. 보슈쿠는 눈이 휘둥그레졌다. 하지만 저 머리카락은…….

누가 뒤에서 밀기라도 한 듯 청년은 간초를 향해 뛰어 나갔다. 고두를 하고 있는 간초 옆에 무릎을 꿇고 어깨에 손을 얹었다.

"간초, 무사하셨군요? 고개를 들어주세요."

상체를 일으킨 간초는 다시금 다이키를 쳐다보았다.

"많이 자라셨습니다……."

네, 하고 고개를 끄덕인 다이키의 머리카락은 금발과는 거리가 멀었다. 다소 특이한 흑발이었다. 보슈쿠는 그런가 하고 멍해졌다. 그래, 다이키는 흑기라고 했다…….

그럼 이 사람이 정녕 대국의 기린인 것인가. 그렇게 생각하는

눈앞에서 간초 옆에 무릎을 꿇은 재보는 간초의 어깨에 얼굴을
대었다.

"잘 와주셨습니다."

보슈쿠는 재보를 처음 봤다. 애초에 기린을 보는 게 처음이었
다. 이렇게 평범한 사람처럼 당장이라도 울 것 같은 표정을 짓기
도 하는구나 싶었다.

"오랜 기간 무례를 범했습니다. 줄곧 망설였습니다만 미력한
소생이나마 태보의 버팀목이 되지 않을까 싶어 달려왔습니다."

"미력하다니요."

다이키는 고개를 내저었다.

"저에게는 간초의 힘이 필요합니다. 도와주세요. 부탁입니다."

"기꺼이 충성을 바치겠나이다."

게이토우가 안으로 들어가시라 재촉했다. 다이키는 손을 잡아
간초를 일으켜 세웠다. 그리고 그 자리에 있던 보슈쿠와 다른 사
람들을 쳐다보았다. 순간 틀림없이 보슈쿠와 시선이 마주쳤다.

"간초입니다. 현시점부터 대복으로 임명합니다."

"총재가 이 소식을 들으면 참견하겠지요. 제가 먼저 가서 보고
한 뒤 조치를 취하고 오겠습니다."

게이토우는 간초를 안으로 불러들인 뒤 빠른 걸음으로 정원을

나갔다. 야리는 이를 지켜보다가 간초를 거실로 불러들인 뒤 사람을 물리고 입구를 닫았다. 자신은 안팎으로 들여다보이는 문 유리를 가로막듯 자리를 잡고 보초를 섰다.

다이키는 방에 있는 의자에 간초를 앉혔다.

"줄곧 간초가 만나지 않겠다고 했다던데요."

간초는 고개를 끄덕였다.

"저를 만나고 싶으시다는 소식은 기뻤습니다만 소생이 고집을 부려 거절을 해왔습니다. 하오나 태보의 존체 주변으로 수상한 조짐이 보인다는 소식을 들었습니다. 저기 있는 야리가……."

간초는 등 뒤로 시선을 보냈다.

"호위가 필요하다고 알려왔습니다."

야리는 오늘 아침 일찍 간초에게 심부름꾼을 보냈다. 고료가 빠진 지금 간초의 힘이 필요하다.

"이제 와 뻔뻔스럽게 얼굴을 내밀 처지도 아니옵니다만 이러한 소생이라도 어느 정도 힘이 될 수 있지 않을까 하고 찾아왔습니다."

"고맙습니다. 간초가 저를 만나지 않겠다고 누군가가 저에게 거짓말하고 있다고 생각했어요."

"면목 없습니다."

"인질이 잡혀 있거든."

야리가 끼어들었다.

"야리."

뒤돌아본 간초에게 야리가 말했다.

"숨길 거 없어."

야리는 다이키를 쳐다봤다.

"간초는 왕궁 내에 많은 인질이 잡혀 있어. 병졸과 막료, 가까웠던 자들. 간초가 까딱이라도 했다간 전원이 위험에 처하지. 그런 사태가 벌어지는 걸 피하기 위해서는 틀어박혀서 저 커다란 몸을 작게 웅크리고 입을 다물고 있을 수밖에 없었어."

"그런데도 와주신 건가요?"

다이키의 물음에 간초는 고개를 끄덕였다.

"솔직히 말씀드리자면 아직도 주저됩니다. 제 행동으로 인해 많은 사람이 위험에 노출됩니다. 하오나 어떤 이가 강하게 권유하더군요. 태보에게 제가 필요하다고요."

"어떤 이요?"

"관리 중에는 아센에게 반감이 있으면서도 참고 따르는 자들도 많습니다. 서로가 그렇다는 걸 들키지 않게 내색은 하지 않고 있습니다만."

다이키는 끄덕이며 간초를 향해 두 손을 내밀었다. 간초는 그 손을 맞잡았다. 이렇게나 장성하다니.

"실로, 훌륭히 자라셨습니다……."

"간초는 그대로네요. 참으로 반갑습니다."

다이키는 덧붙여 말했다.

"……고료를 만나셨나요?"

간초는 고개를 끄덕였다.

"확실히 왕궁을 벗어났습니다. 기수는 여기에 여전히 잡혀 있어서 금문 기수를 한 마리 빌렸습니다. 그렇게 좋은 기수는 아니지만 마주까지 날아가는 데는 문제없을 겁니다."

"감사합니다."

"고료도 자신을 대신할 대복이 필요하다고 하더군요. 지금 한 몸 바치지 않으면 언제 하겠느냐고요."

간초는 목소리를 죽였다.

"……이런저런 사정도 들었습니다."

다이키는 고개를 끄덕이고 뒤돌아 야리를 쳐다봤다.

"야리에게도 인사해야겠네요. 고마워요."

야리는 말없이 그저 고개를 끄덕이기만 했다.

"뵙지 않겠다고 한 건 제 고집이었습니다만 조운 자식이 제가 태보와 만나는 걸 싫어했던 것도 사실입니다. 아마도 납득할 수 없다고 하겠지요."

"괜찮습니다. 그건 제가 어떻게든 하겠습니다."

다이키가 딱 잘라 말하자 간초는 눈웃음을 지었다.

"꽤 강해지셨습니다."

"더이상 어린아이가 아닙니다."

다이키가 은은하게 웃었다.

"싫든지 좋든지 간에 강인해졌죠."

"섭섭하기도 하지만 든든합니다."

간초가 다이키의 휘하로 간 것 같다는 소문을 듣고 산토는 안도의 한숨을 내쉬었다.

─잘됐다.

산토는 줄곧 간초의 휘하였다. 왕사 여섯 장군 중 한 명이 배신을 하고 장군 네 명이 사라지고 간초는 홀로 적진에 남겨졌다. 간초 역시 아센에게 저항하고 싶었을 것이다. 하지만 인질이 많이 잡혀 있어 뜻대로 하지 못했다. 저항하지 않겠다는 결단을 내렸을 때 주공의 내면에서 무언가가 부서졌다고 줄곧 산토는 생각해왔다.

호탕함을 그림으로 그려낸 듯한 주공이었다. 인정이 두텁고 의리를 중시한다. 산토는 그런 주공을 줄곧 경애해왔지만 정을 버리지 못하고 의리를 등한시 못 하는 인품이 독이 되었다고 생각했다. 장군의 지위를 빼앗기고 난 뒤, 여러 번 제안이 들어왔지만 이를 받아들이지 않고 무위 무관인 상태로 공저에 틀어박혀 지냈다. 이윽고 그 공저마저도 빼앗겼다. 대신 주어진 것은 금문에 딸려 있는 숙소 한 채였다. 말로만 저택이지 민가와 다름없는 건물이었다. 표면상 교소의 기수인 게이토를 돌볼 수 있는 사람이 간초뿐이라서 그렇다고 했지만 실제로는 말할 것도 없이 교소 휘하인 간초를 비열하게 괴롭히는 짓이었다. 그럼에도 간초는 거스르지 않았다. 이는 좋지 않다고 산토는 간초를 만날 때마다 진언했다.

다행히 산토가 상사로 맞이한 힌켄은 인정과 도리를 아는 장군이었다. 간초를 염려해 하다못해 사수 또는 여수로서 자신의 밑으로 들어오라 요청했지만 간초는 거절했다. 아센의 밑으로는 들어가지 않겠다는 의지도 있었을 것이다. 그와 동시에 조운이 쥐락펴락하는 하관이 그런 인사를 용납할 리가 없다고 체념하기도 했을 것이다. 그럼에도 포기하지 않고 매사 말을 걸어주는 힌켄이 산토는 고마웠다.

산토에게도 힌켄은 원수다. 그랬을 터였다. 애초에 교소가 실종된 문주 원정을 힌켄이 이사를 이끌고 동행했다. 그렇다고 힌켄이 아센이 저지른 대역죄에 가담했다고는 할 수 없을 것이다. 아센은 홀로 결단하고 실행했다. 힌켄 성격에 미리 알았다면 몸을 던져서라도 막았을 것이다. 산토는 그를 그렇게 봤다. 힌켄은 아센 휘하 다섯 사수 중에서 눈에 띄는 편은 아니었다. 이렇다 할 실책을 저지르지도 않았지만 특별히 눈부신 활약도 없었다. 건실하고 정직하다는 평가를 받고 있었지만 다른 군에 있는 병졸들이 보기에 특별히 칭찬하고 싶은 마음이 드는 사수는 아니었다. 다른 사수와 비교했을 때 뒤처진다는 평가를 받고 있다는 것을 힌켄 본인도 알고 있지 않을까. 그럼에도 쓸데없는 적개심을 품지도 않고 담담히 본인의 일을 하는 힌켄의 성품이 어딘가 자신과 통하는 점이 있다고 산토는 생각했다.

힌켄의 휘하는 대체로 비슷하다.

여수인 기센은 외부인인 산토를 차별하지 않고 섬긴다. 불쑥 나타나 지위를 채 간 산토를 특별히 원망하는 것 같지 않았다. 그러기는커녕 상관으로서 대우해주며 성의를 다해 일한다. 간초가 다이키의 휘하로 간 것 같다고 알려준 것도 기센이었다. 그리고 정보의 출처는 아마도 힌켄일 것이다.

"잘되었습니다."

진심으로 기뻐해주는 것 같았다. 이 성품으로 산토의 휘하와도 잘 어울려주고 있다. 보기 드문 인물이라고 산토는 생각했다.

"나도 안도했네. 이대로는 간초 님에게 좋지 않을 것 같았지."

네, 하고 기센이 동의했다.

"교소 님을 배신하는 꼴이 된 게 실로 괴로우셨겠지요. 간초 님은 교소 님과 친형제와도 같은 사이셨으니까요."

산토는 끄덕였다. 교소에게 간초는 절대적으로 믿을 수 있는 형과 같은 존재였을 것이다. 동시에 간초에게도 교소는 자랑스러운 아우였다. 자발적으로 섬기고 주인이라 추앙하며, 원망하는 마음을 추호도 갖지 않는다. 간초는 교소를 섬기는 것이 기뻤고 그 결과 교소가 가장 높은 지위에 올라 마음 깊숙이 뿌듯했다. 그럼에도 인정과 의리에 지고 말아 아셴에게 항복했다. 간초는 항복한 자신을 용서할 수 없었다. 그렇기 때문에 스스로를 벌하는 것처럼 왕궁 구석에 자신을 유폐했다고 생각한다.

"그랬던 분이 스스로 태보를 위해 일하겠다고 지원하셨다니. 정말로 다행이다. ……하지만 아셴에게는 반드시 좋은 소식만은 아니겠지."

산토가 말하자 기셴은 고개를 가로저었다.

"어째서지요? 태보는 주상을 섬기고 계시니 그러한 태보를 모신다는 건 주상을 섬기는 것과 마찬가지겠지요."

"따지고 보면 그렇기도 하다만……."

"주상을 섬길 수 없다는 심정은 이해됩니다. 태보를 모시게 되면 죄책감도 다소 옅어지겠지요. 결과적으로 주상께서는 좋은 무장을 얻게 됩니다. 저도 간초 님처럼 훌륭하신 분이 묻혀 있는 건 안타까웠습니다. 태보를 위해 일하신다면 무엇보다도 나라와 백성에 도움이 되겠지요. 좋은 결단을 내리셨다고 생각합니다."

산토는 고개를 끄덕이고 기센에게 가볍게 고개를 숙였다.

"고맙게 생각하네……. 그대에게도 힌켄에게도."

17
장

001

"백랑에서 서쪽으로는 가지 않았다……."

리사이의 보고를 들은 호토는 괴로운 듯 생각에 잠겼다. 교시도 의아했다. 함양산에서 북쪽으로는 갈 수 없다. 남쪽에 있는 임우로는 가지 않았다. 임우 주변을 지나지 않고서는 동쪽으로 갈 수 없다. 즉 함양산에서 임우로 갈 수 없다면 그보다 더 동쪽으로는 갈 수 없다는 이야기다. 남은 건 서쪽뿐이지만 교소가 함양산에서부터 백랑에 걸친 어딘가에서 계속 머무를 수는 없었을 것이다. 그렇다면 좀더 머나먼 서쪽, 백랑 너머 어딘가로 갈 수밖에 없는데 호요가 그럴 일은 없다고 단언했다고 한다.

"백랑 주변을 지나지 않으면 그 너머로는 갈 수 없습니다."

호토가 말했다.

"요산 북쪽으로 가든지 마주나 강주로 빠져나가든지."

"흠."

겐추는 팔짱을 끼었다.

"다시 생각해보는 게 좋을지도 모르겠군."

"어째서지?"

"너희들은 그분이 함양산에서 중상을 입었다는 걸 전제로 하고 있어. 적이 그 모습을 보고 죽었다고 착각하고 그대로 방치했지만 실제로는 숨이 붙어 있었다고 말이야."

교시는 그게 무슨 문제라도 있나 하고 생각하다 순간 퍼뜩 생각이 미쳤다.

"맞아, 그렇게까지 중상이 아니었을 수도 있어."

교시가 리사이를 쳐다보자 리사이도 같은 생각이 든 것 같았다.

"……낙반."

교시 일행은 이제껏 교소는 빈사 상태였고 아센군은 그런 교소를 보고 죽었다고 착각한 것이라고 전제를 세웠다. 그래서 마지막 일격을 가하지 않은 채 교소를 내버려두고 떠났고 그길로 교소는 도망칠 수 있었던 것이 아니었을까 하는 전제. 하지만 낙반이 일어나 아센군이 도망쳤다면 교소는 그렇게까지 중상을 입지 않았을 수도 있다. 자력으로 상당한 거리를 움직일 수 있었던 게 아닐까. 남겨진 허리띠로 추측한다면 중상을 입은 게 사실이지만 어디선가 치료를 받을 수 있거나 시중을 들 누군가가 있었다면 생각했던 것 이상의 범위로 움직였을 수 있다.

"상황을 정리해보죠."

호토는 종이 한 장을 펼쳤다.

"여기가 함양산입니다."

호토는 붓으로 종이 한가운데에 점을 찍었다.

"함양산 남쪽에 임우가 있고 함양산과 임우는 가도로 연결되어 있습니다."

호토는 설명하면서 함양산을 나타내는 점 밑으로 새로운 점을 찍고 그곳에 "임우"라고 적은 뒤, 두 점을 선 하나로 이었다.

"이 가도는 함양산으로 향하면서 산 사이를 따라 철위를 지나 최종적으로는 백랑까지 이어집니다. 정확히는 임우에서 백랑으로 향하는 북방대로와 여설如雪이라는 마을에서 합쳐지지요."

함양산에서 백랑, 여설로 가는 길은 나라에서 정한 규격으로 만드는 대도大道만큼은 아니지만 길 폭이 꽤 넓다. 다만 함양산 입구에서부터 철위에 다다르는 길은 좁다. 골짜기를 따라 나 있는 험준한 산길이라 충분한 폭을 낼 수 없었던 것이다.

"지금도 함양산에서 마차로 돌을 실어내기도 하고 아울러 함양산 주변에 식량 물자를 나르는 자들이 있으니 길 자체는 사라지지 않았지만 가도라고는 해도 기본적으로는 험준한 산길이라고 보는 게 좋을 겁니다."

호토는 설명하면서 함양산 왼쪽에 점을 찍고 "칠위"라고 적은 뒤 철위와 함양산을 점선으로 이었다.

"예전엔 이 길 주변 곳곳에 마을이 있었습니다만 지금은 화적의 세력권이거나 주벌을 받거나 해서 대부분이 무인無人이거나 거의 무인에 가까운 상태입니다. 산길 너머에 있는 철위는 사라졌고 주변 일대는 거의 벌판이 되었지요."

호토는 함양산과 임우를 잇는 가도의 한 부분을 가리켰다.

"여기가 저강입니다. 화적 세력권 남쪽 끝이고 여기서부터 동쪽으로 길이 더 뻗어 있지요. 임우 북쪽에 있는 산 반대편으로 빠져나가는 형세입니다. 이 길은 산을 넘어 남두에서 두제도와 합쳐집니다. 승주 방면으로 빠져나가는 가도지요."

호토는 설명하면서 길을 그려 넣었다.

"마찬가지로 함양산과 철위를 잇는 산길 한 지점에 분기점이 되는 길이 하나 있습니다. 가교에 사는 형제가 주상을 목격했다고 하는 산길이죠. 이 길은 용계에서 남쪽으로 뻗어 가교로 이어집니다."

리사이는 호토가 그린 도면을 지그시 쳐다봤다. 함양산에서 뻗어나가는 길은 네 갈래, 각각 남쪽에 있는 임우와 가교, 서쪽에 있는 철위와 동쪽에 있는 승주로 이어진다.

"함양산 북쪽에는 길이 없군."

리사이가 중얼거리자 겐추가 설명했다.

"함양산 서쪽 산속 폐광터로 이어지는 길은 있어. 기껏해야 수레 한 대가 지나가는 게 고작인 좁은 길이지만."

"가본 적 있어. 그 길 말고는 없나?"

"길이라고 할 만한 건 없지만, 함양산을 빙 도는 순례길이라면 있지. 사람 한 명이 지나다닐 수 있을 정도로 좁고 험한 샛길 같은 길인데 지금도 석림관 도사와 우리 같은 백치가 사용하고 있어. 안복 부근에서 산을 올라 함양산을 한 바퀴 돌고 폐광터를 잇는 산길로 나와. 원래 안복에서 함양산 입구를 경유해서 한 바퀴 도는 길이지만 화적을 자극하니 우리는 함양산으로는 나가지 않고 다시 되돌아오지."

겐추의 설명에 기이쓰가 끄덕였다.

"그저 걷기만 하는 것만으로도 꽤 고생스러운 험로입니다. 순례길을 따라가면 사당밖에 없습니다. 마을도 없고 사람 사는 집도 없지요. 사당 몇 곳에 당지기인 도사가 있긴 하지만 그들에게서 화적의 난 이후로 부상을 입은 무장과 순례자가 아닌 여행객을 봤다고 하는 소문은 들은 적이 없습니다."

"소문이 없다는 것만으로는 확신할 수 없지만……."

리사이가 중얼거리자 겐추가 돌연 고개를 갸웃했다.

"다른 순례길은 없었나?"

겐추의 질문에 기이쓰가 대답했다.

"있죠. 순례길보다 더한 험로지만요. 순례길 중간에 요산의 동쪽 봉우리 탁앙산卓央山 사당으로 가는 수행길이 있습니다. 이 길에는 가묘도 없어요. 어딘가로 빠져나갈 수도 없습니다. 탁앙산이 나올 때까지는 거의 짐승이 다니는 좁은 길로만 되어 있다고 합니다. 이 길은 도사들이 수행을 하기 위한 길이라 경험해보지 않은 백성이 쉬이 넘나들 수 있는 길이 아닙니다. 현기증이 날 듯한 산골짜기를 쇠사슬 두 줄로 건너는 길이니까요."

"쇠사슬 두 줄?"

기이쓰가 끄덕였다.

"그렇다고 들었습니다. 실제로 어떻게 건너는지는 모릅니다만 쇠고리에 매달려서 절벽을 올라 쇠사슬에 의지해 산골짜기를 건넌다고들 합니다. 자주 지나다니는 길이 아니니 풀과 나무에 뒤덮인 곳도 있겠죠. 다녀본 적 있는 도사가 아닌 이상 길을 알아보는 것조차 어렵지 않을까요. 하물며 부상자를 업고 넘는 건 불가능하다고 봅니다."

"아무래도 무리려나……."

백은의 언덕 검은 달

리사이가 쓴웃음을 지었다. 하지만 교시는 다시 주장했다.

"그래도 길은 있다는 거 아닙니까."

"하지만……."

"교소 님의 부상은 깊을지언정 우리가 처음에 상상했던 것만큼은 아닐 수 있습니다. 스스로 함양산을 탈출하셨을 수도 있지요. 그후 노구 같은 폐광산으로 도망칠 수 있었다면 당분간은 추격당할 걱정 없이 쉴 수 있었을 겁니다. 어쩌면 거기서 황민을 만나 최소한의 도움을 받았을지도요."

"그건…… 분명 그럴 수도 있겠지."

"교소 님은 보중도 지니고 계셨습니다. 그렇게 다소간 휴식을 취했다면 수행길을 넘을 정도의 체력을 보존할 수 있었을지도 모르지요. 황민이 수행길이 있다는 걸 알고 넌지시 알려드렸을지도 모릅니다."

교시가 호소하자 리사이는 쓴웃음을 지었다.

"온통 가정뿐이로군."

"그렇기는 합니다만……."

교시는 고개를 푹 숙였다.

분명 모든 것이 희망을 기반으로 한 가정이다. 하지만 교소가 어디로 갔는지 달리 설명할 길이 없다.

"확인해볼 가치는 있어."

리사이가 말했다.

"가보자."

"네" 하고 교시와 다른 이들이 고개를 끄덕였지만 기이쓰는 말렸다.

"추천하지 않습니다. 그럼에도 가시겠다고 한다면 가도를 따라 요산을 우회해 탁앙산으로 가시는 건 어떠하신가요. 요산에는 눈이 쌓였습니다. 걸어서 종단하는 건 너무나도 위험합니다."

"위험하다는 건 알고 있네."

"하오나……."

반대하려는 기이쓰를 교시가 가로막았다. 마지못해 입을 다문 기이쓰를 보고 교시가 말했다.

"모쿠유 님께 허락을 받으시는 게 좋을 것 같습니다. 석림관 수행길이니 마음대로 발을 들였다 금기를 건드리는 일이 벌어지면 안 됩니다."

"그래야겠군."

리사이의 말을 듣고 겐추가 연락을 건네기로 했다.

다음 날, 리사이는 거점을 서최로 옮기기 위해 짐을 꾸렸다. 부구원에서 히엔을 데리고 돌아오자 거처에 소도가 와 있었다.

"소도 님이 함께 가주신다고 하네."

"하지만."

리사이는 세이시와 시선을 주고받았다.

"경험이 있는 자와 함께 가지 않으면 무리입니다."

소도는 조용하지만 단호하게 말했다.

"시간이 아까워 기수를 타려고 하는데."

"그편이 좋겠지요. 저도 모쿠유 님께 기수를 빌렸습니다. 기수가 모자라다면 석림관에서 마련하겠습니다."

"아닙니다."

세이시와 교시는 아문관에서 기수를 넘겨받았다.

"석림관은 기수도 가지고 있었던가."

"수행길과 순례길에서 무슨 일이 벌어졌을 때를 대비해서."

특히 수행길로 발을 들여놓을 때에는 석림관에서 청조를 빌려준다. 긴급사태가 벌어졌을 때 그 청조를 날린다. 만에 하나 날릴 여유조차 없이 사고로 수행자가 쓰러진다면 청조는 스스로 날아 돌아간다. 쓰러진 장소까지 구조자를 안내한다고 하니 청조 중에서도 특히 고가에 속할 것이다. 석림관이 얼마나 유복한지 알 법하다.

소도는 갈색 도복을 벗고 움직이기 편한 백의로 갈아입었다. 기수를 타면 탁앙산까지는 사흘 걸린다고 한다. 이틀 밤은 완전히 노숙을 하기 때문에 이를 위한 준비가 필요하다.

"저희는 엄동 수행에 익숙하지만 그렇지 않은 분께서는 이 계절에 맞는 충분한 방한 준비가 필요합니다."

"알겠소."

리사이와 세이시는 군에서 혹한기 행동 훈련을 받았다. 또한 교시도 서운관에서 수행을 했다. 겨울에 산을 오르는 혹한기 수행은 해본 적이 있다. 하지만 그런 적이 있다고 해서 소도가 하는 말을 가벼이 여기는 자는 이 자리에 없었다.

리사이 일행은 소도의 지시를 따라 준비를 한 뒤 다음 날 임우를 떠났다. 호토는 리사이가 갔다 오는 사이 거처를 서최로 옮길 준비를 마무리하기로 했다.

리사이는 하루 만에 안복에 도착해서 하룻밤을 보낸 뒤 안복 동쪽을 통해 순례길로 진입했다. 나무 사이를 누비며 뻗어 있는 길이 대부분이었고 나머지 길들은 눈 아래에 묻혀 있었다. 하늘을 날면 길을 놓칠 수도 있지만 다행히 곳곳에 사당과 불당이 있다. 이를 이정표 삼아 순례길에 있는 분기점까지 날아갈 수 있었다. 분기점 입구에는 소박한 사당이 있었다. 당지기도 있어 여기에서 마지막 위로를 받을 수 있다. 여기서부터 탁앙산까지는 원래 보름 이상 걸린다고 한다.

리사이는 불당에서 부상을 입은 무장을 본 자가 없는지 물어보았지만 그다지 의미 없는 행동이었다. 문주의 난 전후로 이 순례길에도 사람이 들어올 수 없었기 때문이다. 문주후가 사람을 비우라는 지시를 내리기도 했고 화적에게 내쫓기기도 했다. 아무래도 아센은 병적일 정도로 함양산 주변에서부터 사람을 물린 듯했다.

"함양산 주변에서 버티고 있던 이들은 그렇게 하지 않고서는 살아남을 수 없었던 황민과 부민뿐이었던 거지."

"그렇겠네요."

소도는 고개를 끄덕였다.

자그마한 사당 옆에 뒤쪽 바위산으로 오르는 험준한 돌계단이 뻗어 있었다. 경사가 급격해 기어오를 수밖에 없었고 어떤 곳은 단차가 가슴 높이만큼이나 되어 매달려가며 오를 수밖에 없었는데 심지어 지금은 얼어버린 눈으로 뒤덮여 있었다. 기수가 있으니 쉽게 갈 수 있었지만 말을 타고서는 오를 수 없었을 것이다. 눈이 쌓여 있지 않다 해도 말에서 내려 끌고 올라갈 수밖에 없겠지만 상당한 고생과 위험이 뒤따를 것이 뻔했다. 벌써 여기서부터 길이 범상치 않다. 바위산을 다 오르고 나면 비슷한 내리막길이 펼쳐진다. 수행자들은 이 길을 기어 내려갈 것이다. 다 내려가면 한동안은 나무 사이로 길이 뻗어 있지만 얼마 못 가 또다시 눈이 수북이 쌓인 바위산을 마주하게 된다. 간신히 앉을 수 있는 평탄한 바위가 곳곳에 있었지만 여정의 대부분을 암벽에 설치된 쇠사슬에 의지해야지만 오를 수 있었다.

"리사이 님, 다친 사람이 과연 여길 넘어갈 수 있을까요."

교시의 물음에 리사이도 신음할 수밖에 없었다. 미리 듣기는 했지만 분명 이 길을 다친 사람이 나아가는 건 극히 어려운 일일 것이다. 설령 길이 있다고 들었다 한들 눈이 쌓여 있지 않다 하더라도 부민들이 쉬이 넘어 다닐 수 있는 길로는 보이지 않았다. 말은 데리고 갈 수 없다. 어떻게 해서든 데리고 가고자 한다면 여러 사람이 끌어 올리거나 내리거나 하는 등 도와가며 가야만 한다.

바위산 꼭대기에 오르니 깊은 산골짜기를 따라 나 있는 절벽 위로 나왔다. 절벽 한 부분을 도려낸 듯 나 있는 길은 겨우 사람 한 명이 걸을 수 있을 정도의 폭으로 한쪽 손을 암벽에 얹어 나아가더라도 다른 쪽 어깨가 길에서 비어져 나오다시피 했다. 게다가 복사뼈까지 눈이 쌓여 있다. 눈이 딱딱하게 언 탓에 어디까지가 길이고 설비雪庇인지 분간이 되지 않는다. 하지만 다행히 지나치게 좁은 부분에는 나무가 놓여 있다. 낭떠러지에 말뚝을 박아 조각 낸 통나무를 걸쳐놓았다.

"이게 없으면 말은 지나가기 어렵겠네요."

교시의 말에 소도가 고개를 갸웃했다.

"이런 건 없었을 텐데요……."

"없었다고요?"

"없었습니다. 애초에 이 절벽을 깎아낸 길이 다입니다."

리사이는 히엔에서 내려와 눈을 치워내고 다시 그 나무를 보았다. 절벽에 박아 넣은 말뚝은 얇은 통나무를 그저 거칠게 깎아 놓은 것이었고 절벽을 뚫어 구멍을 낸 뒤 통나무 주변에 나무 조각을 박아 넣어 고정시켰다. 거기에 걸쳐진 통나무도 톱으로 자른 것이 아니라 쐐기를 사용해 세로로 가른 것이었다. 게다가 새것도 아니다. 설치된 지 시간이 꽤 지났다.

"누군가가 지나갈 수 있도록 만들었다?"

"그런 것 같군요. 아마도 말……."

소도는 말을 하다 고개를 내저었다.

"말은 여기까지 오기 어렵습니다. 하늘을 날기에는 불안한 기수를 지나가게 하고 싶었던 게 아닐까요."

모든 기수가 하늘을 날 수 있는 것도, 얼마든지 날 수 있는 것도 아니다. 도약은 할 수 있어도 공중을 날지 못하는 기수도 많다.

"마지막으로 이 길이 쓰인 게 언제일까?"

"화적의 난이 일어나기 전이겠군요. 이 수행길로는 수행을 여간해서는 하지 않습니다."

거의 하지 않기에 굳이 목재를 사용해 길을 보강하려고 하지 않았다. 목재와 밧줄은 노후된다. 여기에 오기까지 도움되는 것들은 모두 주철로 한정되어 있었다. 수행자들의 청원이 받아들여지면 석림관에서 경험자가 기수를 타고 대강 점검을 한 뒤 많이 상한 곳이 있다면 보수를 한다고 한다.

"그후 누군가가 여기를 지나갔다……."

"지나간 건 틀림없겠지요. 아마도 기수를 데리고 있었을 겁니다."

"병졸이었을 겁니다."

세이시가 조사하며 말했다.

"군에서 하는 방식입니다, 이건."

리사이도 수긍했다. 분명 군에서 긴급 시에 길을 보수할 때 사용하는 방법이었다. 도구도 재료도 현지에서 조달하는 방식이다.

흔적을 확인하며 낭떠러지를 따라 난 길을 지나 또다시 봉우리를 하나 넘었다. 정상에는 수령이 다 된 큰 소나무의 뿌리가 거대한 바위를 휘감고 있었고 그 주변은 다소 널찍했다. 때마침 해가 질 무렵이었다. 이곳을 오늘의 야영지로 삼기로 했다.

"기수가 있다 하더라도 밤중에는 움직일 수 없습니다. 기수는 밤눈이 밝으니 더 위험하거나 그런 건 아니지만 표시로 삼을 만한 것들이 보이지 않으니까요."

소도의 말에 교시가 동의했다. 잔뜩 찌푸린 하늘은 빛을 잃어 계류 건너편으로 우뚝 솟아 있는 봉우리조차 잘 보이지 않았다.

백은의 언덕 검은 달

해가 저묾과 동시에 주변에 매서운 추위가 찾아왔다. 깊은 계류에서 몸이 얼어붙을 듯한 바람이 눈을 휘감으며 솟구친다. 리사이 일행은 불을 피우고 주위에 바람막이 천막을 두른 뒤 각각 기수에 기대어 몸을 녹였다. 모포를 깔고 있어도 뼛속으로 차 올라오는 냉기를 견디며 잠을 청한 뒤 일어나 야영지를 정리한다. 그리고 다시 앞으로 나아가려고 바위에 뿌리 내린 소나무 숲을 넘던 중 리사이 일행은 그것을 발견했다.

소나무 뿌리 부근에 돌 두 개가 눈에 덮여 있었다. 분명 어딘가에서 옮겨 온 한 아름 정도 되는 돌이 자갈과 흙을 끌어모아 만든 무덤 같은 것 위에 놓여 있다.

"리사이 님……."

세이시가 가리키자 리사이는 눈을 치워내고 무덤을 조사한다. 무덤은 눈바람에 모양이 흐트러졌지만 틀림없이 무덤이었다. 지면에 흙이 거의 없는 이곳에서는 이렇게 매장할 수밖에 없었을 것이다. 자갈과 끌어모은 흙으로 시신을 덮었다. 시신은 세월로 인해 모습을 잃었고 무덤 또한 모습을 잃어가고 있다.

누군가가 확실히 이 길을 지나갔다고 리사이는 생각했다. 아마도 한 명이 아닐 것이다. 여러 명이 길을 돌파했다. 그중에 병사가 여럿 있었을 것이다. 한두 명이 길을 보수할 수는 없다. 하지만 여기서 탈락자가 두 명 발생했다. 사고가 있었든가 아니면 애초에 무리를 하며 나아간 여정이었든가. 어쩌면 부상을 입은 병사가 몸을 맞대고 서로 도와가며 넘었을지도 모른다.

"그래."

세이시가 중얼거렸다.

"폐광에 숨어 있던 것은 황민만은 아니었을지도 모르겠군."

리사이가 눈빛으로 물었다.

"주상이 습격을 받고 폐광으로 도망치셨다고 한다면 그곳에는 황민 또는 부민만 있었을 겁니다. 하지만 몸을 치유하는 동안 왕사가 해산되고 주벌이 시작되었다면 폐광으로 병사가 도망쳤다고 해도 이상한 일은 아닙니다."

"하지만 폐광에 병사가 있었던 것 같은 흔적은 없었습니다."

교시가 말했다.

"병사는 자신들이 머문 흔적을 남기지 않아. 특히 쫓기는 상황에서는 발자취가 남지 않도록 흔적을 지워가며 이동하는 게 기본이지."

리사이는 실낱같이 피어난 희망에 손이 떨리는 것을 느꼈다. 그중에 교소가 있었을지도 모른다.

그 외에도 단서가 있을지 모른다. 눈여겨보며 앞으로 나아갔다. 도중에는 소문대로 깊은 산골짜기에 쇠사슬 두 줄만이 놓여 있는 곳도 있었다. 위아래로 쇠사슬이 놓여 있다. 어떻게 이걸로 건너가는 건지 의아해하는 리사이에게 소도가 위에 있는 쇠사슬을 겨드랑이에 끼고 아래 쇠사슬에 발을 올려 옆으로 걸어가는 거라고 시범을 보였다. 다행히 산골짜기의 폭이 좁아진 곳이어서 기수가 있다면 건너편으로 건너가는 것은 어려운 일이 아니다. 하지만 말은 절대로 넘어갈 수 없다. 이 길을 넘어간 누군가가 기수를 데리고 있었다는 사실이 이걸로 확실해졌다. 애초에 하늘을 날 수 없는 기수였을까. 아니면 기수도 부상을 입었던 것일까. 뛰어 넘어간 곳에 또다시 무덤이 하나 있었다. 돌을 쌓아놓기만 한 작은 무덤에는 누군가를 매장한 흔적은 없었다. 추측건대 저 쇠사슬로 된 길을 넘지 못한 자가 있었던 것이다. 그 사람은 떨어져 산골짜기로 아래로 사라졌다. 그래서 무덤이라도 만들었다. 즉 기수를 지닌 자와 기수가 없는 자. 틀림없이 여러 명이 있었다는 뜻이다.

거의 수직에 가까운 절벽을 곳곳에 박힌 쇠고리에 의지해가며 오르는 곳이 있었다. 쇠고리를 잡고 살짝 튀어나온 정도의 발 디딜 곳을 더듬어가며 오를 수밖에 없다. 이렇게 오르고 난 뒤 같은 방식으로 내려가야 했다. 리사이는 기수 덕분에 돌아갈 수 있었지만 기수가 없다면 누각과 비슷한 높이의 절벽에서 쇠고랑 하나에 기대어 매달린 채 발치를 더듬어가며 나아가야만 했다.

"계속 이런 식인 건가······?"

겨우 나온 휴식처에서 리사이는 소도에게 물었다.

"네에."

"천삼도 수행길은 이 정도는 아니라고 들었는데."

"석림관을 나와 서주에서 강주와 마주 경계를 넘어 문주로 돌아갑니다. 평탄한 길도 있고 가도를 걷는 곳도 있지만 거의 산길입니다. 이렇게까지 험한 길은 몇몇 군데로 한정되어 있습니다만."

"그럼에도 있긴 있다는 거군."

"있습니다. 특히 강주와 마주 경계에 있는 산이 험합니다."

"그 말은 여기보다 험하다는 건가."

"더 험합니다. 낭떠러지와 절벽 군데군데 쇠고랑에 허리띠를 동여매고 바위에 기대어 쉴 수밖에 없는 곳도 있을 정도니까요. 커다란 바위 하나를 넘으려면 그렇게 닷새 이상 걸립니다."

물론 그동안 만족스럽게 잠도 잘 수 없다.

리사이는 소도를 쳐다봤다.

"어째서 그렇게까지 하지?"

무엇이 그들을 그렇게까지 힘든 수행으로 몰아내는 것일까.

"그렇게까지 하지 않으면 뿌리칠 수 없는 사념이 있다고 해야 할까요. 사념을 뿌리치지 못하면 하늘의 자비도 이치도 보이지 않습니다."

"그대는 그걸 넘은 것이지? 하늘의 자비를 보았는가?"

소도는 가만히 요산을 바라보더니 이윽고 "네" 하고 고개를 끄덕였다.

"이 길은 공적을 원하는 의욕만으로는 넘을 수 없습니다. 의욕으로 넘으려고 한다면 겁을 먹고 다리가 얼어붙고 맙니다. 무아몽중의 상태, 그야말로 마음을 비우고 나아가는 자만이 넘을 수 있습니다. 다 넘었을 때야말로 비로소 하늘의 가호가 없다면 절대 넘을 수 없었다는 걸 깨닫게 되지요."

말을 마친 소도는 리사이를 다시 쳐다봤다.

"저는 살아 이곳에 있습니다. 그리고 하늘을 믿고 있습니다. ……하늘이 저를 살려두고 있는 겁니다."

자신의 신앙, 자신의 수행, 자신을 출발점으로 하는 모든 사상이 역전된다.

"저라는 존재는 시작이 아닌 결과라고 이해하는 겁니다."

"그렇군."

리사이는 고개를 끄덕였지만 소도가 느낀 것을 상상할 수는 없었다. 당연했다. 수행도 하지 않고 깨달을 수 있는 것이라면 애초에 수행은 필요 없다.

리사이가 일어섰다.

"출발하지. 아직 반 이상 남았어."

요산 동쪽으로 빠지는 수행길은 소문대로 험난했다. 기수가 있어도 등골이 오싹한 곳이 여럿 있었다. 그리고 역시 소문대로 요산 또한 넘기 힘들었다. 리사이는 중간에 홀로 히엔의 날개에 의지해 주변을 살피러 들어갔다. 숲속에 있는 나무처럼 생긴 높고 가느다란 산봉우리를 하나하나 넘어야 하는 형세였는데 이 길이 싫어 산봉우리 사이로 흐르는 계곡으로 갔다간 좌우에 있는 산봉우리를 피하는 동안 쉬이 방향을 잃고 만다. 평지는 드물고 앞을 가로막는 산봉우리 탓에 앞을 내다보기도 힘들다. 마치 바위로 된 병풍 같았다. 몇 겹으로 둘러싸인 거대한 바위 병풍으로 만들어진 미로 같았다. 리사이가 과거에 올랐던 봉산을 연상시켰다.

균열처럼 보이는 산골짜기의 하늘 위에서 능운산을 찾아 이정표로 삼으려고 해도 정작 능운산이 여러 개라 이정표로 삼는 데는 별 도움이 안 된다. 능운산으로 가는 길은 없을 것이다. 계곡을 거슬러 올라가려고 해도 곳곳에 폭포가 있어 가로막힌다. 하늘을 나는 기수가 없다면 가까이 다가갈 수 없었고, 있다 한들 꽤나 어려움을 겪을 게 상상이 되었다.

─북쪽으로는 빠져나갈 수 없다. 이 길을 지나갈 수밖에 없

다.

남쪽도 서쪽도 아니라면 남은 것은 이 길뿐이다. 그리고 이 길
에는 누군가가 지나간 흔적이 분명 있었다.

셋째 날, 좌우에서 덮쳐 오는 산봉우리가 드디어 사라졌고 길
의 굴곡이 완만해졌다. 마지막 골짜기를 넘자 전방에 탁앙산 산
봉우리가 보였다. 산길을 다 내려가자 사당이 있었고 그곳에서
길이 두 갈래로 나뉘었다. 한쪽은 수행길 동쪽 종점인 탁앙산 천
신天神 사당으로 가는 길이고 한쪽은 탁앙산 기슭에 있는 고탁高
卓으로 가는 길이었다.

"아무래도 둘 중에 고탁으로 갔겠죠."

입을 연 교시는 양손에 두꺼운 장갑을 끼고 있음에도 그 위를
붕대로 칭칭 감고 있었다. 기수를 타는 게 익숙하지 않다 보니 결
국에 힘을 써서 고삐에 매달려 왔던 것이다. 여행 첫째 날에는 교
시를 태우는 기수도 고생을 한 듯했지만 둘째 날, 셋째 날이 되
자 움직임에 여유가 생겼다. 그만큼 교시가 능숙해진 것이다.

"고탁을 통과했을 가능성이 높겠죠."

소도가 대답했다.

고탁은 변방에 있는 도시에 지나지 않았다. 하지만 석림관에
는 주요 사당 중 한 곳으로 가기 위한 입구면서 승주에 본거지를
둔 단법사檀法寺와 연이 있는 땅이기도 하다. 서운관 계열의 사당

과 불당도 많아 도관 사원이 운집된 곳에 순례나 참배하는 사람들이 모여 향성 규모로 불어나 있었다.

"의외로 크군."

리사이의 말에 세이시도 고개를 끄덕였다.

"산기슭 끄트머리치고는 상상을 뛰어넘는 규모입니다."

고탁은 가도의 종착점이며 이 길 너머 요산 주위에는 석림관 천신 사당뿐이다. 수행길은 사람들이 마음대로 사용할 수 있는 길이 아니니, 더이상 나아갈 길이 없다고 봐도 무방했다.

"고탁은 도관 사원이 만든 마을이라고 해도 되겠지요."

소도가 설명했다. 크고 작은 도관 사원이 제법 많이 늘어서 있었고, 참배하러 오는 사람들과 그들을 수용하는 여관, 수많은 사람을 노리고 모인 상인의 전포와 주정의 임시 움막, 주막에 기루와 청탁이 아무렇지 않게 모여 있다.

"게다가 이곳에는 고탁 계단戒壇이라는 곳이 있습니다."

소도의 말에 리사이는 의아했다.

"계단은 도관이나 사원에도 있지 않나?"

교시는 고개를 끄덕였다. 도사와 승려가 지켜야 할 법도가 계율이다. 도관과 사원은 제각각 계단이라고 하는 기관을 설치하고 입문한 수행자에게 계율을 전수한다. 서운관에도 계단이 있다. 계율을 잘 아는 노사가 모여 계율을 수호하는 한편 입문자에게는 계율을 전수하고 수행자로서의 자격을 부여한다. 서운관의 계단은 대국에 세 곳뿐이다. 서운관 소속 도사는 그중 한 곳의 계단에서 계율을 전수받아야만 한다.

"그것과는 별도로 고탁 계단이라는 게 있습니다."

소도가 말했다.

고탁 계단은 종교도시인 고탁에서 악질적인 종교인을 들이지 않기 위해 관계자가 연대해 만든 계율 전수를 위한 조직이었다. 고탁에서 포교를 하기 위해서는 최소한 고탁 계단에서 정한 계율을 준수해야 한다.

"민간 종교와 주술사 중에는 부정한 자도 있습니다. 도관과 사원처럼 통일된 조직도 없으니 계단도 제대로 없는 경우가 많지요. 신흥 종파는 애초에 계율조차 다듬어지지 않은 경우도 있습니다. 하지만 고탁은 포교를 하려면 고탁 계단에서 계율을 전수받고 계율 엄수 서약을 해야 합니다. 포교자의 인품, 교리의 정당성, 포교 방식 등을 묻습니다. 고탁 계단이 인정하면 면허가 주어집니다. 예를 들어 통일된 조직이 없는 법술은 고탁 계단의 면허가 수상한 사이비 종교가 아니라는 증명이 되지요."

"아아……."

리사이는 짐작이 됐다. 확실히 민간 주술은 면허가 있는지 없는지 따지는 일이 많다. 면허가 있으면 믿을 만하다는 풍조가 백성 사이에 흐르고 있다.

"그랬군, 그 면허라는 게 고탁 계단의 면허였군."

"네" 하고 소도는 고개를 끄덕였다.

"고탁 계단의 면허를 받기 위해 모여드는 종교인도 많습니다. 면허를 받기 위해 고탁 계단의 신문을 받은 뒤 미달인 경우 지도를 받고, 필요한 경우 최소한의 수행을 받습니다."

고탁 계단은 주요한 도관 사원의 인원이 모여 구성한다. 면허를 받으려는 종교인은 이곳에서 엄격한 신문을 받는다. 교리에 허점과 모순점이 있다면 철저히 비난을 받는다. 하지만 기존 종파의 교리와 일치하지 않는다는 이유로 퇴짜 맞는 일은 결코 없다. 그런 적이 없다는 실적이 고탁 계단의 권위를 보증해주고 있었다.

"그렇군⋯⋯."

리사이가 중얼거렸을 때였다.

"⋯⋯히엔?"

리사이는 목소리가 난 쪽을 돌아봤다. 추위를 막기 위해 눈 아래까지 깊숙이 쓴 두건을 들어 올리자 인파 속에서 발걸음을 멈추고 리사이를 쳐다보는 남자들이 있었다. 그중 한 사람이 눈 언저리까지 끌어 올렸던 목도리를 내렸다. 아연실색하여 리사이를 올려다보는 남자의 얼굴이 기억에 남아 있었다.

"기로葵魯?"

"리사이 님!"

남자는 큰 소리로 외친 뒤 리사이 쪽으로 뛰어왔다. 틀림없다. 기로다. 소겐 휘하였던 여수.

"진정 리사이 님이 맞으십니까. 무사하셨던 겁니까……!"

"기로야말로 무사했는가."

리사이는 히엔에서 내려왔다.

"덕분입니다. 걱정하였습니다. 무사하셔서 다행입니다."

"그대도 무사하니 참으로 다행이네."

주름이 진 온후한 눈가를 남자는 옷깃으로 훔쳤다. 곧바로 뒤에 있던 동료를 바라보며 "류 장군이시다" 하고 작은 소리로 말했다. 세 명의 남자가 고개를 끄덕였다. 그중 한 명은 이름까지는 기억이 나지 않지만 본 적이 있었다. 그 역시 소겐의 휘하다. 리사이와 소겐은 둘 다 서주사에 있었기 때문에 필연적으로 부하들도 왕래가 빈번했다.

"기로는 여기에 있었던 건가? 소겐은……."

"있습니다."

기로는 낮은 목소리로 대답했다.

"이곳에 머물고 있습니다."

"고탁의 실제 규모는 보시는 바와 같습니다만 나라에서 본다면 변경에 있는 현성 정도에 지나지 않습니다."

소겐이 있는 곳으로 안내한다고 해서 리사이 일행은 기로의 뒤를 쫓아갔다.

"그러니 나라의 눈이 닿기 어렵지요. 그뿐만 아니라 기본적으로 이곳은 관청보다도 계단의 권력이 훨씬 더 큽니다. 그럼에도 불구하고 서로 간의 관계는 양호합니다."

"고탁 계단 말이로군."

"네" 하고 기로는 고개를 끄덕였다. 고탁 계단이 소겐 일행을 보호해왔다.

"혹시 수행길을 넘어온 자들이 그대들인가?"

"설마 리사이 님도 그 길을 넘어오신 겁니까? 그렇습니다……. 아니, 실제로 문주에서 그 수행길을 넘어온 건 가이카쓰 崖刮 님입니다."

가이카쓰는 소겐 휘하에 있던 사수다. 소겐군에 승주 정벌을 지원하라는 명이 떨어졌을 때 기로는 소겐과 함께 승주로 향했고 가이카쓰는 문주에서 남은 이사를 지휘했다.

"가이카쓰 님은 가교에서 군을 해체한 뒤 수하들을 데리고 거기서 달아났지만 주사에게 쫓겨 도망칠 곳을 잃고 숨어 있다 주벌로 피습당합니다. 부상을 입고 산속으로 도망쳤지요. 설마 그 정도의 험난한 길인 줄 모르고 헤매다 수행길로 들어갔는데 겨우 목숨만은 잃지 않고 빠져나왔습니다."

그즈음 승주에서 군을 해체한 소겐은 승주 각지를 전전하다 종국에는 단법사의 보호를 받았다. 가이카쓰는 고탁 계단의 보호를 받고 있어서 고탁에 있는 단법사 계열의 절에서 본산에 연락을 해 소겐과 기로가 재회할 수 있었다. 고탁이 지리적으로 유리하다고 내다본 소겐 일행이 고탁으로 온 것은 교소가 실종된 지 일 년 후의 일이었다고 한다.

"단법사……."

승주 출신인 리사이에게는 익숙한 종파였다. 석림관과 마찬가지로 수행을 중심으로 하는 불교 사원인데 참배하려면 허가가 필요할 정도로 폐쇄적인 것으로 유명했다. 다른 종교와의 교류도 별로 없는데다가 소속된 승려는 무력 투쟁파로 유명하다. 리사이도 이따금 승복을 입고 무기를 지닌 막강한 승려를 본 적이 있었다. 단법사 계열의 사원은 우수한 시술원施術院을 지니고 있었는데 특히 상처 치료가 뛰어나 주사에서도 이용하는 자가 많았다. 리사이도 승선하기 전까지는 부상을 입을 때마다 신세를 졌다.

"그렇군……. 소겐을 보호해주고 있었다니. 참으로 감사하군."

"애초에 오코泓宏 님이."

기로의 말을 듣고 리사이는 그의 팔을 붙잡았다.

"오코?"

"네."

기로는 눈을 깜빡였다.

"오코 님은 무사하십니다. 단법사와 소겐 님을 이어준 분이 오코 님이십니다."

리사이는 눈을 감고 누구에게라 할 것 없이 머리를 숙였다. 오코는 리사이의 휘하였다. 사수 중 한 사람으로 승주사 시절부터 줄곧 함께해왔다.

"살아 있었구나……!"

"오코 님은 죽기 살기로 단법사로 뛰어들었습니다. 단법사는 오코 님을 보호했고 이후 왕사의 잔당을 줄곧 지원해주었지요."

"자혜롭군."

"오코 님은 승주에 계실 겁니다. 바로 사람을 보내지요."

기로는 미소를 짓다 갑자기 고개를 들었다.

"이쪽입니다."

기로는 제법 큰 저택을 올려다봤다. 문은 꼭 닫혀 있었지만 나름대로 규모가 있는 건물로 고탁이 소겐에게 얼마나 자혜를 베풀고 있는지 잘 알 수 있었다. 이곳 고탁에서 소겐 일행은 충분한 지원과 보호를 받고 있었다.

"몇 명이나 있지?"

리사이의 물음에 기로는 고개를 살짝 갸웃거리다 바로 어떤 의미인지 알아차렸다는 듯 고개를 크게 끄떡였다.

"이곳에 전원이 있는 건 아닙니다. 소겐군 잔당만으로 육천 명 정도 거느리고 있습니다."

003

리사이 일행이 대문을 지나 기수를 마구간에 맡기는 동안 안내원이 안쪽으로 달려갔다. 기로와 함께 입구와 안뜰을 지나 제일 안쪽에 있는 본관에 도착했을 때 정실 침실에서 키가 큰 대장부가 달려 나왔다.

"리사이!"

칠 년 만에 만나는 소겐이었다.

소겐은 달음질쳐 와 리사이 앞에서 발을 멈추고는 무언가를 참는 듯한 표정으로 리사이를 바라보았다. 리사이의 어깨에 손을 올리고는 고개를 깊숙이 숙였다.

"무사해서 정말 다행이네."

"소겐도. 다시 만날 수 있어서 기뻐."

고개를 크게 끄떡인 소겐은 방에 있는 의자에 앉으라 권했다.

외투와 온포를 벗고 의자에 앉자 소겐은 깜짝 놀라 리사이를 응시했다.

"리사이…… 그 상처는……."

순간 리사이는 소겐이 무슨 말을 하는지 이해하지 못했지만 곧바로 오른팔을 보고 하는 말이라는 걸 깨달았다.

"아아…… 요마에게 당했네."

"그랬군."

소겐은 아픔을 참는 듯한 표정을 지었다. 대수롭지 않다는 의미로 리사이는 미소를 지었다. 그렇다. 대수로운 일이 아니다. 완전히 잊고 지내던 것을 깨닫고 리사이 본인도 놀랐다. 이런 걸보고 익숙해졌다고 하는 걸까. 최근에는 외팔로 지내도 특별히불편함을 느낀 적이 없어 스스로도 의식하지 않고 있었다.

"잘도 내가 여기 있다는 걸 알았군."

"소겐이 있다는 걸 알고 온 게 아니야. 수행길을 따라오다 보니 고탁에 다다랐을 뿐이지. 거리에서 기로를 만난 건 뜻밖의 행운이었어."

"이 계절에 수행길을?"

놀라서 쳐다보는 소겐에게 리사이는 세이시, 교시, 소도를 소개해주었다.

"기수도 있었고 소도 님이 안내해주셨거든. 소도 님 덕분에 소겐을 만난 건 기쁘지만 사실 우리는 교소 님을 찾고 있던 중이었어. 혹시나 교소 님이 그 길을 넘어가신 게 아닐까 하고 말이지."

"그런 거였군."

소겐은 침통한 표정을 지었다.

"누군가가 지나간 흔적이 있었어. 혹시나 하고 일말의 희망을 품고 있었는데."

"가이카쓰가 넘어온 흔적이었겠지. 그후에도 우리가 문주 중앙부를 오갈 때 사용한 적이 있네."

"그래……."

실망하기도 했지만 리사이는 아직 절망하지 않았다. 가이카쓰와 소겐 덕분에 수행길이 보완되었다. 가이카쓰가 넘어간 뒤라면 꽤 넘기 쉽게 길이 정비되어 있었을 것이다.

"우리도 교소 님을 찾고 있다만……."

소겐은 목소리를 낮췄다.

"혹시…… 설마……."

"그럴 일은 없어."

리사이는 딱 잘라 말했다.

"교소 님은 돌아가시지 않았어."

소겐이 몸을 살짝 들썩였다.

"확실한가."

"틀림없어."

"하지만 얼마 전에 아센이……."

"그건 믿지 않는 편이 좋아."

리사이는 모쿠유에게 들은 이야기를 소겐에게 전했다. 이야기는 장대해졌다. 소겐이 더듬어온 칠 년, 리사이가 더듬어온 칠년. 중간에 소도가 침실로 가고 나서도 이야기는 끊이지 않았다. 소식을 들었는지 그리운 얼굴들이 모여들어 이야기는 계속되었다. 대국과 휘하, 백성에 관한 이야기를 하다 밤늦게 되어서야 다이키 이야기에 이르렀다.

"공보에서는 태보가 아센을 선택했다던데."

"그랬다고 들었어."

리사이는 고개를 끄덕인 뒤 소겐에게 눈짓으로 사람을 물리라고 재촉했다. 금방 눈치챈 소겐은 가이카쓰와 고카浩歌 측근 두 사람을 남겨두고 다른 사람들을 방에서 내보냈다. 상황을 파악한 기로가 방을 나갔다. 누군가가 다가오지 않도록 망을 보기 위해서였다.

"그 정도로 은밀한 이야기인가?"

리사이는 고개를 끄덕였다.

"태보는 무사해. 적어도 식으로 흘러간 봉래에서 이쪽으로 모시고 올 수 있었네. 하지만 지금 어디에 계신지는 몰라."

리사이는 다이키가 돌연 모습을 감췄다고 털어놓았다.

"고료가 함께 있으니 어지간한 일은 없겠지만 그 이후로 연락이 전혀 없어."

도관이나 신농을 통해 연락하겠다고 교시에게 말했다고는 하지만 오늘날까지 소식이 없었다.

"모쿠유 님이 말씀하시기로 태보는 왕궁에 계신다더군. 진위는 알 수 없네."

"붙잡혀서 아센에게 이용당하고 계실 가능성은 없나?"

"없다곤 할 수 없지."

소겐은 한숨을 깊게 내쉬었다.

"태보의 행방은 모르고 주상의 행방도 모른다는 건가……."

"하지만 좋은 소식도 있어. 아문관에 오천 명의 사람이 있네. 이쪽 세력과 합치면 일만 일천, 일군에 상당하는 수야."

돈코의 말을 믿는다면 일군이 더 있으면 문주성을 함락시킬 수 있다.

"확실히 그 이야기는 좋은 소식이로군. 하지만 실제로 그 추측을 어디까지 믿을 수 있을까. 나라와 주에서는 사람이 병들기도 해."

"돈코의 말을 들어보면 마냥 어설픈 견해도 아니라고 보네. 아센을 거역하는 사람들 전부를 제거할 수 있을 리가 없어. 문주후는 병들었는데 병든 자를 아셴의 진영에 포함시켜 셈하기에는 의문이 들어. 아셴에게 유리하게 움직이긴 하지만 그 녀석들에게 충성심은 없어."

"그 점을 생각하면 분명 가능하긴 하겠군."

리사이는 고개를 끄덕였다.

"남은 건 주상이 돌아오시는 것뿐이야."

문주성을 손에 넣고 교소가 있다면 아셴에게 반기를 휘날릴 수 있다.

"분명 주상이 계시면 사람들이 모이겠지. 하지만 그러기 위해서는 시간이 걸리네. 그때까지 아셴의 주벌을 막을 수 있을까? 아문관의 존재가 든든하기도 하고 고탁 계단의 지원을 기대해도 좋겠지. 그래도 사람이며 물자가 아셴에게 도전하기에는 압도적으로 부족해."

"그 부족함은 채울 수 있어. 교소 님만 계시다면."

소겐은 납득이 되지 않는다는 표정을 지었다. 리사이는 고개를 끄덕였다.

"교소 님이 대국을 탈출하고 안국으로 가시면 돼. 연왕께 대국을 도와달라고 요청하신다면 여러 나라 왕의 지원을 받을 수 있어."

"설마."

소겐은 아연실색한 듯 눈을 크게 떴다.

"여러 나라 왕의……."

"연왕께서 모아주실 거야. 사태가 벌어지면 안국을 비롯해 주奏, 범, 공恭, 경, 연국의 지원을 받아주겠다고 약속하셨어."

"안국과 주국……."

소겐은 중얼거리며 일어났다.

"그 말이 사실인가."

사실이라고 리사이는 끄덕였다. 소겐의 안색이 바뀌는 것도 이해된다. 주국은 안국을 뛰어넘는 남쪽의 대왕조. 안국과 주국의 지원을 받을 수 있다는 것은 사실상 전 세계의 지원을 받는 것과 마찬가지였다.

"남은 건 주상을 찾는 것뿐이야. 소겐, 고탁 동쪽을 수색하는 걸 도와줬으면 해."

리사이가 말하자 소겐은 의아해하는 표정을 지었다.

"고탁 동쪽……?"

리사이가 고개를 끄덕인 뒤 설명했다. 함양산 주변에는 교소가 없었다. 북쪽으로는 빠져나가지 못하고 남쪽으로도 도망칠 수 없다. 서쪽으로 빠져나갔을 가능성이 없다는 것도 확실했다. 즉 동쪽, 그 수행길을 빠져나가 도망쳤다고밖에 볼 수 없다.

리사이가 설명을 할수록 소겐뿐만 아니라 휘하들의 표정도 심

341
—
17장

각하게 바뀌었다. 리사이는 의아해하며 소겐에게 물었다.

"왜 그러지?"

"리사이, 우리도 주상은 찾아봤네."

듣고 보니 당연했다. 리사이는 흠칫 놀랐다.

"십 년 동안 리사이와 마찬가지로 임우 주변을 뒤져봤네. 삼 년을 쏟아부어 리사이처럼 임우 남쪽, 서쪽으로 탈출하셨을 가능성은 버렸지. 아무리 해도 주상이 지나가셨다고는 생각할 수 없어."

"그렇다면……."

소겐은 고개를 끄덕였다.

"우리가 다다른 결론도 마찬가지네. 수행길을 사용할 수밖에 없어. 하지만 고탁에 의탁한 이후 임우 주변을 뒤지면서 우리도 고탁 주변, 그 너머까지 조사했네. 주상께서 이쪽으로 오셨을 거라는 확신이 든 건 근래지만 그전에도 왕사 휘하를 찾으려고 수색은 게을리하지 않았지."

설마 그 결과가. 리사이는 할 말을 잃었다. 그 수행길만이 문자 그대로 마지막으로 남은 단 한 줄기의 희망이었건만.

"미안하네, 리사이. 이쪽에도 주상은 계시지 않아. 주상이 그 수행길을 넘어오셨을 가능성은 거의 없다고 봐."

"절대로 그렇다고……."

말이 격해지려는 리사이를 보고 소겐은 조용히 고개를 좌우로 내저었다.

"우리는 고탁을 거점으로 삼았어. 말하자면 이 주변은 우리의 본거지지. 공교롭게도 지형에 대해서는 숙지하고 있어. 겉으로 드러낼 수는 없지만 인맥도 있어. 그런 우리가 이제껏 계속 수색 해온 거야. 하지만 어떠한 흔적도 없었네. 부상을 입은 무장을 봤다는 소문도 없고 부상자를 데리고 있는 자를 봤다는 소문도 없네."

소겐은 말을 잘랐다.

"아니지. 소소한 소문은 있었네. 그 희미한 단서를 우리는 집요하게 더듬었지. 그 결과, 여기 이만큼의 사람이 있는 거야."

리사이는 이곳에서 만난 사람들을 떠올렸다. 소겐과 함께 무사히 도망친 자들뿐만 아니라 소겐 일행의 착실한 수색으로 발견되어 소겐 곁으로 모인 사람들. 소겐은 얼마 안 되는 단서도 소홀히 여기지 않고 끈기 있고 세밀하게 계속 조사해온 것이다. 그 증거가 여기에 있다.

"사람은 발견했지만 주상은 계시지 않았네. 주상은 이 길로 오시지 않았다고밖에 말할 수 없어. 설령 이 길로 들어오셨다고 해도 나가시진 않았네."

리사이는 정신이 아득해졌는지 말을 하지 못했다. 애도하는 듯한 시선으로 소겐은 리사이를 쳐다봤다.

"절대로 그렇다고 단언할 수 있느냐고 묻는다면 절대적인 건 존재하지 않는다고 대답할 수밖에 없겠지. 하지만 주상께서는 수행길을 넘지 않으셨어. 그게 우리들이 내린 결론이야."

"그럼…… 교소 님은 사라졌다는 이야기가 돼……."

리사이가 겨우 입을 열었다.

"잠시만요."

교시가 소리를 높였다.

"여러분께서는 문주 노안이라는 마을에 신분이 높은 무장이 부상을 입고 숨어 있었다는 걸 알고 계셨는지요."

소겐은 미간을 찌푸렸다.

"노안……?"

"결코 크지 않은 마을입니다. 모르시지 않을까요. 적어도 노안에 누군가가 수색하러 온 적은 없었습니다."

소겐 일행은 당혹스러워했다. 서로 눈을 마주치며 입속에서 무슨 말을 중얼거렸다.

"물론 노안 사람들은 그 무장의 존재를 지극히 주의 깊게 감추고 있었습니다. 그래서였겠지요, 여러분들 눈에 띄지 않았던 건."

소겐의 표정이 매서워졌다.

백은의 언덕 검은 달

"즉, 그 일처럼 우리가 간과했을 수 있다는 말인가?"

"완벽하다는 건 있을 수 없다는 말입니다. 일손도 한정되어 있는 상황에서 소겐 님도 몸을 숨겨가면서 수색하셨겠죠. 하물며 문주만이 아니라 모든 백성이 아센을 경계하고 있습니다. 임우에 있는 어느 단체는 여인 한 명을 보호하고 있는데 오늘날까지 그 존재를 누구에게도 알리지 않은 채 지내고 있습니다."

소겐은 입을 다물었다.

"이쪽으로 왔을 가능성이 없다고 단정 짓기엔 아직 이릅니다. 아무것도 발견되지 않았다면 없는 게 아니라 수색이 부족했다고 여겨야 하지 않을까요. 적어도 그런 태도로 임해야 하지 않을까요."

교시는 일동을 바라봤다.

"이제 와 이런 말을 해서 죄송합니다. 하지만 저는 줄곧 이 점이 신경 쓰였습니다. 이게 얼마나 잔혹한 이야기인지 저도 충분히 알고 있습니다. 이제껏 리사이 님이 해오신 노력은 빠짐없이 알고 있고 소겐 님께서 하신 고생은 세월이 긴 만큼 그 이상이었겠지요. 그렇기 때문에 이곳일 가능성이 없다, 저쪽일 가능성이 없다고 결과를 하나씩 쌓아 올리고 싶은 심정은 아플 만큼 이해합니다. 하지만 결과를 얻고자 한다면 결과로부터 멀리 떨어져야 한다고 생각합니다. 이는 수행자의 마음가짐입니다만."

"마음가짐"이라고 소겐이 중얼거리자 교시는 고개를 끄덕였다.

"수행의 성과를 바라면 안 된다고 스승님이 여러 번 말씀하셨습니다. 수행을 무디게 만든다고요."

"그렇군……."

소겐은 쓴웃음을 짓듯 희미한 미소를 흘렸다.

"분명 맞는 말이야. 발견되지 않았다는 건 다 찾지 않았다는 거지."

"잠깐."

고통에 잠식당한 듯 고개를 숙인 채 머리를 감싸고 있던 리사이가 소리쳤다.

"리사이 님 기분은……."

"아닐세, 잠시."

리사이는 앞머리를 쥐어뜯을 듯 이마에 대고 있던 손에서 손가락만 세워 보였다.

"교소 님은 중상을 입으셨을 거야. 그게 아니라면 어떻게 해서라도 하루라도 빨리 자력으로 군과 접촉하시려고 했겠지. 중상을 입은 채 스스로 도망치려고 했다면 에이쇼가 수색했을 때 그 흔적이 발견되지 않았을 리가 없어. 거리도 벌리지 못한 채 몸을 완벽히 숨기기만 할 수는 없을 테니까."

누군가가 끼어드는 것을 제지하려는 듯 리사이의 손가락이 세워져 있다.

"당시 임우 주변에 깔려 있던 포위망을 뚫고 밖으로 빠져나가기 위해서는 누군가의 도움이 필요해. 인원이 많으면 그만큼 주변 사람들 눈에도 띄기 쉽고 행동도 제한되지. 도움을 준 누군가가 평범한 백성이라면 더 그랬을 거야. 자취를 남기지 않고 도망치기 어렵지."

"하지만 리사이."

"기다려보게. 함양산 북쪽으로는 빠져나갈 수 없어. 길조차도 없는 지극히 험준한 산지야. 함양산 주변에는 교소 님의 흔적은 없었네. 오랜 시간 백치가 찾아다니며 확인했지. 함양산 남쪽으로 도망쳤다면 반드시 에이쇼가 깔아놓은 포위망에 걸렸을 거야. 게다가 백치는 그 포위망을 빠져나간 흔적을 발견하지 못했어. 서쪽도 아니야. 호요도 오랜 기간에 걸쳐 흔적을 찾아봤지만 발견하지 못했어. 그리고 동쪽도 아니지. 소겐이 병졸의 감으로 계속 찾고 있었어. 발자취조차 없다고는 생각할 수 없네."

리사이는 고개를 들었다.

"그렇다면 결론은 하나야. 교소 님은 함양산에서 움직이지 않으셨어."

모두가 놀랐다는 듯 숨을 삼켰다. 교시가 "하지만 리사이 님"

하고 말을 꺼내는데 세이시가 깜짝 놀란 듯 소리쳤다.

"……낙반!"

리사이는 반짝이는 시선으로 고개를 끄덕였다.

"규산도 근처에 있던 자들도 여러 번 말했어. 함양산에서는 낙반이 많이 일어난다고."

계획도 없이 채굴을 한 탓이었다. 옥천은 갱씨가 독점하고 있다. 키우고 있는 돌을 빼앗기지 않도록 장소와 가는 길도 비밀에 부치는 일이 많았다. 멋대로 채취해대니 갱도는 점점 복잡해졌고 안전 따위 고려하지 않았다. 옛날부터 꾸준히 그리해왔기 때문에 갱도에는 무너지기 쉬운 곳이 많다.

아무도 알지 못하는 갱도, 수갱, 이곳을 덮친 낙반. 황음처럼 지보라 불리는 돌이 잠들어 있다고도 한다. 찾아내면 마을 하나가 평생 먹고 놀며 지낼 수 있다는 걸 알면서도 찾지 못하고 있다. 애초에 손도 대지 못하고 있다.

"실제로 교소 님이 사라진 그날 함양산에서 거대한 규모의 낙반이 있었어. 우리는 그 낙반 때문에 습격자들이 숨통을 끊지 못해서 교소 님이 도망칠 수 있었다고 생각했는데 그게 아니라 교소 님은 애당초 함양산에서 도망치지 못하신 거야. 낙반 때문에 함양산에 갇히신 게 아닐까."

리사이는 말을 한 뒤 크게 고개를 끄덕였다.

"처음부터 마음에 걸렸었네. 습격자들이 낙반 때문에 교소 님의 숨을 끊지 못하고 낙반에 휘말려 죽었겠거니 하며 물러갔다는 건 그렇다고 치세. 하지만 아센은 백치가 말썽을 울지 않았으니 교소 님이 죽지 않았다는 사실을 알았을 거야. 그런데도 대대적으로 함양산을 수색한 흔적이 없어. 처음에는 아센이 비밀리에 벌인 수색에 교소 님이 붙잡혀 구속된 게 아닐까 생각했지만 아센 수중에 교소 님이 붙잡혀 있다면 목숨이 온전히 붙어 있을 리가 없어. 돌아가시지 않은 이상 아센은 교소 님을 붙잡지 못했다고 우리는 생각했지."

"네에……. 그렇죠."

세이시는 몸을 살짝 내밀어 고개를 끄덕였다.

"하지만 잘 생각해보면 아센이 반드시 교소 님의 목숨을 빼앗을 필요는 없어. 두 번 다시 앞에 나오지 못하고, 정사에 일절 관여할 수 없는 상태이기만 하면 아센의 권세는 흔들리지 않아. 아니, 오히려 그편이 더 좋을 거야. 교소 님의 목숨이 끊어진다면 태보는 다음 왕을 선택하지. 그렇게 되면 아센의 왕조는 거기서 끝이야."

세이시가 놀라 소리쳤다. 리사이는 동의했다.

"죽일 생각이 없었던 거야, 처음부터. 교소 님이 돌아가시지 않고 왕궁에 계시지 않기 때문에 대국은 쓰디쓴 경험을 하고 있지. 이 잘못된 상황을 바로 잡으려는 하늘의 섭리가 움직이지 않기 때문이야."

"아센이 그걸 노리고 있었다고……?"

"그렇겠지. 따라서 함양산이 아니면 안 됐고 문주가 아니면 안 됐던 거야. 처음부터 교소 님을 공격한 뒤 함양산 깊숙한 곳에 유폐할 작정이었어."

리사이는 계속 말했다.

"맞아. 하지만 그럼에도 아센은 튼튼한 반석 위에 앉아 있는 게 아니야. 가장 큰 위협인 태보가 있지. 태보는 왕기로 교소 님이 함양산에 있는 걸 알아차릴 수 있을 거야. 어디에 있는지 알려진다면 구출하겠지. 그래서 태보를 공격했어. 이 또한 태보를 시해할 작정은 아니었고."

소겐이 낮게 중얼거렸다.

"뿔을 자르기 위해."

리사이는 끄덕였다. 그때 "그래!" 하고 세이시가 소리쳤다.

"리사이 님, 알겠어요! 그 나무 상자요!"

"나무 상자?"

"교소 님이 모습을 감추기 전에 함양산으로 운반됐다는 두 개의 큰 나무 상자 말입니다. 그 가여운 여성이 나무 상자 안에 생물이 있었던 것 같다고 했습니다. 낙반이 벌어진 걸 알고 있던

자들은 한결같이 무서운 목소리가 들렸다고도 했습니다. 짐승의
단말마 같은 목소리가 들렸다고도요."

"그랬지. 그게 뭔가?"

"이력狸力입니다. 요마요."

세이시는 교소와 함께했던 여정에서 그 요마에 대해 알게 되
었다고 한다. 이력의 포효는 바위를 부수고 죽음의 문턱에서 내
지르는 울음소리는 산의 모양을 바꾼다고도 했다. 아센이 어떤
수단을 써서 이력을 포획해 이용할 수 있었다면. 리사이는 세이
시의 얼굴을 뚫어지게 쳐다봤다.

"교소 님을 공격하고 중상을 입혔다. 그리고 그 몸을 함양산
깊숙한 곳으로 옮기고 그곳까지 닿는 갱도를 이력의 단말마를
이용해 막았다……."

교소는 왕이다. 제아무리 깊은 상처처럼 보여도 쉬이 목숨까
지 잃지는 않는다. 함양산 깊숙한 곳에 감금시키고 다이키를 봉
인한다면 아센은 하늘의 재가를 두려워하지 않고 국권을 쥐락펴
락할 수 있다. 정당한 왕이 없으니 옥좌는 아센의 수중에 떨어지
고 그 상태가 이어진다.

004

— 애당초 교소를 살려두기 위해 정기적으로 식량을 줄 예정이
었다.

아센은 생각에 잠긴 채 노대 아래로 퍼져나가는 운해 북쪽을
바라다보았다. 달도 뜨지 않은 밤, 어둡고 잔잔하게 일렁이는 바
다 건너편에는 지금도 교소가 존재하고 있을 터였다.

— 어떤 상태로 무슨 생각을 하고 있을까.

백치가 말성을 울지 않았으니 분명 살아 있겠지만 그것 말고
는 아센도 모른다. 아센은 처음부터 교소를 시해할 생각이 없었
다. 교소를 죽이면 천명이 바뀐다. 천명이 바뀌면 정당한 왕이
세워진다. 이런 일이 벌어지지 않도록 영원히 동결 상태로 만들
기 위해 애써 교소를 죽이지 않고 유폐했다.

교소를 습격하고 낙반을 일으켜 산속 깊숙한 지하에 가둔다.
처음부터 세웠던 계획이었고 성공했다. 깊은 수갱 동굴과 낙반
으로 함양산은 교소를 생매장시킨 무덤이 되었다. 다만 계획과
달리 낙반이 예상외로 컸다.

— 아니다, 그뿐만이 아니던가.

아센은 처음 보고를 듣고서 후회했다. 교소가 생각 이상으로
만만치 않아 습격자들이 가한 상처가 예상보다도 깊었던 점, 동

료가 죽고 부상을 입은 습격자들이 분노에 휩싸여 근처에 있던 수갱으로 교소를 집어 던진 점, 그곳에 대규모 낙반이 계속해서 일어나 교소를 완전히 매장시킨 뒤 떠나버린 점.

습격자들의 대장으로 우코를 선택했다. 평판이 좋지 않은 탐욕스러운 짐승이다. 아센도 우코에게는 혐오감밖에 들지 않았지만 이용하고 내다 버리기에는 오히려 그편이 좋았다. 하지만 우코는 자만심이 강하고 충성심이 없다. 휘하들처럼 움직이리라고는 기대할 수 없었다.

원래라면 교소에게 한동안 움직일 수 없을 정도로 상처를 입히고 수갱 안쪽에 있는 옥천터에 집어넣은 뒤 그곳까지 가는 갱도를 낙반으로 가로막을 예정이었다. 그 옥천터에는 지상으로 이어지는 바람 구멍이 나 있었고 그 구멍으로 물과 식량을 던질 수도 있었다. 그렇게 몰래 식량을 제공하는 동안 자신의 지위를 견고하게 하고 낙반으로 막힌 길을 파내어 통로를 확보한 뒤 다시금 관리 가능한 포로로 만들면 될 것이라 생각했었다. 그랬는데.

—죽었을지도 모르겠군.

돌아온 우코가 그렇게 말했다. "힘 조절이 안 돼서 말이지" 하고 우코는 피식 엷은 웃음을 지었다. 예정보다 깊은 상처를 입혔다. 뿐만 아니라 교소의 저항에 격분한 일행이 근처에 있던 수갱에 교소를 던져 넣었다고 한다.

　ㅡ쓰레기 같은 놈.

　아센은 머릿속으로 생각만 할 뿐 입 밖으로 내뱉지 않았다. 적당히 해서는 상대할 수 없는 상대이며 기량이 다르다고 파악할 능력조차도 없는 것이다. 우코는 원래 교소와 대적할 만한 기량이 없었다. 아센의 평범한 휘하와 비교해도 그보다 아래일 것이다. 체격이 특출 난 것도 아니고 솜씨를 닦을 만큼 기특하지도 않다. 그럼에도 그저 그런 놈으로라도 있을 수 있는 것은 우코가 잔혹하고 비열한 놈이기 때문이다. 적당히 할 줄 모르고 수단도 가리지 않는다. 우코가 이끄는 자갑 전원이 다 거기서 거기인 놈들이었다. 인원도 적지 않았다. 그 근성을 내다보고 습격자로 발탁했고 기량을 보충하기 위해 빈만賓滿을 붙여줬건만 요마의 힘을 빌려 힘들이지 않고 실력이 좋아진 자갑은 두말할 것 없이 오만해졌다. 아마도 교소를 잔뜩 괴롭히다 죽이고 싶었을 것이다. 죽이지 말라고 명령받았으니 마지막의 마지막에는 손을 멈추겠지만 그 결과 죽어도 알 바 아니라는 게 분명 우코의 진심이었을 것이다. 본인과 자갑이라면 신나게 괴롭히다 죽일 수 있다고 생각했을 것이다. 하지만 실제로는 자갑의 절반 정도가 교소의 저항에 부상을 입거나 죽었다. 아센은 당연히 예상할 수 있던 결과였지만 우코에게는 그렇지 않았다. 체면이 상한 우코 일행은 분노에 휩싸여 교소를 가까이 있던 구멍으로 집어 던졌다. 죽이지 말라는 명령도 옥천터에 집어넣으라는 명령도 영락없이 머릿속에서 증발한 것이다.

휘하라면 아센의 계략이 어떤 의도인지 알아채고 예측 불허한 사태가 일어나더라도 뜻에 반하는 행동은 하지 않는다. 우코는 결국 그저 휘장을 두른 불량배다. 본인의 행동을 되돌아볼 줄도 모르고 일어난 일은 어쩔 수 없다고 웃어대며 예정대로 낙반을 일으켰다.

"어리석긴 하지만 남 말 할 순 없군……."

아센은 스스로를 비웃었다. 애초에 자신의 휘하에게 맡겼다면 문제없었으리라는 것쯤은 알고 있었다. 하지만 아센은 휘하를 설득할 자신이 없었다. 시해는 대역죄다. 휘하는 분명 반대할 것이다. 도리어 아센이 계획을 거두도록 설득할 것이다. 설득당하고 싶지 않았다. 나아가 휘하를 설득할 마음도 들지 않았다. 무작정 명령을 내린다면 이의를 제기하지 않겠지만 그렇게까지 부도덕한 주인으로 몰락하고 싶지는 않았다. 그래서 최후의 수단으로 우코를 부린 거지만 바로 이 선택이 잘못의 시작일 것이다. 우코의 제멋대로 구는 행동들은 혼돈으로 향하는 길을 내었고 요마의 힘은 결과를 터무니없는 곳으로 밀어붙였다.

이력은 거대한 돼지 같은 요마인데 코끼리만큼 큰 놈도 있다.

퉁퉁하고 두꺼운 가죽에 이끼가 자란다. 추하고 더러운 요마다. 개처럼 짖지만 비상시에는 비명에 가까운 째지는 소리를 지른다. 이 소리가 암석을 약하게 만든다. 약해진 곳을 두껍고 바위 같은 다리로 걷어차면 부서지기도 한다. 하지만 그걸로 대규모 낙반을 일으킬 수는 없다. 이력의 가장 큰 비명은 단말마를 내지를 때이다. 이때 나는 목소리만으로도 산맥을 붕괴시킬 정도의 위력을 발휘한다.

우리에 가둔 이력을 갱도로 옮기고 우리 밑에 구렁을 내 숯을 쌓은 뒤 불을 붙였다. 공기가 통하는 수혈 근처에 우리를 가져다 놓았고 우리 바로 밑에 있는 숯에 불이 붙을 때까지 갱도에서 빠져나올 시간을 벌 수 있었다. 안으로 옮긴 이력은 두 마리. 이력은 사람을 공격하는 요마가 아니라 오히려 주변에 동료들이 있으면 얌전한 요마다. 하지만 동료가 날뛰기 시작하면 무리에게 전염된다. 거대한 몸과 심상치 않은 힘 때문에 위험하다.

이력은 황해에서 남몰래 들여왔다. 오랜 시간 동안 우리 안에서 키울 수 있었던 것은 로산이 조언을 해주었기 때문이다. 황해에는 요마 중에 시육視肉이라 부르는 종이 있다. 짐승인지 식물인지 분간이 안 가는 이 생물이 요마를 키운다. 원래 사람은 요마를 키울 수 없다. 서로가 다른 섭리 속에서 살아가고 있기 때문이라고 로산이 설명했다. 하지만 시육이 있으면 섭리는 효력을 잃는다. 우리 안에 시육을 넣어놓는다면 그 시육이 잡아먹히기 전까지는 요마를 인간 세상의 섭리 범주에서 살아가게 할 수 있다고 한다. 로산의 조언을 따라 분명 만반의 준비를 해왔을 텐데. 하지만.

이제 와 드는 생각이다. 요마가 어떻게 움직일지 완전히 파악하고 통제하는 것은 애초에 불가능한 일이었다. 그럼에도 불구하고 충분히 준비만 한다면 가능하리라 믿었다. '충분히 준비'했다고 하려면 한 번쯤은 이력을 함양산에서 사용해봤어야 했다. 그렇게 했다면 이력의 단말마가 상상 이상으로 강력하다는 것과 함양산이 예상보다 무르다는 걸 알 수 있었을 것이다. 하지만 그런 일이 가능했을 리가 없다. 검증하지 못한 '충분한 준비'는 충분한 준비가 아니었다. 이력은 함양산을 큰 규모로 파괴했고 교소는 생사를 알지 못한 채 두꺼운 토사 너머로 사라졌다.

아센에게도 교소는 손에 닿지 않는 존재가 되어버렸다. 교소의 생사는 아센의 손에서 완전히 벗어나고 말았다. 모든 것이 아센의 실책이다. 교소를 죽게 해서는 안 된다. 하지만 교소의 생사를 손에 쥐기 위해서는 토사를 파내야만 했는데 난이 일어난 직후에는 할 수 없는 짓이었다. 이는 교소 휘하에게 교소가 있는 장소를 알리는 꼴이었고 습격을 한 흑막이 자신이라고 고백하는 꼴이었기 때문이다.

자신의 실책으로 교소는 죽게 될 것이라고 생각했다. 깊숙한 땅속에서 계속 살 수 있을 리가 없다. 교소가 죽는다면 자신도 파멸할 것이다. 결국 악수가 되어버린 것이다. 그렇다면 처음부터 악수를 두었으면 되었을 텐데.

"그런데도 아직까지 살아 있다⋯⋯."

오늘날까지 백치는 말성을 울지 않았다. 즉 교소는 무덤 어딘가에 살아 있는 것이다.

— 하지만 어떻게 그럴 수 있지?

제아무리 신적에 들어간 왕이라고 해도 이만큼의 세월 동안 먹지도 마시지도 않은 채 목숨이 붙어 있을 리가 없다. 애초에 산에 매장된 시점에서 교소는 중상을 입은 상태였다. 그 상태로 깊은 수갱 속으로 내던져지는 바람에 부상을 더 입었을 것이다. 거기에 낙반에 휘말리지 않았으리라는 보장도 없다. 그 상태로 계속 살아남을 수 있다니 말도 안 되는 기적이다.

교소가 지금 어떤 상태인지는 모른다. 지금도 생명의 불이 꺼져가고 있을지 모른다. 그렇다고 아센이 알아낼 수도 막을 수도 없다. 교소의 목숨이 사그라지면 자신도 끝난다. 교착에 빠진 하늘의 섭리가 아센이 죄를 속죄하도록 움직이기 시작할 것이다. 그날이 일 년 후일 수도 있고 오늘일지도 모른다.

— 오늘일지도 모른다는 긴장감에 타들어간 지 대략 육 년.

"이것이 바로 너의 복수일지도 모르겠군……."

아센이 혼잣말하며 쳐다보고 있던 시선 너머.

운해 저 멀리 북녘, 해상에서는 정상이 섬처럼 보이는 요산. 그 기슭. 거대한 산괴의 남서쪽 계류를 따라가다 나오는 보기 드문 평지에 작은 여가 있다. 높은 절벽이 마을을 에워싸고 있다. 계류 넘어 절벽 위를 올려다보면 서최의 곽벽이 보였는데 지금은 화적에게 점령당해 백성은 드나들 수 없는 영역이 되었다. 지금처럼 혹한기에 접어든 시기에는 근처 마을에서 사람을 더이상 찾아볼 수 없다. 눈에 잠겨 어둡게 가라앉은 마을에 움막 단 한 채에만 희미한 등불이 켜져 있었다.

아버지의 손에 이끌려 소녀가 집에서 나왔다. 소녀는 다른 한 손으로 소쿠리를 꼬옥 끌어안고 있었다. 아버지가 들고 있는 손등이 유일한 불빛이었다. 구름이 무겁게 드리워진 겨울 하늘에서 별은 찾아볼 수 없었다. 구름을 뚫고 비어져 나오는 달빛도 없었다. 오로지 어둠만이 있는 초하룻날 밤.

"눈이 내릴 것 같아……."

소녀가 작은 목소리로 말하자 아버지는 뒤돌아 온화한 시선으로 소녀를 바라보았다.

"갔다 올 때까지는 내리지 않을 거야."

소녀는 고개를 끄덕였지만 역시나 가는구나 싶어 괴롭기도 했다. 늦은 밤 추운 하늘 아래, 달빛조차 없는 눈길을 밟아가며 외출하는 건 힘들다. 게다가 이 소쿠리 속에는 가족에게 얼마 남지 않은 식량이 들어 있다. 긁어모은 잡곡을 조릿대 잎으로 감싸 쪄낸 떡 세 개.

"배고프니?"

마음을 꿰뚫어 본 듯 아버지가 슬픈 목소리로 물었다.

"아니야."

소녀는 고개를 가로저었지만 떡을 만들기 위해 이 가족은 오늘 밤 식사를 하지 않았다.

"내일 보리가 생기니까 오늘 밤은 참아주렴."

그런 거라면 오늘 밤 다 같이 이걸 먹고 소쿠리는 내일 흘려보내면 될 텐데. 소녀는 그렇게 생각했지만 입 밖으로 꺼내지는 않았다. 지난번 초하룻날 밤 아버지는 소쿠리를 흘려 보내러 가지 않았다. 소쿠리를 준비하고 그 속에 나무 열매를 넣으려다 그만뒀다. 떨리는 손으로 그 열매를 소녀와 오빠에게 나누어주고 큰 소리로 울었다. 굶어 죽은 언니가 생각난 것이다. 그래서 더 이상 소쿠리를 흘려 보내는 일은 없을 거라고 생각했다. 그런데 한 달이 지나고 아버지는 다시 소쿠리를 마련했다. 몇 번이고 망설이는 듯 주저하다 결국 떡을 넣고 뚜껑을 닫았다.

소녀는 이 모습이 안타까웠고 괴로웠지만 한편으로는 안심도 됐다. 겨우 아버지가 조금은 기운을 차린 것 같았기 때문이다. 그래도 소쿠리는 내일 흘려 보내도 될 텐데 하는 마음이 들었다. 오늘 잘 먹고 내일 하면 될 텐데.

소녀는 말하지 않았지만 말하지 않아도 아버지는 알아들은 듯 말했다.

"초하룻날 밤으로 정했단다. 지키지 못하면 그대로 끝날 것 같은 기분이 들어 아빠는 무서워."

"무서워……?"

소녀를 위해 얼어붙은 눈을 밟아 길을 내며 아버지는 고개를 끄덕였다.

"아빠도 알아. 너희들 다 충분히 밥을 먹지 못하고 있지. 언니가 죽어 속상하게도 밥값은 조금 줄었지만 한창 자랄 때니 그 정도로는 한참 모자랄 거야. 항상 죄스러워. 언니가 죽고 나서 정말로 죄스럽다는 생각이 들어. 그래서 한 번이라도 약속을 지키지 못하면 이 죄스러운 감정에 질 것만 같은 기분이 들어."

"지면 안 돼?"

소녀가 묻자 아버지는 입을 다물었다. 가만히 나아가는 걸음, 얼어붙은 오싹한 밤공기에는 하얗게 내뱉은 숨결만이 흐른다. 화가 나신 걸까 하고 소녀가 불안해졌을 때 아버지는 겨우 입을 열었다.

"……져도 괜찮을지도 모르지. 딸을 죽게 하고 말이야. 참 바보 같지. 이런 바보 같은 짓은 그만두고 너희들을 더 먹이는 편이 좋을 거야. 하지만 아버지는 지고 싶지 않아……."

"왜?"

소녀가 물었을 때 소녀와 아버지는 시내의 못에 도착했다. 못의 표면은 얼어붙어 눈이 얇게 쌓여 있다. 물줄기가 있는 곳만 어두운 수면이 보였다.

아버지는 발 디딜 곳을 골라가며 물줄기를 마주한 바위밭으로 가 무릎을 꿇었다. 소녀에게서 소쿠리를 받아 뚜껑을 열고 내용물을 확인한다. 소쿠리 안은 거의 비어 있었다. 윗도리 모양으로 자른 종이, 질 좋은 숯 몇 개. 그리고 조릿대로 감싼 떡 세 개.

"언니가 죽은 것도, 너희들이 굶주리고 있는 것도 잘못된 사람이 옥좌에 있어서 그래. 하늘의 허락을 받지도 않은 나쁜 놈이 이 나라를 이렇게 만들었지. 아빠는 그걸 용서하고 싶지 않아."

"떡을 먹으면 용서하는 거야?"

"그런 기분이 들어. 이걸 다 같이 나눠 먹는다면 오늘 밤은 배고픔을 잊고 지낼 수 있을 텐데 말이다."

"죽은 사람이 중요해?"

"중요한 것과는 조금 다를지도 모르겠구나. ……그래, 아빠도 알아. 죽은 사람은 더이상 이 세상에 없으니 우리를 도와줄 수 있을 리가 없지. 이것도……."

아버지는 소쿠리를 살짝 흔들었다. 소쿠리에 비해 너무 부족한 내용물이 안에서 흔들리며 달그락달그락 소리를 냈다.

"버리는 것과 매한가지인 일이겠지. 음식은 다 같이 나누고 숯으로 물을 끓여 따뜻하게 하는 편이 좋을 거야. 하지만 그분은 은인이시다. 그분이 없다면 아빠는 애초에 태어나지 않았을지도 몰라. 너희들도 이 세상에 없었겠지. 너희들이 굶주림에 괴로워하는 건 아빠가 너희들을 사랑하기 때문이야. 이렇게 사랑스러운 너희들이 이렇게 존재하는 것도 그분 덕분이지."

소녀가 고개를 갸웃했다.

"옛날에 아빠의 아빠의 아빠는 사실 죽을 뻔했단다. 나라를 배신해 죄인이 되어 죽을 뻔했지. 그런데 그분이 목숨을 구해주셨어."

"할아버지의 아빠는 나쁜 사람이었어?"

깜짝 놀란 소녀가 물었다.

"나쁜 사람 아니야. 그런데도 나쁜 사람 취급받아서 죽을 뻔했지. 하지만 그분께서 나쁘지 않다고 말씀해주셨어. 나쁜 건 나라고 배신한 건 나쁘지 않다고. 그러니 죽여서는 안 된다고……. 아빠는 지금도 그렇게 되면 얼마나 좋을까 생각해."

소녀는 고개를 끄덕였다.

"살려주셨어. 덕분에 아빠는 너희들과 이렇게 있을 수 있지. 그런 은혜를 베푼 사람을 악당이 죽였어. 그분을 잊는 건 악당이 저지른 비도덕적인 일을 잊는 거야. 잘못된 세상을 받아들이는 거야."

아버지는 중얼거렸다.

"어떤 세상이 되더라도 철위의 백성만큼은 절대로 은혜를 잊지 않아."

낮은 목소리로 말한 뒤 쓴웃음을 지으며 아버지는 뒤돌아 소녀를 쳐다봤다.

"아빠가 맘대로 구는 바람에 너희까지 힘들게 해 미안하구나."

소녀는 그저 고개를 끄덕였다. 아버지가 하는 말이 잘 이해되지는 않았지만 아버지의 기분을 조금은 알 것 같은 기분이 들어서였다. 그러다 문득 생각이 난 듯 품속에 손을 넣었다. 품속에는 언니가 만들어준 모래주머니가 세 개 있다. 잡초 열매를 모아 넣은 모래주머니다. 작은 방울이 달려 있어 던지면 귀여운 소리가 난다. 소녀가 유일하게 가지고 있는 장난감이지만 소쿠리 안에 넣었다.

"이 녀석……."

"이런 걸로 안 놀려나?"

소녀가 갸웃거리자 아버지는 기뻐하며 웃었다.

"기뻐하실 거다, 분명히. 어떤 귀여운 소녀가 자신의 소중한 장난감을 준 걸까 하고 감격하실 거야."

소녀는 고개를 끄덕였다. 아버지는 소중하게 소쿠리 뚜껑을 닫고 발밑을 확인해가면서 물에 띄웠다.

아버지 손에 이끌려 소녀가 떠난 뒤 어두운 못에 둥둥 떠 있던 소쿠리는 깊은 구멍 속으로 빨려 들어갔다. 소녀는 모르겠지만 이 구멍은 흘러 내려오는 공물을 계속해서 빨아들이고 있다. 계곡 상류에서부터 자주 흘러 내려온다. 흘러온 공물은 대부분 지하로 흘러 들어가 함양산으로 향하는 어둠 속에서 냇물 바닥에 가라앉았다. 하지만 드물게 가라앉지 않고 계속 흘러가는 것도 있다.

이날 밤, 부녀가 흘려 보낸 소쿠리가 그랬다. 아버지가 띄운 소쿠리는 지하로 흘러 들어가 몇 번이고 아래로 떨어졌고 물줄기가 고이는 못을 겨우 빠져나가 몇 곳의 분기점을 기적적으로 통과해서 산속 깊은 곳에 다다랐다. 함양산 아득히 깊은 곳. 지하에 펼쳐진 동굴에는 작은 물가가 있다. 소쿠리는 그 물가로 흘러 들어가 얕은 여울에 있는 돌에 걸려 멈췄다.

그곳은 지하였지만 희미한 불빛이 있었다. 작은 모닥불에서 나는 빛이었다. 소쿠리는 그 빛을 받으며 얼마간 그 자리에서 물을 맞으며 흔들리고 있었다.

한동안 물에 흔들리고 있던 소쿠리는 물의 힘을 받아 방향이
휙 바뀌었다. 작은 돌 사이에 멈추게 했던 균형이 무너져 또다시
더 깊은 지하 암흑을 향해 움직이려고 했다. 바로 그때 소쿠리를
주워 든 이가 있었다.

그는 지금이라도 흐르는 물줄기로 돌아가려는 소쿠리를 물에
서 건져 올렸다.

이렇게 물가로 흘러 들어오는 것이 있구나 하고 희한하게 생
각하며.

새까만 갱도, 거대한 산속 몇 길이나 되는지 가늠할 수조차 없
는 지하 깊은 곳. 지상과도 세상과도 단절된 무덤 물가로 어째서
이런 게 흘러 들어오는 걸까.

그것도 한두 번이 아니었다. 잊힐 만하면 한 개, 또는 두 개.
죽은 자에게 바치는 공물 같은 것만이 흘러 들어왔다. 그렇다면
이것은 누군가를 애도하는 물건인 걸까.

그는 그 자리에서 소쿠리 뚜껑을 열었다. 희미한 불빛 속, 물
에 젖어 형태를 잃은 종이와 숯 몇 개, 조릿대에 싸인 떡과 천으
로 만든 작은 주머니 세 개가 들어 있었다. 손으로 집어보니 작
은 주머니인 줄 알았던 것은 어린아이들이 가지고 노는 모래주
머니였다. 그렇다면 이건 소녀에게 보내는 공물일까. 아니면 어

떤 기특한 소녀가 누군가를 애도하기 위해 공물로 바친 걸까. 후 자일지도 모른다. 장난감에 가지고 놀던 흔적이 남아 있었다.

그걸 챙기는 자신의 모습을 보고 쓴웃음을 지으며 교소는 소쿠리를 가볍게 머리 앞으로 올렸다. 인사를 하고 챙긴 뒤 걷기 시작했다.

이것 덕분에 목숨을 부지할 수 있었다, 지금까지.

그 공물은 보내는 사람이 받길 원하는 사람에게 다다랐다. 강렬한 마음으로 흘려보낸 보잘것없는 그것이 틀림없이 왕을 지탱하고 있다.

— 보낸 이도 받은 이도 그 사실을 모른다.

18
장

001

그날, 고탁 일곽은 유달리 흥분에 휩싸여 있었다.

"주상이 어디 계신지 알아냈다는 게 사실입니까."

휘하의 질문에 소겐은 고개를 끄덕였다.

"알아냈다 단언할 수는 없어. 하지만 상당히 가능성이 높다고
봐도 좋아."

결과를 바라면 오히려 결과에서 멀어진다. 교시가 한 말을 마
음 깊이 새겼다. 그러한 마음가짐으로 함양산을 수색해야 한다
고 생각했다. 이제껏 교소는 발견되지 않았다. 즉 수색이 부족했
던 것이다. 다시 수색을 한다면 함양산을 철저히 조사하는 것이
그 첫걸음일 것이다.

"하오나 함양산은 너무나 거대하지 않습니까."

"맞는 말이다."

리사이는 고개를 끄덕였다.

"현재 함양산을 좌지우지하고 있는 규산조차도 모든 곳을 알지 못한다고 했네."

"그런 곳을 철저하게 수색하려면 방대한 인원이 필요합니다."

"도와줄 사람들은 있네. 충분하다고는 할 수 없지만."

소겐의 수하들만으로도 상당한 숫자지만 아문관에 백치도 있다.

"그 정도의 인원이 함양산에 모여들면 수상하게 여기지 않겠습니까?"

세이겐淸玄이라는 도사가 의문을 제기했다. 이곳 고탁에 있는 고탁 계단이 오랫동안 소겐 일행을 보호하며 지원해왔다. 주좌 도한道範을 만나게 해주겠다며 소개받는 자리에 도한의 시종으로 함께 온 자가 단법사 승려인 구쇼空正와 서운관 계통의 도사인 세이겐이었다.

리사이는 세이겐의 질문에 대해 설명했다.

"인원을 적게 나눠 이동한다면 길을 가다 이목을 끄는 일은 피할 수 있을 걸세. 애초에 황민 무리가 가도로 이동하는 일은 드물지 않으니까. 게다가 백랑에서 철위를 거쳐 서최에 다다르는

370
—
백은의 언덕 검은 달

길은 보는 눈도 적지. 점점 사람 왕래가 줄어들다 한산해지고 그러다 사람은 거의 보기 힘들어지는 길이니 눈에 띄지 않도록 주의만 한다면 별로 위험하지는 않을 걸세. 그 길을 따라 서최까지 온다면 숨어 지낼 장소는 있네."

함양산 주변에는 폐광터가 있다. 노구 한 곳에만 수천 명의 인원이 체류할 수 있다. 게다가 규산이 양해해주기만 한다면 서최에서 안복 일대에 상당수의 인원이 숨을 수 있다. 버틸 정도의 물자는 아문관이 가지고 있다.

"석림관도 협력해주겠지요."

소도가 말했다.

"서최에 있는 도관을 재건하려 한다고 둘러대도 괜찮습니다. 애초에 서최의 서쪽에 있는 용계에는 석림관의 큰 도관이 있었고 서최에도 나름대로 큰 도관이 있었습니다. 주벌이 내려진 지도 시간이 꽤 지났습니다. 재건하겠다는 건 억지스러운 이야기가 아닙니다. 그렇게 되면 사람이 이동하거나 짐을 운반하는 것도 당연한 일이 되겠지요."

"고맙네."

"그런 거라면 저희들도 도움을 드릴 수 있을 것 같습니다."

고탁 계단의 주좌 도한이 입을 열었다. 승려답게 원숙한 풍모를 지닌 노인으로 표표한 분위기가 감돌았지만 눈빛이 매섭다.

"애초에 계단 면허를 얻고자 하는 법술자가 많아서 말이지요. 고탁은 포화 상태라 난처했습니다."

법술자는 통일된 종파 조직 없이 대부분이 스승과 소수의 제자로 구성된 작은 집단으로만 되어 있기 때문에 제각각 면허를 얻고 싶어 한다고 했다.

"면허가 없으면 마음대로 활동할 수 없어 고탁으로 모이는 겁니다만 그 수가 지나칩니다. 여관은 사람으로 넘쳐나고 한지에도 사람이 모여드는 처지죠. 그런데도 깊은 산골짜기 속에 있는 마을이니 이 이상 커질 수도 없는 노릇이라 현정도 곤란해하고 있습니다. 그래서 법술 면허만이라도 다른 곳으로 옮길 수 없겠느냐는 이야기가 꽤 오래전부터 있었습니다. 그렇다고 화적이 점거한 영역에 계단을 설립할 수는 없겠지만 용계라면 역사도 있으니 어색하지 않겠지요."

원래 용계도 도관을 중심으로 만들어진 종교도시다. 주벌로 인해 사람이 거의 자취를 감췄지만 근래 들어 사람들이 조금씩 돌아오기 시작했다.

"용계로 하기에는 너무 벽지로 가는 게 아닙니까."

백랑이나 임우처럼 도시 쪽이 좀더 어울리는 게 아닌가 하고 리사이는 생각했다.

"큰 마을은 적합하지 않습니다. 고탁 현정이 훌륭하신 분이니 이해해주셨지만 원래 관청은 그들과 권위를 나란히 하는 것을 싫어합니다. 애초에 도관 사원의 권위가 강했던 역사를 지닌 시골 마을이 더 적합합니다."

"분명 용계는 이상적이야. 하지만⋯⋯."

우락부락한 풍모의 승려가 소리를 높였다. 단법사의 구쇼였다.

"기간이 길어질수록 그만큼 탄로가 날 위험도 늘어나오. 함양산 모든 곳을 뒤지기는 어렵지 않은가."

"사람이 들어갈 수 있는 장소는 규산이 파악하고 있네. 그곳에는 주상의 흔적이 없었어. 그렇다는 건 낙반으로 가로막힌 장소 너머가 아니겠는가."

리사이는 동의 의사를 표하는 일동을 향해 말했다.

"그렇다면 규산의 협조가 필요하네."

소겐 일행이 채비하는 것을 기다리지 못하고 리사이는 서둘러 수행길을 되돌아갔다. 겐추와 호토, 기이쓰가 서최에서 새로운 거처를 마련하고 기다리고 있었다.

새로운 거처는 서최 동쪽 끄트머리에 있었다. 함양산으로 가는 동쪽으로 나가기 쉬운 위치다. 규산이 마련해줬다고 한다. 감사 인사를 할 겸 리사이는 곧바로 규산이 있는 곳으로 향했다. 규산은 리사이 일행의 편의를 생각해 서최에 체류하고 있다고 했다.

한산한 거리를 지나 규산이 있는 숙소로 향했다. 거리는 인적
도 적어 눈이 그대로 쌓여 있었고 곳곳에 휘날린 눈이 수북했다.

"함양산을 수색하겠다고?"

리사이가 사정을 설명하자 규산은 질렸다는 듯한 표정을 지
었다.

"터무니없는 산이라고, 저 산은."

"알고 있네. 하지만 해야만 해."

흠, 규산은 팔짱을 꼈다.

"일단 서최는 맘대로 사용해. 눈에 띄는 건 사절이지만 석림관
이라든가 고탁 계단이라든가 어찌어찌 핑곗거리를 마련하겠다
면 이의는 없네. 사람이 머물러준다면 마을이 황폐해지는 것도
막을 수 있겠지. 건물이 꽤나 상해서 말이지."

"아문관에서 들은 정보로 짐작해보면 사람이 모였다는 것만으
로 관청이 주목하지는 않을 것 같더군. 애초에 서최는 관청이 보
기에는 없는 것과 마찬가지인 마을이기도 해."

"그건 알겠지만 물자는 충분한가?"

"그것도 지원받을 수 있을 것 같네. 규산에게 피해를 끼치겠지
만 만에 하나 무슨 일이 벌어졌을 때에는 여자와 아이를 최우선
으로 탈출시키는 데 조력하기로 약속하지."

"그건 걱정하지 않아도 돼. 리사이는 다른 녀석들이 충분히 신뢰하고 있기도 하고. 문제는 함양산이야. 도와줄 수야 있지만 그렇다 해도 터무니없이 거대한 산이라고."

"규산이 이제껏 흔적을 본 적이 없다면 낙반이 일어난 안쪽이겠지. 파내야 하겠지만 도와준다면 약소하지만 사례는 하겠네."

"그렇다면 내가 거절할 이유는 없군."

규산은 동의했고 이로써 준비는 끝났다. 리사이 일행은 만약을 대비해 산속에 있는 폐광터를 정비하는 한편 아문관에서 물자와 사람을 나르기 시작했다. 그런가 하면 고탁에서는 사람들이 차츰 이동해 오기 시작했다. 기수가 있는 자는 수행길을 통해 왔고 없는 자는 북쪽을 돌아 가도를 경유해서 왔다.

― 정장을 떠날 때에는 고작 세 명이었다.

리사이와 교시 그리고 호토.

반년에 걸쳐 일군의 규모로 불어났다.

"모든 병력이 모인다면 문주성을 공격할 수 있습니다."

세이시의 말에 리사이는 고개를 끄덕였다.

― 여기까지 도달했다. 간신히.

이제 교소만 찾으면 된다.

002

─철위 이재가 은밀히 도움을 요청하고 있습니다.

교소가 지구라는 마을에 있을 때 그런 귀띔을 받았다.

철위는 현성이지만 이^里를 포함하고 있다. 그 이의 이재가 도움을 요청하고 있다고 했다. 현성의 상황이 수상하다. 알고 지내던 자들이 모두 사람이 달라진 듯 변하고 말았다고 한다.

이재는 현에 쫓기고 있다. 몇몇 친인척들과 함께 겨우 함양산으로 도망쳤지만 옴짝달싹 못 하고 있다. 부디 도와달라고. 도움을 주기 어렵다면 자신들의 하소연만이라도 들어달라 심부름꾼을 보냈다고 한다.

─함정일 것이라고 생각은 했다.

교소는 답답한 숨을 내쉬고는 암벽에 기대었다.

이재가 심부름꾼을 보냈다면 보통 심부름꾼을 자기 앞에 데려왔을 것이다. 식량을 비롯한 물자와 함께 이재가 있는 곳으로 돌려보냈다고는 하지만 그 물자를 화적에게 빼앗긴다면 의미가 없다. 이재가 있는 곳으로 돌아간다면 교소와 함께 가는 것이 마땅하다.

함정인 줄 뻔히 알면서 어째서 따라 나섰는가.

얕보기는 했다. 우코라는 아센군 졸장이 귀띔하러 왔다. 문주

출정을 나가며 호위로 붙을 때까지 친하게 말을 나눈 적은 없지만 얼굴과 이름은 기억하고 있었다. 교왕 시절 중군에 있던 사내로 평판이 썩 좋지 않은 병사라 기억하고 있다. 실력이 좋다는 소문은 듣지 못했다. 그렇다면 설령 함정이라고 하더라도 빠져나갈 수 있을 것이라고 얕잡아 보고 제 발로 걸려들었다.

동시에 고집을 부리고 싶은 마음도 있었다. 철위라는 이름을 꺼낸 이상 물러날 수 없다. 이재를 저버렸다는 말은 듣고 싶지 않았다.

—역시 왕 정도 되면 한낱 철위 같은 마을을 위해 위험을 무릅쓰지는 않는 법이군.

이것이 함정이라면 틀림없이 이러한 풍문이 돌다 결국 출정해야만 하는 상황이 빚어질 것이다.

애초에 철위가 위험하다는 소식을 들었을 때에도 같은 생각을 했다. 철위라는 이름을 꺼내면 본인은 나설 수밖에 없다. 두 개의 선택지가 있다. 금군 좌군 일군을 철위를 구하기 위해 출정시킬 것인가 또는 스스로가 철위로 갈 것인가.

금군은 왕이 소유한 군대이다. 그런 군대의 좌군을, 게다가 일군을 파견한다면 철위와의 의리는 지킬 수 있다. 하지만 왕 정도 되면 위험을 무릅쓰지 않는 법이라는 풍문이 도는 것은 피할 수 없다. 그래서 굳이 자신이 문주에 왔다. 빼도 박도 못한 채 직접 문주로 갈 수밖에 없도록 파놓은 함정에 걸려든 것은 알고 있었다.

그렇다면 아센은 분명 교소가 간초군을 이끌고 갈 것이라 내다봤을 것이다. 그래서 일부러 아센군을 나누었다. 홍기에 남는 것은 간초와 가신, 리사이 삼군이고 아센군이 삼사만 남겨진다면 섣불리 행동할 수 없을 것이다.

생각에 잠겨 문주로 이동하는 동안 사실 여기까지가 아센이 예측한 범위가 아닐까 하는 의문을 떨칠 수 없었다. 아센은 자신이 문주로 가는 것이 아니라 아센의 휘하를 데리고 왕궁을 떠나는 것을 바라고 있지 않았을까.

간초를 동행시킬까 하고도 생각했다. 설령 자신이 간초군을 동행시키더라도 홍기에는 가신과 리사이가 남는다. 왕사 이군과 아센군 일군. 역모가 일어나면 곧바로 각 주에 있는 주사도 달려올 것이다. 자신이 자리를 비운 틈을 타 궁성을 함락시킬 수 없다.

문제는 다이키였다.

아무리 그래도 다이키를 문주에 데려갈 수는 없다. 어딘가로 피신시킬 수도 없었다. 다이키를 피신시킬 이유가 없다. 억지로 피난시켰다가는 홍기에서 누군가가 시해할지도 모른다고 경계하고 있다는 것이 명백해진다. 아센이 움직이기 전에 의심하고 있다는 걸 들켜서는 안 됐다. 그렇다면 다이키는 궁성에 남아야

백은의 언덕 검은 달

만 하지만 아센군 일군으로 궁성을 함락시키는 것이 불가능하다
해도 다이키를 시해하는 일은 가능하다. 그렇다면 자신은 아센
군을 찢어놓을 수밖에 없다. 이렇게 하는 것도 아센을 경계하고
있다는 사실을 들킬 가능성이 높았지만 이 정도가 최대한의 타
협점이었다.

달리 선택지가 없다는 점이 아센의 간계가 아닌가 하는 의심
을 하게 했다. 그렇게 움직이도록 짠 게 아닐까.

—알고는 있었지만.

교소는 쓴웃음을 엷게 지었다. 알고 있으면서도 아센이 바라
는 대로 행동할 수밖에 없었다. 애초부터 교소에게 불리했다. 아
센은 항상 두 개의 선택지를 가지고 있다. 거사를 감행할지 말
지. 아센은 스스로의 의지에 따라 어느 쪽이든 자유롭게 선택할
수 있었다. 하지만 교소에게는 선택지가 없다. 아센이 거사를 감
행한다면 맞서는 것은 지당하지만 아센이 감행하기 전에 아센을
공격하는 것은 불가능하기 때문이다.

역모의 증거를 미리 잡을 수 있다면 좋았겠지만 아센은 그 정
도로 무능하지 않다. 증거도 없이 아센을 공격할 수는 없는 노릇
이고 아센이 두려워 죄를 날조한 뒤 벌을 내리는 것은 자신의 천
성상 더욱 할 수 없는 일이다.

언제부터인가 아센이 들고일어날 것이라 확신하고 있었다.

교소 자신도 언제 어떤 계기로 그런 마음이 들었는지 알 수 없었다. 아센은 표면상으로 교소에게 최대한 경의를 표하고 있었고 교소의 휘하와도 사이가 좋았다. 다이키도 마음에 들어 하는 것 같았다. 의심할 이유는 아무것도 없었다. 이제 와서 봐도 똑같은 생각밖에 들지 않는다.

굳이 말하자면 그런 분위기였다고밖에 말할 도리가 없다. 아센을 만나면 어딘가 냉랭한 분위기가 느껴졌다. 칼이 목이 들어온 듯한 기분이 들어 견딜 수 없었다. 말이나 행동 그 어디에서도 암시를 받지 못했지만 아센이 배신할 것이라고 어느덧 받아들이고 있었다.

왜 배신하는지는 모른다. 그렇게나 옥좌를 바랐던 걸까. 교소에게 빼앗긴 것을 용납할 수 없었던 걸까.

신기하게도 그런 이유는 아닐 것이라는 생각이 든다. 그런 빤한 이유가 아니다.

"넌 무엇에 사로잡힌 것이냐?"

줄곧 답을 찾아왔지만 교소는 알 수 없었다. 막연하게 자신이 알아내지 못하는 그것이 아센을 화나게 하고 있는 것이라고 생각했다.

달리 선택해야 할 길을 찾지 못한 채 아센의 휘하를 이끌고 문주로 향하며 함정이라는 걸 알면서도 우코가 유도하는 대로 따랐다. 자신과 함께 샛길로 빠지는 병사가 대략 기병 스물다섯 명이니 이 정도라면 설령 습격을 받더라도 어떻게든 대처할 수 있을 것이라 얕잡아 보았다. 그들이 습격을 한다면 아센이 역모를 저질렀다는 확증을 잡을 수 있다고도 여겼다. 그래서 소겐의 휘하를 소수 빌려 은밀히 쫓아오도록 명령했지만 그들이 어찌됐는지 교소는 알지 못한다. 하지만 살아 있지는 않을 것이다. 그들은 우코 같은 녀석이 어찌할 수 있는 자들이 아니라고 생각했지만 우코의 실력은 교소가 파악한 것보다 훨씬 뛰어났다.

지금도 떠올리면 등줄기가 서늘하다. 우코만이 아니라 우코를 따르던 자들 모두가 한기가 들 정도로 실력이 좋았다. 우코가 그정도로 실력이 뛰어날 줄 몰랐고 그와 동등한 실력을 지닌 자들이 아센군에 여럿이나 있었다고는 꿈에도 생각지 못했다. 왕이 되어 신적에 들어갔다고는 해도 목숨이 붙어 있는 것이 거의 기적과도 같았다. 한두 명이라면 몰라도 이 정도의 인원을 대적한다면 버틸 수 없다. 절대 이기지 못할 것이라는 절망감을 태어나서 처음 느꼈다.

"오만했다고 봐야겠지……."

스스로 오만했다고 생각하고 싶다. 얕잡아 보고 있었던 까닭에 상상 이상의 기량을 보고서는 충격을 받았다. 뜻밖의 사태에 냉정함을 잃었다. 오만함이 무너지고 실제보다 상대가 강하게 보였다. 그게 아니라면 신들린 기량의 실력자들이 그만큼이나 있다는 사실을 인정해야만 했다. 하지만 이는 다른 의미로 교소가 받아들이고 싶지 않은 사실이었다. 아센이 요마를 사용했다는 것을 의미하기 때문이었다.

어찌되었든 교소는 함양산에서 습격을 받았다. 죽음을 각오한 채 의식을 잃었다. 눈을 떠보니 칠흑 같은 어둠 속에 있었다. 얼마간은 몸을 움직일 수도 없었다. 통증은 거의 없었지만 사지에 감각이 느껴지지 않았다. 칠흑으로 뒤덮인 어둠 속에서 자신의 손발이 붙어 있는지조차 알 수 없었다. 손발의 감각이 돌아오기까지 얼마만큼의 시간이 지났을까. 긴 시간 끝에 천천히 감각이 돌아오면서 통증이 덮쳐 왔다. 기다긴 고통 끝에 몸을 움직일 수 있게 되었지만 자신이 어디에 있고 어떤 상태인지 알 수 없었다. 암흑 말고는 아무것도 보이는 것이 없어서 처음에는 시력을 잃었다고 생각했을 정도다. 저릴 만치 고통스러운 손발로 천천히 자리를 더듬어가며 확인했다. 딱딱한 돌의 감촉과 자잘한 모래와 자갈의 감촉 그리고 물의 감촉. 자신이 크고 작은 바위 사이로 모래와 자갈이 쌓인 곳 위에 있고 바로 옆에 얕은 물웅덩이가 몇 개 있다는 것만은 감지했다.

물이 있던 건 행운이었다. 행군을 하던 중이어서 최소한의 약과 식량을 휴대하고 있던 것도 행운이었다. 그리고 손목에 감고 있던 팔찌도 무사했다. 은팔찌는 대국의 보중이었다. 이것이 목숨을 이어준다. 이런 보중은 어느 나라든 반드시 하나씩은 있지만 몸에서 떨어뜨릴 일 없는 장신구였던 점이 교소를 구했다.

보아하니 두 다리는 부러진 것 같았지만 양팔은 무사했다. 손가락이 몇 개 부러진 것 같았고 그 외에도 무수한 상처가 있었지만 움직일 수는 있었다. 기어갈 수 있는 범위 안에 마른 나무 조각이 상당량 있었던 것도 행운이었다. 어찌어찌 몸을 일으켜 상처 입은 다리에 부목을 대고 불을 피울 수 있었다. 가느다란 불빛을 손에 넣고서야 겨우 이해할 수 있었다. 자신은 깊은 수혈 바닥에 있었다.

모닥불 빛으로는 높이를 가늠할 수 없을 정도로 깊은 수혈의 바닥이었다. 일그러진 절구 형태의 바닥에는 바위와 모래와 자갈이 쌓여 있다. 주변에는 낙반 때문에 생긴 것 같은 크고 작은 바위와 전에는 천장을 지탱하고 있었을 법한 지주로 보이는 목재가 흩어져 있었다. 개중에 몇 개는 새것처럼 보였으니 교소가 떨어졌을 때 무너진 것일지도 모른다. 천장이 붕괴된 곳까지 이어지는 암벽은 거의 수직에 가까웠고 누가 봐도 사람 손으로 깎아낸 형태에 자갈층이 곳곳에 띠 모양으로 자리 잡고 있었다.

─수갱인가.

함양산에 있는 수갱 밑바닥에 있는 것이다. 아마도 우코는 교소가 죽었다고 생각했을 것이다. 시체를 수갱으로 던지고 매장한 뒤 떠날 작정이었다. 그렇다면 이 수갱은 상당히 깊을 것이다. 깊기만 한 것이 아니라 수갱으로 이르는 길은 낙반을 일으키거나 해서 막았을 것이다. 그게 아니라면 아셴은 백치가 말썽을 울지 않는 것을 보고 교소가 죽지 않았다는 사실을 알 수 있었을 테고 그렇다면 다시 목숨을 끊으러 왔을 것이다. 일을 그르쳤다는 걸 알면서도 손쉽게 다가올 수는 없다. 그러니 몸이 움직일 수 있을 때까지 자객이 오는 일이 없었던 것이다.

하지만 언젠가는 올 것이다.

부러진 다리뼈가 어긋났지만 팔로 때려가며 억지로 맞췄다. 특히 왼쪽 다리는 부러진 뼈가 살을 뚫고 나왔지만 스스로 피부를 절개해 강제로 이어 붙였다. 고통스러워하는 비명을 듣는 자가 없는 게 다행이었다. 처치를 마치고 겨우 다리를 움직일 수 있게 되자 교소는 기어 다니며 굴 바닥을 조사했고 횡혈을 발견했다. 수갱과 이어지는 갱도일 것이다. 갱도는 전부 여섯 개. 그중 두 개는 낮은 곳에 있었고 여기저기 물웅덩이가 있었다. 지하 수위가 높아지면 물이 차오를지도 모른다. 교소가 떨어졌을 때에는 물이 있었을지도 모른다.

횡혈 중에서 공기가 가장 맑게 느껴지는 굴을 골라 이동했다. 그렇게 다다른 곳이 물이 시내가 되어 흘러 들어오는 게 이 동굴이었다.

아마 이곳도 과거 낙반이 일어났던 곳일 것이다. 바닥에 크고 작은 바위가 복잡한 굴곡을 이루며 쌓여 있었다. 그 와중에 물줄기에 가까운 곳에 거실 정도 되는 넓이의 평지가 있었다. 바닥은 대체적으로 매끄러웠고 일부는 사람에 의해 깎여 있었다. 낙석은 보이지 않았다. 높은 천장은 천연 그대로의 모습으로 남아 있었고 자연스럽게 생긴 동굴의 바닥을 깎아내 평평하게 다듬었을 것이라고 짐작됐다. 애초에 물이 동굴을 깎아냈을 것이다. 이곳이라면 낙반이 일어날 가능성이 낮지 않을까. 물과도 가깝고 물줄기를 따라 공기도 흐르고 있다. 그리하여 이곳을 거처로 정했다.

—설마 이토록 오래 이곳에 머물게 될 줄이야.

자유롭게 걸어 다닐 정도가 될 때까지는 더 오랜 시간이 걸렸다. 걸을 수 있게 되자 미로 같은 갱도를 헤쳐 나아가며 형태를 기억했다. 딱딱한 암반을 바위로 때려 발 디딜 곳을 만들자 위아래로 이동할 수 있게 되었다. 바위를 깨 창을 만들고 낙반 때문에 갱도에 채워진 토사를 무너뜨려 양손으로 파냈다.

신기하게도 포기하고 싶은 마음은 들지 않았다. 우코는 교소의 옷을 벗길 수도 있었을 것이다. 하지만 벗기지 않았기에 팔찌가 남았다. 허리띠는 등 뒤에서 습격받았을 때 잘려나가 잃어버렸지만 칼은 허리띠가 아닌 허리끈에 차고 있었기 때문에 칼집과 단검, 숫돌을 잃지 않았다. 허리끈에 무기를 차는 것은 오래된 방식이다. 일반적으로는 허리띠에 있는 고리에 채운다. 하지만 교소가 차고 있던 허리띠는 범왕에게서 받은 것으로 애초에 고리가 없었다. 그렇게 고풍스러운 허리끈을 사용하고 있었던 것이 행운이었다. 명주실로 엮은 허리끈은 풀어내면 부싯깃이 되었다. 나중에 자신의 검인 한옥寒玉도 찾을 수 있었다. 검을 쥐고 있었을 때 베였으니 당연히 놓쳤다고 생각했는데 교소의 몸을 던질 때 아무래도 함께 던진 듯했다. 한옥은 교소가 교왕에게서 하사받은 물건으로 희대의 명검이라 타인이 금방 알아볼 수 있다. 가지고 가더라도 사용할 수도 팔 수도 없다. 오히려 그 자리에 남겨뒀다가는 습격을 받았다는 증거가 될 수 있다. 그래서 함께 내던졌을 것이다. 이것 또한 행운이었다.

행군중이어서 최소한으로 필요한 물품을 지니고 있었고, 떨어진 바로 그곳에 물이 있었고, 두 다리는 부러졌지만 두 팔은 무사했다. 얼마나 행운이 따랐는지 세어본다면 끝이 없다.

누군가가 끝까지 살아남으라고 명령하고 있는 듯했다.

못으로 흘러 들어오는 소쿠리도 그렇다. 종이돈이나 종이옷, 또는 실제 옷과 식량. 드물게 흘러 들어오는 소쿠리를 주워 들 때마다 누군가가 자신을 살리고 있다고 느껴졌다.

─살아남아 참고 견뎌내 해야 할 일을 하여라.

왕인 자신이 해야 할 일은 한 가지뿐이다.

무엇보다도 살아내는 것이다. 왕을 잃는다면 천지의 이치가 기운다. 눈을 뜨고 잠들 때까지를 어림잡아 하루로 삼아 벽에 날을 새겼다. 대충 적당히 감으로 추측하긴 했지만 때에 맞는 제사도 빠뜨리지 않았다. 공물은 흘러 들어오는 소쿠리의 내용물에 의지했다. 지독하게 검소했지만 하늘은 받아줄 것이다.

그러면서 살길을 모색했다. 갈 수 있는 한 갱도를 뚫고 나아가봤지만 출구는 없었다. 물이 있으니 혹시나 싶어 못을 거슬러 올라가보기도 했지만 길게 수몰된 장소가 있어 더이상 나아갈 수 없었다. 새까만 어둠 속인데다가 수류가 있어 잠수한 뒤 어디로 가야 할지 방향을 찾는건 불가능했다. 남은 수단은 낙반이 있었던 곳을 파내는 것뿐이었다. 약한 부분을 파내고 돌을 쌓아 올려 기어 나갈 수 있는 길을 만들어 나아갔다. 세 곳을 파냈지만 그 앞에 출구는 없었다. 네 번째 파낸 곳은 돌을 쌓아 올려도 너무 연약한 나머지 제대로 지탱이 안 돼 포기할 수밖에 없었다.

다섯 번째로 파낸 곳 너머에는 거대한 횡혈이 있었다. 아마도 천연 횡혈일 것이다. 골짜기처럼 암벽이 우뚝 솟아 있었고 아득히 높고 칠흑과 같은 공간에 바늘로 콕 찌른 듯한 하얀 점이 있었다. 단 하나의 별처럼.

교소가 왔다 갔다 할 수 있는 범위 내에서 내려갈 수 있는 장소는 거의 없었다. 아마도 이곳이 함양산 최심부일 것이다. 지상까지 아득히 떨어져 있는 곳. 하지만 분명 이곳은 바깥세상과 통한다. 그 증거로 지상에 비가 내리면 상당한 양의 빗물이 떨어졌다. 빛이 통과하는 점이 꽤 크다는 뜻이다.

바위에 발 디딜 곳을 조각냈고 주워 모은 돌과 목재로 중간에 쉴 수 있는 선반을 만들었다. 거처에서 매일 왔다 갔다 했기 때문에 작업은 지지부진하게 진행되었다. 벌써 얼마 동안 같은 일은 반복하고 있는 걸까. 그럼에도 올라간 높이는 교소의 키 열 배에도 미치지 못한다.

다 오르려면 얼마만큼의 세월이 걸릴까. 하늘은 그만큼 기나긴 공위를 받아들여줄까. 불안과 싸우며 협곡을 드나드는 동안 교소는 마지막 기적과 조우했다.

그것은 협곡으로 가는 길 위에 있는 아래로 떨어지는 몇 안 되는 균열의 옆이었다. 교소는 처음으로 자신 외의 생물이 내는 소리를 들었다.

낮은 신음 소리였다.

—땅 깊은 곳에서는 요마가 솟아난다고 했다.

처음에는 결국 운이 다했다고 생각했다. 칼은 있지만 그걸로 싸울 수 있을지는 상대에 따라 다르다. 심지어 요마가 샘솟는 것은 천지의 이치가 기울고 있다는 의미였다. 하늘은 이윽고 교소를 버리려고 한다고 생각했다. 버려지더라도 하는 수 없다. 오랜 세월 교소는 하늘에게서 하사받은 옥좌를 내팽개치고 있었다.

하지만 그게 아니라는 것을 알았다.

등불 빛 사이로 새까만 추우의 모습이 엿보였다.

─하늘이 마지막 기적을 베푸셨다.

교소는 추우를 포획하는 방법을 알고 있다.

003

추위가 다시 돌아오고 눈이 내린 바로 그날, 무표정한 하관이 유쇼를 찾아왔다. 하관은 정중하게 고개를 숙인 뒤 "주상께서 부르십니다" 하고 짧게 말했다. 깜짝 놀란 유쇼는 몸단장을 하는 둥 마는 둥 저택을 나와 내전으로 향했다. 공허한 표정을 짓고 있는 하관의 안내를 받아 몸채로 들어가자 검은 옷을 입은 사람이 벌써 옥좌에 앉아 있었다. 실로 오랜만에, 거의 삼 년 만에 배알하는 주인이었다.

"유쇼, 네가 교소를 데려와줬으면 한다."

고두를 하고 있던 유쇼는 고개를 들었다. 다이키가 교소에게 양위를 받아야 한다고 주장하고 있다는 소식은 들었다. 그렇다면 아센은 드디어 교소에게 양위받고 즉위하겠다는 결의를 굳힌 것이다.

"기꺼이 받들겠나이다."

유쇼의 대답에 아센은 고개를 끄덕였다.

"단, 일군을 움직일 필요는 없다. 일사를 이끌고 문주로 가거라."

"문주라 하셨사옵니까."

"함양산이다."

유쇼는 의아했다. 이를 아센이 알아차렸는지 덧붙여 말했다.

"교소는 함양산 깊숙한 곳에 있다. 낙반 아래에 있지."

"낙반 말씀이시옵니까?"

낙반 아래에 있다면 이미 죽지 않았을까. 유해를 파내라는 의미인 걸까. 혼란스러워하는 유쇼에게 아센은 곁으로 오라 손짓을 했다.

"교소를 함양산 깊숙한 곳에 떨어뜨렸다."

"수갱 속 말씀이시옵니까?"

"그래. 그곳으로 가는 갱도는 낙반을 일으켜 차단했지."

아센이 말하는 의미가 더욱 이해가 되지 않았다. 유쇼가 알기로 인위적으로 낙반을 일으킬 방법은 없다. 암반을 한 번에 붕괴시킬 수 있는 편리한 방법이 있다면 군대가 제일 먼저 알고 싶을 터다. 군사는 말할 것도 없고, 평상시에 군대가 몸담고 있는 토목 사업에 얼마나 도움이 될까.

"이는 나만이 사용할 수 있는 비책이다."

유쇼가 곤혹스러워하고 있는 것을 알아챈 듯 아센이 설명을 하고는 어째서인지 자조하는 듯 웃었다.

"하여, 그 비책이 어떠한 건지 내막을 타인에게 알리고 싶지 않아. 너에게는 일사를 이끌고 함양산으로 가게 할 것인데 데리고 갈 자들은 엄선하도록. 길 안내는 우코가 할 것이다."

순간 유쇼는 반발심이 들었다.

"길 안내는 필요 없습니다."

"함양산을 얕잡아 보지 말아라."

아센이 딱 잘라 말했다.

"그 산은 천연 미로야."

험악한 표정을 지었다가 차츰 표정이 풀어졌다.

"아니지, 사람이 파낸 갱도니 천연이라고는 할 수 없겠군. 하지만 함양산 내부는 매우 복잡해. 우코가 아니면 안내할 수 없다."

"그 말씀은…… 우코가 교소를 함양산에 가두었기 때문이옵니까."

유쇼가 묻자 아센은 고개를 끄덕였다. 유쇼는 그 반응을 보고 다소 실망했다. 낙반을 일으킨 방법은 아센만 사용할 수 있는 비책이라고 했다. 그 비책을 전수받아 실제로 실행한 자가 우코인 것이다. 유쇼가 아니라.

"실제로 교소를 데려오려면 먼저 낙빈으로 묻힌 갱도를 파내야 한다. 갱도를 막으려고 낙반을 일으켰을 때 주변에 다른 약한 곳들도 무너졌다고 하니 꽤 어려운 작업이 되겠지. 사람도 필요하고 시간도 걸릴 거야. 이는 문주 주사와 화적이 도와줄 것이다. 너는 가서 먼저 갱도 내 상태를 조사하고 발굴 준비를 지휘하라."

"네."

유쇼는 짧게 대답했다. 아센은 몸을 내밀어 유쇼와의 간격을 좁혔다.

"중요한 곳은 화적이 파내도록 하거라. 화적에게 광부를 모으게 해. 어디가 중요한 곳인지는 우코가 알고 있다. 파낸 뒤 어떻게 할지도 말이지."

유쇼는 숨을 삼켰다. 이것은 발굴 작업에 얽힌 광부를 죽이라는 의미인 걸까.

유쇼는 삼 년 만에 만난 주공의 얼굴을 찬찬히 쳐다봤다.

이런 명령을 내릴 주인이라고는 생각지 못했다. 아니, 사실 유쇼는 이미 알고 있었다. 반민에게 주벌을 내릴 때 아센은 무고한 백성이 휘말리는 것을 염려하지 않았다.

"왜 그러느냐" 하고 아센은 눈을 가늘게 떴다.

"너에게 하라 말하지 않았다. 모두 우코에게 맡기면 된다. 넌 오히려 얽히지 말아라. 손을 더럽힐 필요는 없다."

이것은 아센의 온정일까, 아니면⋯⋯.

유쇼는 미세하게 떨며 물었다.

"화적은 둘째 치고 광부는 무고한 백성이 아니옵니까."

"무고한 백성이라면 휘말리지 않겠지. 화적과 가까이 지내는 자들로 모으게 할 거다."

유쇼는 화적과 가까이 지내는 이들이라면 상관없는가 하는 물음을 집어삼켰다. 화적의 난이 일어났을 때 화적은 적이었다. 왕사는 화적과 화적에게 가담하는 백성에게 주벌을 내렸다.

하지만. 유쇼는 내전에서 물러나며 생각했다.

대적하는 화적에게 주벌을 내리는 것과 화적에게 돕도록 만들고 마지막에 죽이는 것은 의미가 너무 다르다. 화적을 이용한 뒤 입을 막기 위해 배반하고 죽인다. 이것이 오랜 시간 모셔온 주공의 계획이라는 말인가.

아센은 이렇게까지 변한 걸까. 혹시 이것이 아센의 진짜 모습일까.

그렇지 않다면 그 '비책'이라는 것이 그렇게까지 알려지면 안 되는 방법인 것인가. 애초에 인위적으로 낙반을 일으키는 방법이 무엇이란 말인가?

어찌되었든 유쇼는 임우로 가게 되었다. 부하를 선발해 일사를 편성하고 임우에 도착하기까지 약 보름 정도 걸릴 것이다. 함양산을 탐색하고 교소가 있는 곳까지 길을 마련하는 데 얼마만큼의 시간이 걸릴까. 낙반이 어느 정도인지 규모를 모르는 이상 지금으로서는 예상도 할 수 없는데 그 시간 동안 우코와 같이 움직여야 한다고 생각하니 우울했다.

우코는 도대체 얼마나 아센과 가까운 걸까. 애초에 언제부터 아센은 우코를 이렇게까지 중용하게 되었는가. 도대체 무엇을 계기로.

생각에 잠긴 채 막사로 돌아오자 제일 마주치고 싶지 않은 인물을 만났다. 상대는 유쇼가 아센에게 부름을 받았다는 것을 알고는 어떤 명령을 받았을지 짐작했다. 아니 벼르고 있던 듯했다.

그 남자는 검붉은 갑옷을 입은 채 문전에 있는 기둥에 기대어서 있었다. 유쇼를 보자마자 피식 웃었다.

"임우?"

"……그렇네."

유쇼는 짧게 대답했다.

"걱정 마시게. 안내해주지, 이 몸이."

우코는 이겼다고 과시하는 듯 유쇼를 쳐다봤다.

유쇼는 아무 말 없이 우코를 내버려두고 그 자리를 떠났다. 어째서 우코냐며 속으로 중얼거렸다. 예전에 교소를 시해할 때 아센이 사용한 자도 우코였다.

대역이라는 거사에 어째서 줄곧 그와 함께해온 휘하가 아닌 우코 같은 놈을 썼는지 유쇼는 이해가 되지 않았다. 자신에게 교소를 암살하라는 명령이 떨어진다면 상당히 주저했을 것이다. 유쇼는 신왕 교소에게 불만이 없었기 때문이다. 같은 군인이라는 동료 의식도 있었다. 다른 군을 이끌고 있는 장군으로서 존경하기도 했다. 개인적인 교류는 없었지만 딱히 싫어할 이유도 없었다. 아센 다음으로 훌륭한 기량을 지녔다고 평가하고 있었다. 물론 아센이 제일이다. 하지만 교소도 나쁘지 않다.

그러한 교소를 묻고 떠나는 것은 뒷맛이 쓰다. 하라고 명령받으면 거부할 마음은 없었지만 자신은 그 임무를 완수한 뒤 어떤 달성감도 느낄 수 없었을 것이다. 교소는 왕이었다. 그의 어깨에는 대국이라는 국가와 그곳에 살고 있는 백성의 목숨이 걸려 있었다. 교소를 죽이는 것보다 겨우 얻은 '왕'을 죽인다는 사실에 고통을 느꼈으리라 생각했다.

게다가 대역은 큰 죄다. 법으로도 가장 높은 죄에 해당되고 나라와 국민에게는 부당한 일이다. 할 수만 있다면 유쇼는 아센이 그런 길에 발을 들이게 하고 싶지 않았다. 그래서 자신이 가담하는 데 강한 저항심이 들었던 것이다. 하지만 그렇기 때문에 자신을 써줬으면 했다. 모순되기는 하지만 아마 유쇼는 아센에게 설득당하고 싶었던 것일지도 모른다. 이치를 따지지 않고 정에 호소해도 좋다. 교소를 시해할 필요가 있다고 자신을 납득시켜주길 바랐다.

너밖에 부탁할 사람이 없다는 말을 듣고 싶었는지도 모른다.

하지만 아센은 우코를 이용했다. 처음부터 유쇼는 우코를 경멸했다. 선왕 시절, 거만하고 무능한 장군이 갑자기 죽었는데 남겨진 병사 중에 우코가 있었다. 윗선의 요청과 의리로 끝내 거절하지 못하고 아센군에 편입시켜 힌켄의 부하로 배치되었는데 그에 대한 동배들의 평가는 최악이었다. 용맹한 병사라고 했지만 그다지 실력이 좋은 것도 아니고 단순히 난폭하기만 했다. 품성이 야비하고 비열했다. 본인도 스스로 그렇다는 걸 알면서 부끄러워하지도 않고 오히려 자랑스럽다는 듯 행동하는 게 불쾌했다. 지금도 그렇게 생각한다. 예전에는 아센도 분명 우코를 멀리했다. 그런데도 우코를 중용한다. 중용된 우코는 이를 과시하며 점점 거만해졌다. 힌켄에서 신료의 군대로 소속은 바뀌었지만 개주에서 온 신료쯤은 그저 형식뿐인 지휘관이라며 깔보는 마음을 숨기지 않았다.

히죽히죽 웃고 있는 우코를 내버려두고 유쇼는 관청으로 갔다. 그곳에는 웬일인지 하관장 슈쿠요가 기다리고 있었다.

"문주로 유쇼를 파견한다는 하명이 내려와 이곳에 온 참이었네. 주상께서 직접 말씀하셨다고."

유쇼는 고개를 끄덕였다. 지금은 슈쿠요가 여럿 중신 중 하관장 자리에 있지만 과거에는 아센군 군리를 통솔하는 군사軍司였다. 게이토우의 상사이기도 하며 물론 유쇼와는 오래 알고 지낸 벗이었다.

"양위 때문에 교소를 데리러 간다고 들었네만."

"그런 것 같더군. 그렇다고는 하지만 나는 안내받는 입장일세. 우코가 데려다준다고 하더군."

"우코가······."

슈쿠요는 미간을 찌푸렸다.

"어째서 주상께서는 그런 불량배 같은 녀석을 중용하시는 거지?"

"불량배라서 그렇겠지."

"그게 납득이 안 되네."

슈쿠요는 숨을 푹 내쉬었다. 슈쿠요는 아센 옆에 우코 같은 녀석이 있는 것 자체를 용납할 수 없었다.

아센군은 군기를 중요시한다. 품행이 방정하면서도 강력한 군대라고 평이 나 있었고 유쇼도 이를 자부하고 있었다. 항상 교소군보다도 품행이 훌륭하다고 정평이 나 있었다. 때때로 교소가 권위를 거스르는 일을 저질렀기 때문에 내려진 평가였고 아센군은 그런 버릇없는 행동을 하지 않았다. 군인으로서의 처지를 분간하고 있고 결코 선을 넘지 않는다며 높은 평가를 받아왔다. 그렇기 때문에 그러한 진영에 우코 같은 비열한 병졸이 존재한다는 사실을 용납할 수 없다. 슈쿠요는 한낱 군리에 지나지 않지만 그럼에도 군의 일원이니 항상 전쟁과 가까이 있었고 전선에도 함께 나갔다. 스스로 검을 쥐고 싸우지는 않지만 자신도 병졸이라 여기고 있었다. 따라서 자신들의 체면이 먹칠당한 것 같았다.

슈쿠요의 이야기에 유쇼는 떫은 미소를 지었다.

"찬탈자의 체면?"

슈쿠요가 움찔했다.

"이제는 찬탈자가 아닐세. 아센 님은 즉위하실 거야. 하늘도 인정하신 왕이시다."

"그럼 달리 말해볼까? 반민이 있다는 소식을 접하면 무고한 백성마저도 목숨을 빼앗아온 권력자."

"유쇼!"

순간 거부감이 들었다. 유쇼의 발언은 흘려들을 수 없었다.

"아픈 곳을 찔렀나 보군."

유쇼는 웃었다.

"뭐, 자네가 부담스러워할 건 없네. 그러겠다고 결정한 건 아센 님이나 조운인 거고 실제로 손을 더럽힌 건 우리지."

슈쿠요는 동요했다. 그가 내린 비정한 지령을 받고 실제로 움직인 것은 유쇼다.

"딱히 비하하거나 자네 탓을 하려는 게 아니야. 병졸이란 자고로 그런 거지. 명을 받고 손을 더럽히고 명령이 옳고 그른지는 따지지 않아. 그렇다면 우코를 비난할 자격은 없겠지. 백성이 보기에는 나나 우코나 큰 차이가 없네."

004

"태보께 하직을 청하고자 하옵니다."

눈이 흩날리는 날 몸채로 찾아온 게이토우는 눈송이를 털어내지도 않은 채 청을 올렸다.

"게이토우?"

다이키는 놀라 게이토우를 쳐다봤다.

"그게 무슨 말씀이시죠?"

"말 그대로입니다. 저는 백규궁을 떠나고 싶습니다."

"이유를 알려주세요."

"아뢰고 싶지 않습니다."

다이키는 곤란하다는 듯 고개를 갸웃했다.

"저에게는 떠나고 싶다는 게이토우를 억지로 막을 방법이 없습니다. 하지만 저는 게이토우가 필요합니다. 하직을 하려는 이유가 무엇이지요? 저 때문인가요? 그렇다면 제가 다가갈 여지는 없는 건가요?"

"태보 탓이라니요. 당치도 않습니다."

"그렇다면 제가 어찌할 수 없는 일인가요? 제가 할 수 있는 방법 중에 게이토우의 마음을 거두게 할 방법은 없나요?"

게이토우는 입을 꾹 닫았다. 다이키가 그렇게까지 말해준다면 신하 된 자로서는 당연히 기쁘다. 특히 처음엔 자신이 다이키의 적이라고 인식하고 있었기에 한층 더 기뻤다.

"유감스럽게도 태보의 힘으로도 어찌할 수 있는 일이 아니라 사료되옵니다."

곤란하다는 시선이 게이토우에게 쏟아지고 있었다. 게이토우는 고개를 숙였다.

"저는…… 주상이, 아센이 보위에 오르는 것을 납득할 수 없습니다."

다이키에게 이를 호소해봤자 별수 없다. 아센을 옥좌에 앉히는 것은 하늘이지 다이키가 아니다.

"하늘의 뜻이라는 것은 알고 있습니다만 도저히 받아들일 수 없습니다."

"게이토우는 아센의 휘하지요?"

"휘하였습니다."

게이토우는 과거형으로 말했다.

"분명 처음에는 제 스스로 주공이라 우러러보던 분이었습니다. 아센 님은 제가 오랫동안 마음속 깊이 존경해온 분이었고 저의 자랑이기도 했습니다."

게이토우는 휘하란 참으로 희한한 생명체라는 생각이 들었다. 부모 자식도 아니고 형제도 아니다. 처음에는 명령을 받아 배치되었을 뿐인 생판 모르는 타인이다. 부하로서 만나고 따르다 어떤 시점이 오면 이 사람이야말로 주인이다, 하고 선택한다. 게이토우는 스스로를 되돌아봤지만 언제 어떤 계기로 결심했는지는 기억이 나지 않았다. 처음에는 반감만 들던 사람도 있었을 것이다. 실제로 교소군에 있던 에이쇼는 꽤나 반항했었다고 들었다.

어느 시점부터 게이토우는 아센을 주인으로 선택했다. 아센의 휘하라는 것은 게이토우의 기쁨이었다. 다른 사람들은 교소와 비교하며 이러쿵저러쿵 떠들어댔지만 게이토우는 아센이 교소에게 뒤처진다고 느낀 적이 단 한 번도 없었다. 오직 아셴이 최고의 주공이었다. 교소는 물론이거니와 다른 어느 장군보다도, 교왕보다도 뛰어나다고 생각했다.

"하오나 이는 아마도 제가 착각한 것이겠지요. 저의 주공이 하늘이 인정한 왕을 치다니 있을 수 없는 일입니다."

아셴이 게이토우를 속인 것일까 아니면 게이토우가 아셴을 잘못 본 것일까. 또는 게이토우가 '이상적인 주인'이라는 환상을 억지로 아셴에게 끼워 맞추고 있었을지도 모른다.

"설령 부득이한 사정이 있었다 하더라도 그렇게 손에 넣은 옥좌를 내버리는 일은 있을 수 없습니다. 나라도 백성도 소홀히 하다니……"

게이토우는 휘하니 아셴이 직접 '어쩔 수 없었다' 하고 한마디만 해준다면 그 말 하나로 납득할 것이다. 왜 그렇게 됐는지 이유는 말해주지 않아도 괜찮았다. 옥좌를 빼앗은 뒤에도 예전처럼 주인과 신하의 관계가 유지되었다면 아마도 게이토우는 그걸로 납득했을 것이다. 하지만 아셴은 신하와의 관계를 잘라냈다. 그럼에도 게이토우는 자신을 아셴의 신하라 여겼고 아셴을 주인이라 줄곧 추앙해왔다. 불가피한 사정이 있어 찬탈을 했으리라 눈치껏 생각했고 그후 비정하기 그지없던 주벌 역시 어쩔 수 없는 일이라고 자신을 계속 타일렀다. 조정에서 아셴의 존재감이 사라지고 자신이 무위 무관인 채로 방치되어도 사정이 있을 것이라고, 잘못은 자신에게 있는 것이라고, 언젠가 바로잡을 날이 올 것이라고 고집스럽게 생각하고 있었다.

"저는 아센의 휘하였습니다. 그저 아센을 믿고 따르기만 하면 된다고 생각했습니다. 그것이야말로 올바른 행동이라고 생각해 왔습니다."

하지만.

"아센은 유쇼를 문주로 보낼 겁니다. 교소 님을 데리러 가게 하기 위해서지요. 아센은 교소 님이 어디에 계신지 줄곧 알고 있었습니다. 즉 포로로 잡고 있던 겁니다. 왕을 옥좌에서 내쫓고 돌아오지 못하도록 유폐한 뒤 옥좌를 훔쳤습니다. 아센이 철두철미하게 계획하고 실행한 다음 대국을 오늘날 같은 상황으로 밀어 떨어뜨린 겁니다."

이 계획에 대해 휘하들은 전혀 듣지 못했다.

"저는, 저의 주인이 시해와 같은 부도덕한 일로 손을 더럽히지 않길 바랐습니다. 부득이한 사정이 있다면 먼저 휘하를 설득해 주길 바랐습니다. 물론 계획을 알았다면 저는 막았을 겁니다. 주공을 죄인으로 만들고 싶지 않으니까요. 그런데도 여전히 어쩔 수 없는 일이라 설득해주길 바랐고 주공이 그렇게까지 말한다면 어쩔 수 없는 일이라고 받아들이고 싶었습니다. 그리하여 같은 죄를 짊어지고 하다못해 속죄로서 나라와 백성을 위해 이 한 몸 바치고 싶었습니다. 그 모든 것을, 단 하나도 남기지 않고 아센은 죄다 짓밟았습니다."

몸이 떨리고 목소리가 떨렸다.

"휘하란 참으로 어리석지요. 주인이 하는 말에 이의를 제기하지 않습니다. 하지만 주공과 신하라는 관계이기에 어리석은 겁니다. 아센은 홀로 육침에 틀어박혀 신하를 멀리하고 이 관계를 잘라냈습니다. 이유는 모릅니다. 이제는 알고 싶지도 않습니다. 주인과 신하라는 관계가 끊어진다면 아센은 그저 한낱 도둑에 불과합니다. 옥좌를 훔친 찬탈자, 그런데도 옥좌를 포기하고 나라를 황폐하게 만들고 백성을 힘들게 했습니다."

게이토우는 이제는 자기 자신을 설득하는 것도 속이는 것조차도 할 수 없었다.

"저는 천의가 내려진 왕에게서 옥좌를 빼앗는 짓을 용서할 수 없습니다. 주어진 권력을 내버리는 행동도 허용할 수 없습니다. 국가도 백성도 돌아보지 않고 오히려 학대하는 비도덕한 짓에 혐오감만 느낄 뿐입니다."

줄곧 그렇게 느껴왔다. 혐오감을 느끼는 자신을 '아센의 휘하'라는 인식으로 그저 눌러왔을 뿐이다.

"저는 하늘의 선택을 납득할 수 없습니다. 아센이 왕이라니 받아들일 수 없습니다. 아센은 옥좌에 앉을 만한 사람이 아닙니다. 아센 왕조에 가담할 수 없습니다."

이것이 '휘하'라는 껍질을 벗은 게이토우 본연의 진심이었다.

"아직 살아 계시니 교소 님이야말로 이 나라의 왕이십니다. 주상이라고 불러야 할 분은 교소 님뿐이니 아센을 모시는 것은 무슨 일이 있어도 할 수 없습니다."

어느새인가 눈물이 흐르고 있었다. 할 수만 있다면 이 자리에 주저앉아 울부짖고 싶었다.

"게이토우는…… 만약 교소 님이 옥좌에 계신다면 교소 님을 위해 움직일 건가요?"

"기꺼이 움직이겠습니다."

"그것이 아센과 대적하는 일이 되어도요?"

게이토우는 저도 모르게 가까이 있던 탁자를 넘어뜨렸다.

"이 나라를 보십시오! 이번 겨울 동안 얼마나 되는 백성이 목숨을 잃었는지 아십니까? 아센이 찬탈 같은 죄를 저지르지만 않았다면 왕의 곁에서 따뜻한 겨울을 지낼 수 있었을지도 모르는 백성들이 도움도 받지 못한 채 얼어 죽었습니다."

홍기에도 동사자가 발생했다. 홍기 안팎으로는 지친 나머지 눈에 힘이 없는 황민이 줄을 이루고 있었다.

"그저 마을에 반역자가 있다는 것만으로, 그자가 존재한다는 것조차 알지 못했는데도 목숨을 빼앗긴 백성이 얼마나 많은 줄 아십니까. 어린아이도, 사리 분별도 제대로 못 하는 갓난아이마저도 아센의 손에 죽었습니다. 저는 아센 같은 왕은 인정할 수 없습니다. 절대로 옥좌에 앉아서는 안 됩니다. 저는 용서할 수 없습니다."

다이키는 말을 토해낸 게이토우에게 조용히 말했다.

"교소 님이 왕이십니다."

알고 있다고 말하려다 게이토우는 흠칫 놀랐다. 뒤돌아본 다이키는 잔잔한 수면처럼 고요한 눈으로 게이토우를 바라보고 있었다.

"아센은 왕이 아닙니다."

"태보…… 그 말씀은……."

핏기를 잃고 주저앉을 것 같은 게이토우에게 다이키는 말했다.

"그러니 게이토우, 저에게는 그대가 필요합니다."

다리에 힘이 풀렸다. 게이토우는 그 자리에 주저앉았다.

"태보…… 지금 무슨 말씀을……."

"정당한 왕을 구하고 이 나라를 구해야만 합니다. 힘을 빌려주세요."

005

조운은 초조했다.

— 어째서 이렇게 됐지.

아센이 조정에 빈번하게 모습을 드러냈다. 여전히 주변에 사람을 다가오게 하지는 않았지만 아센이 외전까지 나오니 관리들은 아센의 지시를 받을 수 있었다. 여태껏 조운이 조정의 주인이었다. 그런데 지금 아센이 주인 자리로 복귀하려고 하고 있다. 아센에게 복귀할 마음이 생겼다가는 조운이 곤란해진다. 자신의 권한이 줄어들고 권한으로 착취할 수 있는 재미도 줄어든다. 그렇다고 해서 '복귀하지 말라'고는 말하지 못하고 "신왕 아센은 다이키의 기만이다"라고 반복할 수밖에 없었다.

하지만 이 말에 귀를 기울이는 자들은 없었다. 다이키 주변에는 사람이 모인다. 과거 교소 휘하였던 자들뿐 아니라 덕망 있는 관리가 주부 州府로 모이기 시작했다. 대부분 과거 조운이 조정에서 내친 자들이니 자연스럽게 조정과는 소원했다. 애초에 총재의 권한이 미치는 범위는 아니지만 주부에 있는 자들은 조운의 지시를 귓등으로만 듣고 조운의 입장이나 기분도 전혀 배려하려들지 않았다.

주관은 조운을 무시한다. 국관은 조운을 제치고 아센에게 빌붙으려고 한다. 아니, 국관들조차도 다이키에게 빌붙으려는 자들이 많았다.

아센이 교소를 연행해 오기 위해 문주로 파병을 보낸 것이 생각지도 못한 영향을 불러일으켰다. 교소의 휘하가 아닌, 그렇다고 해서 조운의 오랜 부하도 아닌 관리들은 끝내 교소가 붕어했다는 공보를 사실로 받아들였고 그렇다면 찬탈자인 아센이 옥좌에 앉아도 어쩔 수 없다고 받아들여왔다. 하지만 교소가 죽지 않았다고 한다. 아센이 교소를 데리러 사람을 보냈다고 하는 것은 그가 지금까지 정당한 왕을 유폐해왔다는 증거였다. 이 사실이 오히려 즉위를 위해 움직이기 시작한 지금 아센에 반감을 자아내고 있었다. 조운이 줄곧 주장해온 다이키의 기만이라는 의견도 다른 의미로 움직임을 선동하고 있었다. 즉, 신왕 아센은 다이키의 기만이고 역시 교소가 왕이라는 인식이 퍼지고 말았다.

설령 '신왕 아센'이 아센을 계략에 빠뜨리기 위한 다이키의 기만이라고 하더라도 아센을 계략에 빠뜨리는 것이 하늘의 뜻인 셈이 되지 않을까.

한편, 육관은 아센에게 아첨하는 데 여념이 없다. 조정의 주인으로 복귀하려는 아센에게 아첨하며 자신의 권력을 키우고, 패권을 구가하고 있는 조운을 쫓아내려고 노골적으로 행동했다. 이들은 아센의 즉위를 큰 소리로 찬양했다.

조운은 궁지에 몰린 기분이 들었다. 이쯤 되자 왕궁 내 권력 분포도가 크게 움직이기 시작했다.

안사쿠는 어쩔 줄 몰라 하는 조운을 차갑게 쳐다보았다.

—아무리 생각해도 조운이 불리했다.

명백히 다이키를 적대시해온 일들이 조운의 입장을 난처하게 했다. 자업자득이다. 하지만 조운은 말했다.

"내가 태보에게 적의를 품다니 말도 안 되지. 적의라니, 가당치 않은 소리."

이제 와 자신의 입장을 번복했다.

"하지만 태보는 그리 생각하지 않으실 겁니다."

안사쿠가 동정이라도 하듯 말했다.

"왜지? 내가 무슨 짓이라도 했나?"

안사쿠는 속으로 질겁했지만 그저 고개를 숙이기만 했다. 주인이 어떤 성격인지 알고 있다. 지금 조운 안에서는 갖가지 기억이 자신에게 유리하게 날조되고 있을 것이다.

"어쩔 수 없었다고는 하지만 마지막까지 태보의 신원을 의심하시기도 하셨고……."

안사쿠가 시험 삼아 말을 꺼내보자 조운은 자못 어처구니없는 소리를 들었다는 듯한 표정을 지었다.

"태보를 의심한 게 아니야. 만에 하나 무슨 일이 일어날지 모르니 신중을 기했을 뿐이다."

안사쿠는 그저 가볍게 고개를 숙이기만 했다.

"태보라 이름을 대는 자가 나타났는데 어째서 아무런 의심도 하지 않을 수 있지? 마음 같아서는 그 말을 믿고 환영하고 싶었지만 나는 총재야. 주상의 안전, 나라의 안녕을 최우선으로 생각해야 해. 만에 하나 태보라고 자칭하는 자가 가짜일지도 모른다는 점도 고려해야 해. 그대로 받아들이는 건 내 처지로는 있을 수 없는 일이야. 아무리 속이 타들어간다 하더라도."

역시나 하며 안사쿠는 속으로 비웃었다. 안사쿠가 아는 한 지금 조운은 '발뺌'을 하고 있는 것이 아니다. 조운은 진심으로 그렇게 생각하고 있다. 거짓말을 하는 게 아니다. 순간 스스로에게 불리한 사실을 어떻게 해서라도 무마하려는 것뿐이다. 아주 약간 의미를 빗나가게 해 사실을 미묘하게 왜곡한다. 이를 반복하는 동안 사실은 자기에게 유리하게 다가와 있다.

─두 달, 석 달이 지나면 자신이 의심했다는 사실조차 잊을 것이다. 자신 이외의 누군가가 의심했고 자신은 반대했다고 바뀌어 있을 것이다.

그것이 조운에게는 '사실'이니 부끄럼 없이 당당하게 주장할 것이다. 당시의 전말을 모르는 자는 조운의 그러한 태도를 보고 믿는다. 믿게 되면 나중에 전말을 접하더라도 조운을 폄하려는 악의로밖에 보이지 않는다.

조운은 무능하지만 그렇게 유능한 자신을 만들어왔다. 애초에 조운 스스로가 보기에 본인은 의심할 여지 없이 유능하다. 사실은 이에 따라 계속 날조된다. 조운 자신에게 파탄은 벌어지지 않는다. 안사쿠가 생각하기에는 관리들 중에 이런 자가 많다.

"태보인지 아닌지 모르니 주상 곁에 보낼 수 없다고 처음 말한 자는 가샤쿠 아니던가?"

안사쿠는 또다시 속으로 비웃었다. 말을 꺼낸 것은 조운이다. 가샤쿠는 그저 덩달아 따라 했을 뿐이었다. 하지만 그저 따라 하기만 하는 자들이 늘 그렇듯 가샤쿠는 조운 이상으로 말을 허비했다. 이것 또한 유능을 가장한 무능의 전형적인 모습이었지만 이러한 품행 때문에 머지않아 모든 것은 가샤쿠의 소행이 될 것이다.

—그것도 자업자득이지.

"태보가 오해하고 있다면 오해를 풀어야 해. 안사쿠, 자네 잘 중재해줄 사람 누구 모르는가?"

찾아보겠다고 안사쿠는 대답했다.

말 그대로 안사쿠는 태보 주변 인물 중 어떻게든 다리를 놓아줄 인물을 찾아다녔다. 조운의 앞날 따위 알 바 아니지만 다이키와 통하는 길이 있다면 확보해두고 싶다. 하지만 다이키 주변은 조운을 적대시하는 경향이 강하다. 양자의 진영과는 상관없는 제삼자 중에 다리를 잘 놓아줄 것 같은 자도 찾아보았지만 그러한 자일수록 다이키 진영과 친화력이 좋았다. 아센의 명을 고분고분 따르는 것은 주저되지만 조운의 편을 들 수는 없다, 제대로 된 사고를 지닌 자는 다이키를 지지한다. 기린만큼은 절대적으로 정의롭다는 사실이 보증되기 때문이다.

조운을 중심으로 하는 조정은 점점 권위를 잃어가는 한편 다이키를 모시는 서주부는 극명히 권위가 커지고 있었다. 사람이 모이고 기민하게 움직였다. 서주는 각 지역의 의창을 개방했다. 혹한기는 지나갔지만 앞으로 백성의 생활은 고되다. 혹한기 동안 저장해온 것들을 소비해왔으니 결국 생활에 지장이 생긴다. 그래서 황민을 인구가 줄어든 마을로 나눠 보내 정착할 자리를 마련해주고 도시로 모여든 황민을 위해 간이식당과 숙박 시설을 마련했다. 그곳에 거간꾼을 두고 전쟁과 재해로 상한 마을을 재건하는 것을 돕게 했다. 얼마 되지 않지만 임금이 나온다는 소식을 듣고 서주 밖에서도 황민이 흘러 들어오기 시작했다.

간신히 대국에 광명이 비쳤다. 작지만 확실한 빛이.

(4권에 계속)

백은의 언덕 검은 달 3권 — 십이국기 9

1판 1쇄 2023년 2월 15일
1판 4쇄 2024년 10월 11일
–
지은이 오노 후유미 ◎ **일러스트** 야마다 아키히로 ◎ **옮긴이** 추지나 이진
책임편집 지혜림 ◎ **편집** 임지호 ◎ **외주교정** 김정현 ◎ **아트디렉팅** 이혜경 ◎ **조판** 엄자영
저작권 박지영 형소진 최은진 오서영 ◎ **마케팅** 정민호 서지화 한민아 이민경 왕지경 정경주 김수인
김혜원 김하연 김예진 ◎ **브랜딩** 함유지 함근아 박민재 김희숙 이송이 박다솔 조다현 정승민 배진성
제작 강신은 김동욱 이순호 ◎ **제작처** 영신사
펴낸곳 (주)문학동네 ◎ **펴낸이** 김소영 ◎ **출판등록** 1993년 10월 22일 제2003–000045호
–
주소 10881 경기도 파주시 회동길 210
문의 031–955–2637(편집) ◎ 031–955–2696(마케팅) ◎ 031–955–8855(팩스)
전자우편 elixir@munhak.com ◎ **홈페이지** www.elmys.co.kr
인스타그램 @elixir_mystery ◎ **X(트위터)** @elixir_mystery

ISBN 978–89–546–9064–5(04830) ◎ **SET** 978–89–546–2614–9(04830)
–
엘릭시르는 출판그룹 문학동네의 장르문학 브랜드입니다.

잘못된 책은 구입하신 서점에서 교환해드립니다.
기타 교환 문의: 031–955–2661, 3580